HEN FRIWIAU

HEN FRIWIAU

Dyfed Edwards

Argraffiad cyntaf: Tachwedd 2002

ⓗ Dyfed Edwards/Gwasg Carreg Gwalch

Cedwir pob hawl.
Ni chaniateir atgynhyrchu unrhyw ran o'r cyhoeddiad hwn,
na'i gadw mewn cyfundrefn adferadwy, na'i drosglwyddo mewn
unrhyw ddull na thrwy unrhyw gyfrwng, electronig, electrostatig
tâp magnetig, mecanyddol, ffotogopïo, recordio nac fel arall,
heb ganiatâd ymlaen llaw gan y cyhoeddwyr, Gwasg Carreg Gwalch,
12 Iard yr Orsaf, Llanrwst, Dyffryn Conwy, Cymru LL26 0EH.

Rhif Llyfr Safonol Rhyngwladol:
0-86381-802-1

Cyhoeddir o dan gynllun comisiwn
Cyngor Llyfrau Cymru.

Cynllun clawr: Sian Parri
Lluniau clawr: Keith Morris

Argraffwyd a chyhoeddwyd gan Wasg Carreg Gwalch,
12 Iard yr Orsaf, Llanrwst, Dyffryn Conwy, LL26 0EH.
☎ 01492 642031
📄 01492 641502
✉ llyfrau@carreg-gwalch.co.uk
Lle ar y we: www.carreg-gwalch.co.uk

1.

Dydd Llun, Hydref 29

ROEDD hi'n un ar bymtheg. Roedd hi'n dlws. Roedd hi'n 'hogan dda'. Roedd hi'n 'werth y byd'. Roedd hi'n 'ddisgybl sylwgar'.

Roedd hi'n noethlymun. Roedd hi'n garcas. Wedi ei thagu. Ei chorff o dan goelcerth. Esgyrn hen goed yn cysgodi esgyrn merch ifanc. Guto Ffowc ar dop y goelcerth. Glenda Rees wrth droed y goelcerth. Y naill a'r llall yn aros tân.

Brysiodd Aleksa Jones drwy'r stori yn y papur newydd. Nododd enw'r ferch: Glenda Rees. Nododd enw'r gohebydd: Dafydd Abbot. Nododd ddyddiad y papur newydd: Dydd Iau, Tachwedd 4, 1976. Nododd yr amser ar gloc yr archifdy: 4.55 p.m.

Caeodd Aleksa'r ffeil swmpus a'i dychwelyd i'r swyddog y tu ôl i'r cownter.

Roedd drewdod hen bapur newydd yn drwch yn ffroenau Aleksa. Roedd llwch hen bapur newydd yn dew ar ei dwylo. Roedd cyfrinach hen bapur newydd yn pwnio'i meddwl: GLENDA REES.

Roedd nos yn cydio. Roedd cymylau'n herio'r dedwyddwch. Hydref ar fin brathu.

Sugnodd awyr iach i'w sgyfaint. Poerodd ar hances a glanhau'r llwch o'i dwylo. Ffeiliodd Aleksa GLENDA REES yn ei chof.

Ffoniodd Aleksa'r swyddfa.

'Wyt ti am i mi ddŵad yn ôl?'

Caeodd Aleksa'i llygaid. Gweddïodd. Plîs, fy nuw, gad iddo

fo ddeud, 'Na'. Plîs, fy nuw, gad iddo fo ddeud: 'Dos am adra, Aleksa. Diolch yn fawr. Wela i chdi fory'.

'Ddois di o hyd i bethau difyr?' holodd Roy Morris.

Do, meddyliodd Aleksa: GLENDA REES.

'Llwythi.' Agorodd Aleksa'i cheg. Wedi blino.

'Wyt ti 'di trefnu'n bo ni'n cael copïau?'

'Mi fyddan nhw'n barod bore fory.' Rhwbiodd ei llygaid.

'Dychmyga: hanner canrif efo'r un papur newydd.'

Doedd Aleksa ddim isio dychmygu. Roedd Aleksa isio mynd adra. 'Be wyt ti am i mi neud, Roy?'

'Awn ni drwy'r erthyglau fory. Gweld be 'di be. Dwi 'di prynu ffrâm. Fydd o wrth ei fodd. Hel atgofion. Dychmyga: hanner canrif.'

'Wyt ti am i mi ddŵad yn ôl?'

Caeodd ei llygaid. Gweddïodd.

'Tyd yn ôl i mi gael syniad o be sgyn ti.'

Ochneidiodd Aleksa. Stwffiodd y ffôn i'w bag. Taniodd y car.

Edrychodd Aleksa tua'r nefoedd. Ar ba wynt y collwyd ei gweddi? Roedd y cymylau'n bygwth storm.

Roedd y swyddfa ar sgwâr y dre. Uwchben y fynedfa roedd blaenfast y County Star. Llythrennau bras. Gwyn ar goch. Amlinelliad du i'r llythrennau. Mor wahanol i'r llythrennau welodd Aleksa'n yr archifdy. Y Gothig wedi ei gladdu. Y newydd yn trechu'r hen. Yr ifanc a ŵyr, yr hen a dybia.

Roedd Ned yn y fynedfa. Roedd o'n llowcio cig o dun Pal. Roedd o'n cnoi. Panama ar ei ben, fel arfer. Panatella ym mhoced ei grys.

Gwenodd Aleksa. Saliwtiodd Aleksa'r paciwr papurau. Saliwtiodd Ned. Gwenodd Ned. Dangosodd lond ceg o gig. Ogleuodd Aleksa bysgod. Gwelodd Aleksa bysgod yn ei locsyn llongwr.

Tric Ned i godi cyfog: sgwrio tun bwyd ci. Llenwi'r tun efo

tiwna a phenwaig. Bwyta'r pysgod o'r tun i racsio cyfansoddiad recriwt newydd. Ha! Ha! Ha! Yr hen yn trechu'r newydd. Yr hen a ŵyr, yr ifanc a chwyda.

Aeth Aleksa drwy'r drws ar y chwith i'r adran olygyddol. Drwy'r drws ar y dde roedd talaith y gelyn: yr adran hysbysebu.

Roedd Alison Ifans, y golygydd newyddion, yn teipio. Ysgydwodd ei phen. Twt-twtiodd. Ochneidiodd. Ramdamiodd rhyw riportar neu'i gilydd.

Roedd Rob Meredith, y golygydd chwaraeon/golygydd nodwedd/is-olygydd, yn tyrchio drwy'r sbwriel ar ei ddesg. Roedd o'n rhegi dan ei wynt. Roedd ei wallt fel fflamau gwyllt. Roedd o'n dal i dyrchio.

Roedd Roy, y dirprwy olygydd, wrth ei ddesg. Crychai ei drwyn wrth astudio un o dudalennau'r rhifyn nesa ar sgrin ei gyfrifiadur. Pigodd ei drwyn yn ddifeddwl.

'Roy.' Eisteddodd Aleksa yn ei chadair.

Trodd Roy'n sydyn. 'Aleksa.' Edrychai fel hogyn oedd yn haeddu cansan. Rhwbiodd ei gluniau. Llyfodd ei wefusau. Roedd ei fochau'n borffor. 'Reit, be sgyn ti?'

O'i llyfr nodiadau: Straeon gan Harry Davies.

1953

Dyn yn tyfu nionyn maint pêl-droed (stori gynta'r gohebydd ifanc)/Concwerwyr Everest yn ymarfer yn Eryri/Harry Davies yn adrodd o barti i ddathlu coroni'r Frenhines.

1955

Pam cydnabod Caerdydd fel prifddinas? Pam ddim Caernarfon?/Tîm pêl-droed lleol yn methu rhwydo drwy gydol y tymor.

1959

Y 'Nashis' (disgrifiad Harry) ag 20 ymgeisydd yn yr etholiad/Dewrder criw bad achub Moelfre/Llun Harry a'i fêts ar ben yr Wyddfa – pres i elusen.

1960

Marwolaeth Nye Bevan/Capel yn erlid merch am iddi feichiogi

heb fodrwy/'Llosgwch y Llyfr Budr Hwn' (achos Lady Chatterley's Lover).
1963
'Terfysgwyr' (disgrifiad Harry) yn creu difrod yn Nhryweryn/Penodi Caernarfon yn Fwrdeistref Frenhinol.
1964
Cyf-weld Jim Griffiths, yr Ysgrifennydd Gwladol cynta/Cyngor yn nadu trigolion rhag cadw ceiliogod swnllyd ar stad o dai/Y WI yng Nghaernarfon yn deud: 'Canwch "Jerwsalem" yn Gymraeg!'
1966
Lloegr yn ennill Cwpan y Byd ar ran y genedl (yn nhyb Harry).
1967
Sefydlu Cyngor y Celfyddydau/Hen drempyn cyfarwydd yn cael ei ddarganfod yn farw yn y dre.

Crychodd Roy ei dalcen. Rhwbiodd ei ên. Llyfodd ei wefusau. 'Dim byd ar ôl 1967?'

'Mi ddoth Harry'n is-olygydd yn 1967. Mi ddechreuodd o sgwennu colofn yn '74 pan benodwyd o'n ddirprwy olygydd. Mae gyn i rai o'r rheini.' Astudiodd Aleksa'i nodiadau. 'Gan gynnwys yr un o Chwefror 1979 yn annog y Cymry i wrthod hunanlywodraeth.'

Nodiodd Roy. Roedd o'n synfyfyrio. Pigodd ei drwyn yn ddifeddwl.

Aeth Aleksa'n ei blaen. 'Ac un o Fai 'run flwyddyn. Mi benodwyd Harry'n olygydd y *Star* ar yr un diwrnod ag yr enillodd Thatcher yr Etholiad Cyffredinol. Roedd o'n ffan o Magi.'

'Mae o'n dal yn ffan o Magi,' meddai Roy. Roedd o'n dal i synfyfyrio.

'Does 'na neb yn berffaith.'

Sgyrnygodd Roy arni. 'Be?'

Ysgydwodd Aleksa'i phen. 'Ddudis i'm byd.'

Nodiodd Roy. Dychwelodd i'w synfyfyrio. Crafodd ei drwyn.

'Roy?'

'Hmmm?'

'Sgyn ti go o ferch o'r enw Glenda Rees?'

Blinciodd Roy. Gwenodd Roy wên ffals. Neidiodd ar ei draed. Brysiodd i ochor arall y ddesg. Cyrcydiodd. Neidiodd ar ei draed. 'Be wyt ti'n feddwl o hon?'

Roedd ffrâm fawr yn cuddio'i wyneb a'i frest a'i fol.

'Gawn ni neud *collage* o'r straeon. Fydd o wrth ei fodd,' meddai Roy o'r tu ôl i'r ffrâm.

Ar dop y ffrâm: blaenfast y *County Star*. Llythrennau bras. Gwyn ar goch. Amlinelliad du i'r llythrennau. Mor wahanol i'r llythrennau welodd Aleksa'n yr archifdy. Y Gothig wedi ei gladdu. Y newydd yn trechu'r hen. Yr ifanc a ŵyr, yr hen a dybia.

Ar droed y ffrâm: Harry Davies – *The County Star*, 1951-2001. Tric Harry: Mynnu bod gohebydd yn tyrchu stori o nunlle. Mynnu bob tro am wyth o'r gloch ar noson dedlein. Mynnu peidio cyhoeddi'r stori ('llawn tyllau', 'dim ffeithiau', 'sothach enllibus'). Yr hen yn trechu'r newydd. Yr hen a ŵyr, yr ifanc a chwysa.

Meddyliodd Aleksa am y goelcerth. Guto Ffowc ar dop y goelcerth. Glenda Rees wrth droed y goelcerth. Yr hen a'r ifanc wedi eu trechu.

2.

GWIN a mwg ac Aleksa ddrwg.

Roedd ei thafod yng ngheg y llanc. Roedd o'n blasu o dybaco a chwrw a Joop. Roedd ei ddwylo'n crwydro. Cydiodd Aleksa'n ei arddyrnau i nadu'r crwydro. Llithrodd Aleksa'i ddwylo i FYNY ei chefn.

Teimlai Aleksa'i galon yn curo. Teimlai'r bît yn drymio drwyddi. Roedd y gerddoriaeth yn fyddarol. Rhy swnllyd i sgwrsio. Os wyt ti isio sgwrs dos i seiat. Os wyt ti isio snog tyd i'r Seraffim.

Roedd hi'n nos Lun. Roedd y clwb yn hanner gwag. Noson i'r ethnigs: miwsig Cymraeg (a Chymreig). Catatonia a'r Cyrff. Super Furry Animals a Ffa Coffi Pawb.

Dat-dafododd Aleksa'i hun. Roedd dwylo'r llanc ar ei chluniau. Roedd o'n gwenu arni hi. Swigiodd Aleksa o'r Bacardi Breezer ar y bar wrth ei hymyl. Ei hail botel. Ei photel ddwytha.

Syllodd Aleksa tua'r ddawnsfa. Roedd 'na fintai'n chwyrlïo. 'E' ac Edward H yn eu hysbrydoli.

'Lle ti'n byw?' gwaeddodd y llanc i'w chlust.

Er iddi glywed ysgydwodd Aleksa'i phen. Pwyntiodd at ei chlustiau – cogio methu clywed.

Gwyrodd y llanc drachefn. 'LLE TI'N BYW?'

Crynodd Aleksa. Atseiniodd y waedd yn ei chlust. Perodd y waedd i'w chlust wichian. Cododd ei sgwyddau ar y llanc. Ysgydwodd ei phen a gwenu'n drist. Pwyntiodd at ei chlustiau. Cogio methu clywed tra oedd yn meddwl – ti 'di 'ngneud i'n fyddar y ffwcsyn.

Gwyrodd Aleksa. Plygodd y llanc ei ben i wrando. 'Dwi'n mynd fyny grisiau. Fydda i'n ôl mewn munud,' meddai.

Nodiodd y llanc. Clywodd bob gair. Cydiodd Aleksa'n ei bag. Triodd y llanc ei chusanu. Roedd Aleksa wedi troi ei chefn.

Chwiliodd am Ffion wrth ddringo'r grisiau. Dyna hi – yn pwyso ar y balconi. Yn fflyrtian efo dau lanc. Yn siglo'i phen. Yn chwarae efo'i gwallt. Y ddau lanc am y gorau i gael rhannu gwely efo Ffion. Gêm na fyddai'r un o'r llanciau'n ei hennill.

Aeth Aleksa i'r toiled. Roedd sŵn y Seraffim yn ei mygu. Tynnodd ei ffôn o'r bag. Ffoniodd dacsi: i Ffion a hi. Agorodd ddrws y toiled. Gorlifodd sŵn y Seraffim i'r toiled. Rhewodd Aleksa. Roedd llanciau Ffion yn cwffio. Roedd Ffion yn bagio'n ôl. Roedd y llanciau'n dyrnu a chicio. Testosteron 'di troi'n chwerw.

Camodd Aleksa'n ôl i'r toiled. Caeodd y drws. Roedd sŵn y Seraffim yn ei mygu. Sylwodd ar y gwichian yn ei chlustiau. Daeth cwlwm i'w stumog.

Pam mai fel hyn mae pethau'n darfod?

Teimlodd yr iselder yn pwyso. Aeth at y drych. Syllodd ar ei hadlewyrchiad.

Roedd yr edrychiad yno o hyd. Roedd yr edrychiad yno bob tro.

Ta waeth pa gymaint o firi. Ta waeth pa gymaint o chwerthin. Ta waeth pa gymaint o ddireidi. Ta waeth pa gymaint o anghofio: roedd yr edrychiad yn aros.

Tu ôl i'r gwallt melyn. Tu ôl i'r llygaid gwyrdd. Tu ôl i'r trwyn smwt. Tu ôl i'r gwefusau sgarlad. Roedd yr edrychiad yn aros.

Pymtheg mis wedi pasio. Doedd amser yn dwyn dim.

Roedd yr edrychiad yn styfnig.

Wedi ei asio. Wedi ei gerfio. Wedi ei weu.

Roedd yr edrychiad yn deud: LADDIST TI BLENTYN!

3.

Dydd Mawrth, Hydref 30
DEFFRODD Aleksa efo'r Paffiwr.

Edrychodd Aleksa ar y cloc radio: 7.10 a.m. Ugain munud cyn i'r larwm ffrwydro. Ochneidiodd.

Ystwythodd y Paffiwr. Agorodd ei geg. Daeth rhyw sŵn rhyfedd o'i enau.

Mwythodd Aleksa'r Paffiwr. 'Nes i dy ddeffro di, hogyn mawr?'

Gorweddodd y Paffiwr yn ei ôl. Roedd o'n mwynhau y mwytho. Roedd o'n canu grwndi. Trodd ar ei gefn. Cosodd Aleksa fol y Paffiwr. Ystwythodd. Canodd rwndi. Ceisiodd gripio Aleksa.

Chwipiodd Aleksa'i llaw i ffwrdd. 'Aw! Diawl brwnt!'

Neidiodd y Paffiwr oddi ar y gwely. Chwarddodd Aleksa. Rhedodd y Paffiwr drwy'r drws.

Gorweddodd Aleksa'n ei hôl. Caeodd ei llygaid.

Roedd y Seraffim yn byrlymu. 'E' ac Edward H yn ysbrydoliaeth. Goleuadau amryliw'n rhwygo'r düwch bob hyn a hyn.

Ac Aleksa'n ymlwybro'n noethlymun.

Y partïwyr yn ei phwnio wrth iddi gerdded drwy'r dyrfa. Y partïwyr yn poeri arni wrth iddi ddilyn llwybr drwy'r cyrff. Y partïwyr yn rhegi arni wrth iddi gamu tua'r goelcerth.

Cawr o goelcerth. Yn yr awyr agored rŵan. Y Seraffim wedi diflannu. Y partïwyr yn baganiaid yn ysu am aberth.

Coelcerth o esgyrn. Coelcerth o benglogau. Roedd cyrff byw ymysg y sgerbydau darniog. Cyrff wedi eu clymu gan weddillion cyrff. Roedd y cyrff yn sgrechian ac yn stryffaglio ac yn erfyn rhyddid o'u carchar esgyrn.

Syllodd Aleksa i begwn y goelcerth: Guto Ffowc a'i freichiau wedi'u lledu fel Iesu Grist. Syllodd Aleksa i droed y goelcerth: merch noeth yn dwmpath.

Cododd y ferch noeth ei phen a syllu ar Aleksa. Syllodd Aleksa'n ôl a'i chael ei hun yn syllu i'r drych yn y Seraffim. Cael ei hun yn syllu ar yr hen edrychiad hwnnw: wedi ei asio a'i gerfio a'i weu.

Sgrechiodd yr edrychiad. Sgrechiodd Aleksa.

Sgrechiodd Radio 1.

Neidiodd Aleksa ar ei heistedd a syllu ar y cloc radio: 7.30 a.m.

Tarodd Aleksa'r cloc radio a'i dawelu.

Roedd Aleksa'n chwys domen. Roedd ei gwynt yn fyr. Brwsiodd law drwy'i gwallt.

Llusgodd ei hun o'r gwely a chropian tua'r allor yng nghornel y stafell wely.

Penliniodd o flaen yr allor. Rhwbiodd y cwsg oedd yn drwchus fel concrit o'i llygaid. Plygodd i gusanu'r groes arian. Cusanodd y llun ohoni hi'n blentyn ym mreichiau'i mam. Ysgydwodd y ratl plentyn yn ysgafn. Aeth y sŵn drwyddi fel dŵr oer yn llifo drwy'i gwythiennau. Roedd ei llygaid yn gwlychu.

Cofleidiodd yr hen ddol garpiog, unllygeidiog. Mwythodd y llechen ac arni'r enwau GWAWR/CAI wedi eu cerfio mewn llythrennau trwsiadus. Ogleuodd y rhosod ffres. Rhedodd ei bysedd drwy'r dail crin a'r cregyn oedd yn carpedu'r allor.

Rhoddodd y ddol yn ôl ar yr allor. Plethodd Aleksa'i bysedd. Caeodd ei llygaid a thywallt diferion dros ei bochau. Dan ei gwynt dywedodd, 'Cadw'r bychan yn saff. Cadw nhw i gyd yn saff. Cadw Mam a'r mamau'n saff. Cadw Ffion yn saff. Cadw fi'n saff a maddau i mi 'nhroseddau gan na fedra i byth faddau i mi fy hun.'

* * *

Ogleuodd Aleksa'r uwd wrth dynnu'r bowlen o'r meicrowêf. Rhoddodd lond llwy o fêl yn yr uwd ac eistedd wrth fwrdd y gegin. Roedd hi'n glafoerio. Llowciodd ei brecwast.

'Mmmm! Neis! Mmmm! Neis!' meddai gan edrych ar y Paffiwr yn eistedd wrth ei bowlen o gig. Agorodd y Paffiwr ei geg a dangos ei ddannedd. Sgrialodd ar draws y gegin. Saethodd drwy'r llen cath i'r bore llwyd tu allan.

Roedd Aleksa'n golchi ei phowlen wag pan faglodd Ffion i'r gegin, a golwg fel bwgan brain arni.

Griddfanodd Ffion. 'Penmaenmawr.' Syrthiodd i gadair. 'Coffiiiii. Anadiiiiiin.'

Tywalltodd Aleksa fygiad o goffi du iddi. Rhoddodd dair llwyaid o siwgwr yn yr hylif berwedig. Gosododd y gwpan ar y bwrdd o flaen y claf. Aeth i ddrôr ac estyn pecyn Anadin. Taflodd nhw ar y bwrdd. 'Dyna ti'n gael. Jyst diolcha'i bod hi'n hanner tymor. Braf ar rai.'

Griddfanodd Ffion eto. Sipiodd y coffi. 'Be 'di'r stori fawr heddiw?' Rhwygodd ddwy Anadin o'r pecyn a'u gosod ar flaen ei thafod. Llenwodd ei cheg efo coffi ac erlid y tabledi i lawr ei chorn gwddw.

'Dwi'n cyfarfod dy dad peth cynta.' Syllodd Aleksa i'r iard. Roedd y Paffiwr yn prowla'r chwyn. 'Dwi 'di bod yn was bach i Roy dros y dyddiau dwytha 'ma. Hel stwff ar gyfer ymddeoliad Harry.'

'Mi roedd Dad yn parablu am Harry dros ginio Sul.'

Eisteddodd Aleksa gyferbyn â Ffion. Roedd gwallt Ffion yn gudynnau dros ei thalcen. Roedd ei hwyneb yn lliw lludw. Roedd hi fel carcas byw. Meddyliodd Aleksa am y goelcerth. Meddyliodd am Glenda Rees.

Rat-tat-tatiodd y llen cath wrth i'r Paffiwr ddychwelyd i'r gegin.

Sgrechiodd Ffion.

Trodd Aleksa i gyfeiriad y Paffiwr. Neidiodd Aleksa ar ei thraed. Baglodd yn ei hôl yn cydio'i brest rhag i'w chalon ruthro am ei chorn gwddw.

Sgrechiodd Ffion eto.

Syllodd y Paffiwr yn sarhaus ar y genod. Agorodd ei geg.

'Blydi cath!' rhegodd Aleksa.

Dihangodd y llygoden o geg y Paffiwr. Sgrechiodd Ffion a rowlio'n belen yn ei chadair.

Chwipiodd y Paffiwr bawen tua'r llygoden. Mathrodd y bawen y llygoden. Gwichiodd y llygoden. Sgrechiodd Ffion. Agorodd y Paffiwr ei geg. Suddodd ei ddannedd i'r corff llwyd o dan ei bawen. Crensiodd esgyrn brau'r llygoden.

Sut mae cau ceg Aelod Seneddol?

John Morgan yn parablu ac Aleksa'n sgriblo. Y ddau ar awtomatig. Yr AS yn siarad drwy'i din a'r gohebydd yn llnau'r llanast.

'Iawn? Ges di hwnna?' Tynnodd Morgan ei lygaid oddi ar y nenfwd graciog a'u glynu ar Aleksa.

Nodiodd Aleksa. Tair stori go lew yn ei llyfr nodiadau a heb dorri chwys.

'Sut mae f'annwyl ferch heddiw? Roedd hi'n deud eich bo chi'n mynd allan neithiwr.'

'Mi welodd hi ddyddiau gwell.'

'Athrawon yli, Aleksa. Gymaint o wyliau fel eu bo nhw'n drysu.'

'Gofia i ddeud wrthi hi.'

'Paid â thrafferthu. Dwi'n deud wrthi hi pob cyfle ga i.' Gwenodd Morgan. 'Pethau hawdd i dynnu coes ydyn nhw, athrawon.'

Syllodd y ddau ar ei gilydd. Crychodd Morgan ei dalcen. 'Be sy matar? Rwbath yn dy boeni di?' Gwenodd. 'Yr Harry Davies ddiawl 'na'n dy drin di fatha caethwas? Ew, un da 'di Harry. Bechod i weld o'n riteirio.' Dechrau parablu eto. 'Andros o riportar da yn ei ddydd. Fedra fo 'di mynd i'r Nashionals tasa fo 'di lecio.' Pwysodd Morgan yn ei ôl. Crudodd ei wegil yn ei ddwylo. Roedd 'na byllau o chwys o dan ei geseiliau.

Crwydrodd ei lygaid dros y nenfwd. 'Ges i ambell i sesiwn efo'r hen Harry dros y blyn–'

'Ydy'r enw Glenda Rees yn canu cloch, John?'

Fel 'na mae cau ceg Aelod Seneddol.

Edrychodd Morgan ar ei wats a deud 'Glenda Rees?' yn ysgafn, yn ddi-hid, fel tasa'r enw'n ddarn o sidan. 'Ew, yli ar yr amser. Glenda Rees?'

'Ddois i ar draws ei henw hi yn yr archifdy ddoe.'

'Archifdy?' Fawr o ddiddordeb. Shifflo papurau ar y ddesg. Crychu talcen i roi'r argraff: Dwi'n brysur, Aleksa Jones, hegla hi. 'Archifdy. Glenda Rees. Wel, well i mi fynd ati. Etholwyr a ballu.'

'Fuo hi farw'n '76.'

'Do.' Pwnio bys. 'Do, gyn i frith go. Do, bechod. Glenda Rees.'

'Meddwl o'n i os oeddach chi'n cofio'r achos.'

'Achos? Pa achos?'

'Dim achos?' Pethau'n poethi. Aeth rhyw gynnwrf drwy Aleksa.

'Pam ti'n holi? Chwarter canrif yn ôl, Aleksa. Digalon. Dwi'n cofio rŵan. Hogan ifanc, ia?'

Nodiodd Aleksa. 'Un ar bymtheg.'

Ysgydwodd Morgan ei ben. 'Gryduras.' Safodd. Tynhaodd ei dei. 'Well i mi fynd ati. Etholwyr.'

Cododd Aleksa a rhoi'r llyfr nodiadau yn ei bag. 'Iawn. Diolch, John. Wythnos nesa fel arfer?'

'Fel arfer.' Winciodd. Fel arfer. 'Cofia fi at Ffion. Deuda wrthi mod i'n deud ei bod hi'n ddiog – rêl athrawes.' Dechreuodd chwerthin.

4.

ROEDD 'na gwlwm yn stumog Aleksa. Roedd ei chalon yn curo fel drwm rhyfel. Roedd hi'n benysgafn. Roedd ganddi flas stori a honno'n stori go iawn.

'*Pa achos?*'

Cnonod yn tyllu i'w meddwl. Pryder yn pwnio. Cyffro'n clymu.

'Aleksa?'

Neidiodd. Trodd tua'r llais. Syrthiodd ei chalon. Llyfodd ei gwefus. Blas tybaco a chwrw a Joop.

'Lle es di neithiwr?' Roedd y llanc yn cerdded tuag ati. Nerfau'n tynhau ei wyneb. Dwylo'n ddyfn ym mhocedi côt ledr. Calon friwedig yn pwmp-pwmp-pwmpian yn ei frest.

Edrychodd Aleksa o'i chwmpas. Pobol yn tagu'r strydoedd. 'Run twll na chornel ar gael fel lloches.

Stopiodd y llanc lathen oddi wrthi. 'Ges i'm cyfle i gyflwyno'n hun.'

'Naddo. Sori. Ffrind i'n sâl.'

Cynigiodd ei law. 'Daniel.'

Ffau'r llewod.

Cymerodd Aleksa'r law. Roedd hi'n law oer a chaled. Aeth ias drwyddi. Mi fuo'r llaw yma'n crwydro'i chorff hi neithiwr.

'Ia. Helô,' meddai Aleksa. 'Dwi ar frys. Sori.' Dechreuodd droi. Cyn oedi a syllu ar Daniel. 'Sut wyddost ti'n enw i?'

Chwarddodd Daniel yn swil. 'O'r *County Star*. Meddwl bo chdi'n slashar. Wedi bod isio, ti'n gwybod, dŵad am sgwrs yn y Seraffim. Gormod o gachwr. Tan neithiwr.'

'Neithiwr?'

Daniel yn ddryslyd. 'Ia, neithiwr. Ti'n cofio? Y Seraffim?'
'Yndw, ia.' Bochau'n berwi. 'Ro'n i'n feddw dwll. Sori.'
'Ia. Wel, meddwl ro'n i . . . '
Paid â meddwl, Daniel. Paid.
' . . . os y basa chdi'n lecio dŵad am ddrinc. Heno? Y Dragon?'
'A, sori, brysur, gweithio.'
'O, reit. Be am fory?'
'Cyfarfod Cyngor.' Diolch byth am gyfarfodydd Cyngor. Teirawr i'r gwynt. Teirawr o ddiflastod. Teirawr o esgusodion.
'Well i mi fynd. Dwi'n hwyr i'r gwaith.'
Trodd Aleksa a brasgamu o'r ffau.
'Ga i dy ffonio di?'
Dros ei hysgwydd: 'Ia, iawn.' Gwenodd.
'Mi ro i ganiad i chdi yn gwaith fory.'
Cachu.

Sgrwbiodd Daniel o'i meddyliau. Sobor o bethau, dynion.
Ffoniodd y swyddfa.
'Roy?'
'Lle wyt ti? Blydi hel, Aleksa, mae hi'n un ar ddeg.'
'Dw i 'di bod efo John Morgan. Gyn i dair stori go lew.'
'Lle wyt ti rŵan?'
Edrychodd ar y ffrog yn ffenest French Connection. 'Dwi ar y'n ffordd i Bryn Saint. Hen ddyn 'di cael bil dŵr.'
'O diar, bil dŵr. Be nawn ni, deudwch? Bil dŵr? Gwae ni.'
'Tydi'r hen foi ddim ar y rhwydwaith, Roy. Sganddo fo'm sinc na bath na thoiled. Mae o'n cael ei ddŵr o ffynnon ac mae o'n cachu mewn pwcad.'
'Ewadd. Reit. Tisio Betsan dy gyfarfod di yno?'
'Dwn i'm os y bydd o'n fodlon cael tynnu'i lun. Tip ges i gyn John Morgan. A' i i'w weld o gynta.'
'Dyna chdi. A cofia godi'r copïau o'r archifdy.'
Mi gâi'r hen ddyn a'i ddŵr aros.

Piciodd i French Connection a thrio'r ffrog. Roedd hi'n rhy ddrud heddiw.

Tynnodd y ffrog. Safodd o flaen y drych yn ei dillad isa. Rhwbiodd ei bol. Roedd 'na fyrdwn yno lle nad oedd byrdwn.

Gwisgodd a gadael yr adlewyrchiad.

Aeth Aleksa i orsaf yr heddlu i ailgynnau dau dân.

5.

'NES di'm ffonio.'

'Nes titha'm chwaith,' meddai Aleksa.

'Rhai sâl 'dan ni ar y ffôn.'

'Gwell yn y cnawd.'

Gwenodd y Ditectif Sarjant Seth Elis. Daeth gwaed i'w fochau. Gwyrodd ei ben.

Roedd Aleksa'n hoffi ei swildod. Arferai ddeffro'r swildod. Arferai gysuro'r swildod. Arferai erlid y swildod. Ac wedi lleddfu'r swildod, bu fflamau.

'Be fedra i neud, Aleksa?'

'Glenda Rees.'

Roeddan nhw'n eistedd wrth ddesg Seth yn CID. Roedd y swyddfa'n wag. Roedd rubanau'r dydd yn pelydru drwy'r ffenestri llydan. Roedd y lle'n drewi o goffi a chwys. Roedd y pared yn drwm o ddihirod a sut i roi stop ar eu drwgweithredu.

Ysgydwodd Seth ei ben a chrychu ei drwyn.

'Fuo hi farw'n '76,' meddai Aleksa.

''Runig ddatrys nes i yn '76 oedd datrys lle'r oedd Dad yn cuddiad y cwrw.'

'Oedd 'na achos llys?'

'Dim ffasiwn beth 'radag honno. Chwip din a gwely cynnar.'

Gormod o demtasiwn iddi hi. 'O'n i'n meddwl bo chdi'n lecio chwip din a gwely cynnar.'

Bochau coch a gwên swil. Rhyw rwndi yn stumog Aleksa. Gwingodd yn ei chadair. Sipiodd ei choffi ac yna llyfu'i gwefus yn slei.

'Pam wyt ti'n holi am Glenda Rees? Oes 'na stori ar y gweill?'

Ysgydwodd Aleksa'i phen. 'Ddaethpwyd o hyd iddi dan goelcerth ar y comin yn Llys Hebron. Noethlymun. Wedi ei thagu.'

'Ac?'

'Meddwl os y basa ti'n ffeindio'r ffeil.'

'Tyd laen, Aleksa Jones.' Un ochor o'i geg yn codi fel ar lastig. 'Ydy'r llofrudd ar fin cael ei draed yn rhydd? Chwarter canrif yn goblyn o gyfnod. Os nad oedd o'n rhyw fath o Hindley neu Peter Moore.'

'Dwi'm yn meddwl fod 'na lofrudd. Wel, chafon nhw'm *hyd* i'r llofrudd. Dyna dwi'n feddwl.'

Ysgydwodd Seth ei ben. 'Fedra i holi rhai o'r hen hogia. Debyg y byddan nhw'n cofio. Bownd o fod yn achos mawr ar y pryd.'

'Fydd 'na ffeil?'

'Mae 'na ffeil bob tro. 'Dan ni'n cadw ymchwiliadau o'r fath ar agor. Efo'r dechnoleg sydd ar gael y dyddiau yma, wel, does 'na'r un lleidr na llofrudd yn saff yn ei wely. Di'r ots pa mor hen 'di'r drosedd.'

'Wel?'

'Wel be?'

'Fedri di gael gafael ar y ffeil?'

Gwenodd Seth. Roedd o'n ddel pan oedd o'n gwenu. Roedd o'n ddel pan oedd o'n gwgu. Roedd o'n ddel pan oedd o'n griddfan ac yn rhegi ac yn chwysu.

'Fedri di?' gofynnodd Aleksa eto i nadu'r hen feddyliau.

Cododd ei ddwylo fel dyn yn wynebu'r sieriff. 'Mi hola i'r hen hogia.'

'A'r ffeil?'

'Ella, reit.'

Cododd Aleksa.

'Pryd wyt ti isio'r stwff 'ma?' gofynnodd Seth.

'Ddoe.' Roedd hi ar fin troi a'i heglu hi. Ond oedodd. A syllu arno fo. I fyw'r llygaid llwyd rheini. Gwelodd ei hadlewyrchiad yn y llygaid llwyd.

Gwelodd yr edrychiad.

Caeodd ei llygaid a gwyro'i phen. Rhag i'r edrychiad asio'i hun yn llygaid Seth.

'Diolch,' meddai Aleksa. 'Mi ro i ganiad.'

'Wyt ti'n gaddo?'

'Gaddo go iawn.'

'Dyna ddudis di'r adeg honno hefyd.'

Roedd Ned yn y fynedfa. Roedd o'n llowcio porc pei. Roedd y cig yn glynu i'w ddannedd. Panama ar ei ben, fel arfer. Panatella ym mhoced ei grys.

Gwenodd Aleksa. Saliwtiodd Aleksa'r paciwr papurau. Saliwtiodd Ned. Gwenodd Ned. Dangosodd lond ceg o gig. Ogleuodd Aleksa fraster.

A rhosys.

Ar y cownter, tusw.

'Ewadd, cariad newydd, Siwan.'

Cododd y croesawydd ei phen. 'O, Aleksa. I chdi.'

'Fi?' Aeth at y cownter. Roedd ei ffroenau'n llawn o bersawr y blodau.

'Calon pwy mae hi wedi'i dwyn y tro yma?' gofynnodd Siwan yn slei gan syllu dros ei sbectol hanner lleuad.

Teimlodd Aleksa'i hun yn gwrido. 'Run lliw â'r rhosys. Trodd at Ned. 'Ganddoch chi, Ned?'

'Siŵr Dduw,' meddai'r paciwr a'i chwerthin fel sŵn rasal ar groen.

Chwiliodd Aleksa am gerdyn. Doedd 'na'm cerdyn. Crychodd ei thrwyn. Roedd yn gas ganddi beidio gwybod.

'Pwy felly, Miss Jones?' gofynnodd Siwan yn bryfoclyd.

'Dwn i'm. Pwy ddoth â nhw?'

'Interflora. Ddeg munud yn ôl.'

Cydiodd yn y blodau a mynd drwy'r drws i'r swyddfa olygyddol.

Roedd hi'n dal i dyrchio am ddanfonydd y rhosys pan ddaeth Roy at ei desg.

Llaciodd ei dei. Roedd o'n chwysu. 'Ges di afael ar y dyn bil dŵr?'

Sgytiad mewnol. 'O, na, doedd 'na'm ateb. A' i draw pnawn 'ma.'

'Reit, iawn.' Roy'n reit amheus. 'Sgyn ti funud?' Taflodd fawd dros ei ysgwydd.

Tynhaodd Aleksa. Roedd y geiriau fel chwip. Brawddeg i oeri'r gwaed. Taflodd edrychiad dros ysgwydd Roy.

'Be mae o isio?'

'Isio gair,' meddai Roy'n ddiamynedd.

Cnociodd ar ddrws swyddfa Harry Davies.

'Mewn.'

Harry Davies: gwên i ddallu, gwallt lliw arian byw, geiriau fel hoelion.

'Aleksa, Aleksa, tyd i mewn, ista i lawr, wyt ti'n o lew?'

Nodiodd Aleksa ac eistedd.

Roedd 'na dwmpath o straeon wedi eu printio ar ddesg Harry. Roedd 'na linellau coch fel anafiadau ar y straeon. Harry'n datgymalu gwaith gohebyddion dygn.

Tric Harry: mynnu bod gohebydd yn ailsgwennu stori dro ar ôl tro ar ôl tro. Cyn ysgwyd ei ben a deud: 'Mi brintiwn ni'r fersiwn gynta'. Yr hen a ŵyr, yr ifanc a sgyrnyga.

'Wyt ti'n brysur?' Y wên. Ond beth oedd yn llechu'r tu ôl iddi?

'Eitha. Go lew.'

'Dallt bo chdi 'di bod yn yr archifdy. Dŵad o hyd i'n hen hanesion i.'

Agorodd Aleksa'i cheg. Arhosodd y geiriau yn ei chorn gwddw. Syllodd ar y wal lle'r oedd llun o Harry a Magi Thatcher. Wrth ymyl hwnnw roedd llun o Harry a'i wraig,

Clara. Tu ôl i'r wal roedd Roy.

Chwifiodd Harry ei law. 'A, paid â phoeni. Fedar Roy gadw dim rhagdda i. Hen hac dwi, Aleksa. Trwyn fel ci.' Chwarddodd.

Gwenodd Aleksa.

'Paid â gwario gormod o amser yn yr hen bapurau 'na. Beth bynnag ddudith Harry. Dy le di ydy allan yn dre. Ffeindio straeon. Dyna ti'n neud. Wyt ti'n neud joban dda. Iawn?'

'Iawn.'

'Felly?'

'Felly?'

'Be sgyn ti ar y gweill?'

'O, wel, ges i gwpwl o bethau gyn John Morgan.'

'Hen John. Lecio'i gwrw. Lecio'i ferched. Wps! Well i mi gau 'ngheg. Wyt ti'n rhannu tŷ efo'i hogan o'n dwyt?'

'Yndw.' Dwi'm isio clywed hyn, meddyliodd Aleksa. Oes, siŵr Dduw mod i isio clywed. 'Merched?'

Chwifiodd Harry ei law eto. Fel tasa fo'n taro pry. 'Hen straeon. Isio straeon newydd dwi.'

'Gyn i rwbath.'

'O?'

'Glenda Rees, wyt ti'n–'

'Glenda Rees?' Sythu yn ei gadair. Golau dydd yn dawnsio ar ei wallt. 'Cofio'n iawn. Sgandal, coblyn o sgandal.' Ac yna, i ladd ac anghofio'r stori fel y lladdwyd ac anghofiwyd Glenda Rees, 'Yr adeg honno.'

'Wel, gafodd 'na neb ei gyhuddo.'

'Mi oedd gyn – be oedd ei henw hi?'

'Glenda.'

'Glenda, dyna fo. Mi oedd gyni hi gariad. Sgowsar. Dipyn bach yn . . . ' Troellodd Harry ei fys wrth ymyl ei ben. 'Beth bynnag, bedwar diwrnod wedi lladd Glenda, mi ddaethpwyd o hyd i gorff yr hogyn mewn fflat yn Lerpwl. Heddlu'n reit siŵr o'u pethau.'

'Fo laddodd Glenda.'

'A lladd ei hun.' Ysgydwodd Harry ei ben a thwt-twtian. 'Digalon. Os wyt ti'n yr archifdy eto, isio i chdi gael golwg ar bapurau diweddarach. Gei di'r hanes.'

Nodiodd Aleksa. Gwacter yn ei stumog.

'Ta waeth,' meddai Harry. Tarodd y ddesg fel tasa fo'n mathru be oedd yn weddill o Glenda Rees. 'Rheswm o'n i am gael gair . . .' Agorodd ddrôr ei ddesg. Tyrchodd. Caeodd y drôr. Rhoddodd ei freichiau ar y ddesg ac edrych ar Aleksa. 'Dwi am wobrwyo ambell un. Gadael fy marc, fel petai.' Pwysodd yn ôl a phlethu ei freichiau. 'Roy fydd yn olygydd – cadw hynny o dan dy het – a mi fydd Alison yn cael dyrchafiad yn ddirprwy.'

Nodiodd Aleksa. 'Alison, reit . . .' Gnawas. Ysgwyd ei phen. Twt-twtian. Ochneidio. Ram-damio rhyw riportar neu'i gilydd.

'Am i chdi gymryd yr awenau gyn Alison. Golygydd newyddion.'

'Fi?'

'Chdi.'

'Ewadd.'

'Be ddudi di?'

'Mi dduda i iawn,' meddai Aleksa. Glenda Rees wedi ei chladdu. Rhosod ar ei bedd.

6.

CAFODD ordors gan Harry i gau ei cheg. Roedd dyrchafiad Aleksa i'w gyhoeddi ar ddiwrnod ymddeoliad Harry. Aeth Aleksa i'r Ddraig i frathu ei thafod. Aeth i'r Ddraig am Facardi Breezer.

Ei thrydedd potel. Ei photel ddwytha. Roedd ei phen yn dechrau ysgafnhau. Roedd ei thafod yn beryg o lacio.

Gadawodd y car a cherdded am adre. Roedd hi'n pigo bwrw. Glaw mân yn gysur. Cymylau ddoe heb wireddu'r bygythiad.

Meddyliodd Aleksa am goelcerth:

Glenda Rees a'i Sgowsar. Y ddau'n llwch. Enwau'n unig bellach. Mi ddywedodd Harry unwaith wrthi fod gan bawb stori. Be oedd stori Glenda Rees? Ta waeth. Carcas cariad. Sglyfaeth pa bynnag ysfa oedd yn symbylu'r Sgowsar. Roedd Aleksa'n meddwl y medra hi ddeud stori Glenda Rees. Siarad ar ei rhan. Bod yn llais i'r meirw. Beth bynnag oedd stori Glenda Rees doedd ei stori ddim yn cydio bellach. Roedd y fflam wedi pylu.

Meddyliodd Aleksa am goelcerth.

Gwenodd Seth. Roedd o'n ddel pan oedd o'n gwenu. Roedd o'n ddel pan oedd o'n gwgu. Roedd o'n ddel pan oedd o'n griddfan ac yn rhegi ac yn chwysu . . .

Ysgydwodd Aleksa'i phen. Sgrialodd y glaw o'i gwallt. Roedd ei bochau'n wlyb. Snwffiodd a rhwbio'i thrwyn.

Roedd hi isio Seth eto. Ac eto ac eto ac eto . . . Ond roedd yr hen edrychiad hwnnw'n nadu iddi fentro. Roedd yr hen edrychiad hwnnw'n deud: rhag cwilydd i chdi. Roedd yr hen edrychiad yn adlewyrchu yn llygaid llwyd Seth.

Roedd Seth ac Aleksa efo'i gilydd am flwyddyn. Roeddan nhw'n rhannu fflat. Roeddan nhw'n rhannu'r biliau. Roeddan nhw'n rhannu chwerthin. Roeddan nhw'n rhannu crio. Ond mi aeth pethau'n ddrwg. O ddrwg i waeth. O waeth i saith gwaith gwaeth.

O bigo bwrw i biso bwrw. Trotiodd Aleksa. Cwynodd a rhegodd. Rhoddodd ei bag dros ei phen.

Ffrae ddiddim yn hadu'n fforest o ffyrnigrwydd. Seth yn gweithio ac yn gaddo bod adre mewn pryd. Seth yn hwyr ac yn ffonio, yn deud: dos di, mi 'na i dy gyfarfod di yno. Aleksa'n mynd ac yn aros. Ac yn aros ac yn aros ac yn aros . . . ar ei phen ei hun am dair awr mewn tŷ bwyta ar noson ei phen blwydd.

Ac wedi'r pen blwydd, pwdu.

Aleksa'n plannu hadau chwerw. Hen dafod giaidd yn llyfu'r llewyrch oddi ar y berthynas. Ffrwyth hyn oll: Aleksa'n cerdded allan a gaddo ffonio.

Ddaru hi ddim.

Ac roedd hynny bymtheg mis yn ôl.

'Wyt ti'n socian.' Ffion wedi cael madael ar y Penmaenmawr.

Roedd 'na oglau cyrri yn gweu o'r gegin.

'Madras,' meddai Ffion.

Rhuthrodd Aleksa i fyny'r grisiau. 'Blydi socian.'

'Lle mae'r car?'

Tynnodd ei dillad a'u gollwng i'r fasged. Gwaeddodd drwy ddrws ei stafell: 'Es i i ddathlu. Cwpwl o ddrincs. Dwi'n cael dyrchafiad.' Tynnodd grys chwys a sgert ddenim amdani a mynd i fwydro dros Fadras efo Ffion.

Gwin a mwg a merched drwg.

Potel o Jacob's Creek. Canabis gyn Stephanie o'r Ddraig. Siarad cociau cyn-gariadon. Chwerthin mawr a mwytho'r Paffiwr. Y Paffiwr yn cael llond bol ac yn syllu'n sarhaus – edrychiad oedd yn deud: blydi merched – cyn ymlwybro i'r nos i ladd.

'Es i i weld Seth heddiw.'

Stopiodd Ffion chwerthin. Syrthiodd gên Ffion a thorri bawd ei throed. Sgyrnygodd Ffion. 'Pam?'

'Efo gwaith. Ond mi es i i weld Seth.'

'A? Be ddigwyddodd?'

Teimlai Aleksa'i hun yn gwrido. Gwingodd yn ei chadair. Ysgydwodd ei phen. 'Dwi 'di weld o o gwmpas a ballu. Deud "helô" o bell a ballu. Heb gael sgwrs go iawn efo fo ers, wel, ers . . . Ro'n i'n meddwl y'n bo ni ar delera da.'

'Dydach chi ddim?'

'Ro'n i'n meddwl 'y mod i drosto fo.'

'A dwyt ti ddim.' Twt-twtiodd Ffion a rowlio'i llygaid.

'Dwi'n ei lecio fo gymaint, Ffion. Dwi'n ei lecio fo fwy nag erioed.'

Syllodd Ffion i'w gwin. Doedd y gwin yn cynnig dim.

Aeth Aleksa'n ei blaen: 'Ges i rosys heddiw'n gwaith.'

'Seth?'

Cododd Aleksa'i sgwyddau. Gwenu'n slei bach. 'Lecio meddwl mai Seth ddaru. Ond, dwn i'm . . . dim steil Seth, rywsut. Mi fydda Seth 'di dŵad i'r offis a jyst deud yn blaen: "cym on, hogan, tyn dy nicers".'

Dechreuodd Ffion chwerthin. Dechreuodd Aleksa chwerthin. Dechreuodd y ffôn ganu.

Siglodd Ffion i ateb y ffôn.

Cym on, hogan, tyn dy nicers – ac wedyn penwythnos ym Mharis, Aleksa heb syniad. Gwyliau yn America, Aleksa heb syniad. Presant pen blwydd yn ei boced, Aleksa heb syniad. Modrwy. Ar ei phen blwydd. Ar ei phen ei hun am dair awr mewn tŷ bwyta. Ac wedi'r pen blwydd, pwdu. A'r fodrwy yn ei boced.

'Seth.' Daeth y llais o bellteroedd yn ei phen. 'Seth.' Yn mynnu ateb. 'Seth ar y blydi ffôn,' hisiodd Ffion.

Neidiodd Aleksa. Roedd hi'n chwys oer. Tywalltodd beth o'i gwin hyd y carped. Baglodd am y ffôn.

'Helô?'

'Hei, fi sy 'ma. Sori dy ffonio di.'

'Na, na, ocê, dim problem, paid â phoeni,' parablodd Aleksa yn trio cuddio'r cwrw yn ei llais.

'Wyt ti 'di bod yn yfed?'

'Na, na – do, chydig bach.'

'Nabod y – ta waeth.'

'Reit.' Brathodd ei gwefus. Croesodd ei choesau. Siglodd fel plentyn swil.

'Ffonio ro'n i am Glenda Rees.'

'O.' Siom yn setlo yn stumog Aleksa.

'Rhyfadd o beth, ond mae'r ffeil 'di mynd ar goll.'

'Ar goll? Ydy hynny'n digwydd?'

'Nid i mi wbod.'

'Reit.' Sbarc bach yn tanio.

'Holais i'r bòs, y DCS.'

Y Fferat, meddyliodd Aleksa: Y Prif Uwch Arolygydd Malcolm Munro, a'i drwyn smwt, a'i lygaid marblis, a'i ddannedd Bugs Bunny.

Aeth Seth yn ei flaen: 'Roedd o'n sarjant ar y pryd. Gweithio dan inspectyr o'r enw Elfed Hill. Wyt ti'n cymryd nodiadau?'

'Ym, yndw.' Edrychodd Aleksa ar lyfr nodiadau a phensel oedd ar fwrdd y ffôn. Siglodd ei sgwyddau. Swigiodd ei gwin.

'Aeth bochau'r bòs yn biws. Mi barablodd ar gownt rhyw achos dwyn ceir. Chwarae efo'i bapurau. Deud wrtha i nad oedd gynddo fo'r amser na'r amynedd i hel clecs.'

Crychodd Aleksa'i thrwyn. Edrychodd ar y llyfr nodiadau a'r bensel.

Seth eto. 'Mi ddudodd hen sarjant wrtha i fod DI Hill 'di cael sac o'r ffors yn '76 am ddwyn. Set-yp yn ôl rhai. Misdimanars yn rhwla.'

Rhoddodd Aleksa'r gwin ar y bwrdd. Cydiodd yn y llyfr nodiadau a'r bensel. Eisteddodd ar lawr a chroesi ei choesau fel bwda.

'Gwranda,' meddai Seth, gan sibrwd yn gyfrinachol, 'paid â

deud gair o dy ben am hyn wrth neb.'

'Nes i rioed y ffasiwn beth i chdi.'

'Pethau 'di newid. Jyst deud, dyna i gyd.'

Ochneidiodd Aleksa. Roedd 'na lwmp yn ei gwddw. Dechreuodd sgwennu enw Seth ar y llyfr nodiadau. Llythrennau'n plethu fel cymalau.

'Aleksa? Wyt ti'n dal yna?'

'Yndw.' Ochneidiodd Aleksa eto. Adroddodd Aleksa stori Harry Davies. Stori'r Sgowsar. Stori Glenda Rees.

'Peth od, cofia,' meddai Aleksa. 'Nes i holi John Morgan. Ddaru o ymateb yn yr un ffordd â'r Fferat. Malu awyr. Osgoi'r cwestiwn. Bla-di-bla am blydi dim.'

'Y Fferat?' Nodyn o ddryswch. Ond yna: 'O, ia, dwi'n cofio. Chdi a dy Fferat.'

'Dwyt ti'm yn meddwl fod hynny'n beth od?'

'Dwn i'm. Jyst paid â sôn.'

''Na i'm blydi sôn.' Min yn ei llais. Yr hen dafod giaidd honno.

'Yli, well i mi fynd. Dan dy het, reit.'

'Mae'r het yn dynn ar 'y mhen i, Mr Plisman.'

'Well i mi fynd. Dwi'n hwyr.'

Teimlodd Aleksa'r gwaed yn rhuthro i'w phen. 'O . . . dêt?'

'Drinc efo mêt.'

'Mêt.' Pwy ydy hi? meddyliodd. Pwy ydy'r ast? Pwy? Pwy? Pwy? Dywedodd: 'Ocê. Mi 'na i adael i chdi fynd. Diolch, gyda llaw.'

'Croeso, gyda llaw. Wela i di cyn bo hir.'

'O gwmpas.'

'Siŵr o fod.'

'Cymer ofal, Aleksa.'

Gadawodd Aleksa'r ffôn wrth ei chlust a gwrando ar yr hymian di-dor.

'Be ddudo chdi am Dad?'

Trodd Aleksa. Roedd Ffion yn pwyso ar ffrâm y drws. Roedd ei thalcen fel cae wedi ei aredig. Roedd ei cheg fel hanner lleuad ar ei ochor. Roedd ei dyrnau'n wyn o wasgu'r gwydr gwin.

7.

DOEDD gan Aleksa ddim ffydd ond roedd ganddi grefydd.

Derwydd oedd yn destun erthygl oedd yr ysgogiad: 'Crefydd i bawb ydy Derwyddiaeth', 'Crefydd sy'n rhoi cysur ydy Derwyddiaeth', 'Crefydd hyblyg ydy Derwyddiaeth'.

Crefydd hyblyg? Jyst y peth.

Doedd gan Aleksa fawr o awydd dawnsio'n noethlymun dan leuad llawn (er fod ganddi frith gof o ddawnsio'n noethlymun o gwmpas y maes pebyll yn Steddfod Aber yn '92. Dwy botel o win coch a phedwar rym a blac yn y Cŵps oedd ei diafol a'i duw'r noson honno).

Doedd gan Aleksa fawr o awydd yfed gwaed morwyn ar gomin (er nad oedd gwaed Aleksa'n ffit ar gyfer y fath seremoni er y noson honno efo Terry James yn nhoiledau'r clwb ieuenctid pan oedd hi'n bymtheg oed).

Doedd gan Aleksa fawr o awydd canu rhyw farwnad i dduwiau coll (ni fyddai Aleksa'n canu byth eto ar ôl iddi sefyll ar y bwrdd yng Nghlwb Ifor Bach a sgrechian pennill ddwytha 'Mae'r Nos Wedi Dod i Ben' i'r gynulleidfa ar ôl i gitâr Meic Stevens fynd allan o diwn).

Chwarddodd y Derwydd. Sicrhaodd y Derwydd nad oedd sylfaen i argraffiadau Aleksa o'i grefydd. Roedd o'n gwisgo crys a thei a throwsus twt. Nid coban ddu a het bigog. Roedd o hefyd yn gampwr dianc. 'Fi ydy Harry Houdini Cymru.' Dysgodd driciau i Aleksa. Dysgodd grefydd i Aleksa.

Crefydd hyblyg. Jyst y peth.

Gosododd Aleksa'r allor yn ei llofft. Plygai gerbron yr allor cyn cysgu ac wedi deffro. Gweddi fach i'r rhai oedd hi'n eu caru. Roedd hynny'n gysur iddi mewn byd lle'r oedd cysur yn friwsion.

Penliniodd o flaen yr allor. Rhwbiodd ddagrau oedd yn drwchus fel glud o'i llygaid. Plygodd i gusanu'r groes arian. Cusanodd y llun ohoni hi'n blentyn ym mreichiau'i mam. Ysgydwodd y ratl plentyn yn ysgafn. Aeth y sŵn drwyddi fel dŵr oer yn llifo drwy'i gwythiennau. Roedd ei llygaid yn gwlychu.

Cofleidiodd yr hen ddol garpiog, unllygeidiog. Mwythodd y llechen ac arni'r enwau GWAWR/CAI wedi eu cerfio mewn llythrennau trwsiadus. Ogleuodd y rhosod ffres. Rhedodd ei bysedd drwy'r dail crin a'r cregyn oedd yn carpedu'r allor.

Rhoddodd y ddol yn ôl ar yr allor. Plethodd Aleksa'i bysedd. Caeodd ei llygaid a thywallt diferion dros ei bochau. Dan ei gwynt dywedodd, 'Cadw'r bychan yn saff. Cadw nhw i gyd yn saff. Cadw mam a'r mamau'n saff. Cadw Ffion yn saff. Cadw fi'n saff a maddau i mi 'nhroseddau gan na fedra i byth faddau i mi fy hun.'

Roedd cwsg yn gyndyn o gydio.

Roedd y ffrae efo Ffion yn fyw.

'Be ddudis di am Dad?'

'Dim byd.' Ei heglu hi'n ôl am y botel win.

'Be ddudis di, Aleksa? Be mae Dad 'di neud?'

'Dim byd. Dydi o 'di gneud dim byd.' Llowcio mwy o win. Roedd y stafell fyw'n drewi o fwg drwg.

'Be oedd Seth isio? Ydy o ar ôl Dad?' Sŵn crio yn llais Ffion. 'Deutha fi!'

'Dim byd i ddeud, Ffion. Tydi dy Dad 'di neud dim. Jyst sôn am ei gyfarfod o heddiw.'

'Siarad tu ôl 'i gefn o?'

'Naci, blydi hel! Be sy haru chdi? Jyst sgwrsio.'

'Sgwrsio efo Seth.' Llais sbeitlyd. 'Dyna neis. Ydy o'n mynd i dy gymryd di'n ôl, ydy?'

'Be?'

Dynwared Aleksa rŵan. 'Www, dwi'n ei garu o, www, mae o'n lyfli, www, www . . . '

'Cau dy geg, Ffion.' Aleksa'n neidio ar ei thraed. Rhuthrodd am y gegin. Roedd hi'n drewi o dybaco a chanabis. Roedd ei chorn gwddw'n sych. Roedd Ffion yn ei hela. Roedd Ffion am waed Aleksa. Roedd calon Ffion yn gyrbibion.

'Ro'n i'n 'i garu o hefyd.' Gwich yn llais Ffion fel colfach angen cysur olew.

'O blydi hel, na, na, na.' Yfodd Aleksa wydraid o ddŵr.

'Gymaint â chdi. Fwy na chdi.'

Trodd Aleksa fel neidr yn barod i frathu. Brathodd. 'Un noson, Ffion, un blydi noson. Flwyddyn cyn i mi–'

Dynwared sbeitlyd eto. 'Dynnu dy nicers.'

Rat-tat-tatiodd y llen cath. Eisteddodd y Paffiwr wrth y drws. Edrychodd ar y ddwy oedd yn gweini arno. Chwipiodd ei gynffon – blydi merched. Safodd a throdd a mewiodd. Rat-tat-tatiodd y llen cath. Aeth y Paffiwr i ladd.

'Paid â bod yn ast, Ffion.' Brathodd Aleksa'i gwefus. Blasodd ei gwaed.

'Ast? Fi? Clywch hon! Ast yr holl eist.'

Ia, clywch hon. Caeodd Aleksa'i llygaid. Gwasgu'r amrannau a gobeithio y basa nhw'n glynu at ei gilydd. Er mwyn iddi fod yn ddall. Er mwyn iddi beidio gorfod gweld yr edrychiad hwnnw byth eto.

'Wyt ti wedi deud wrtho fo? Ydy o'n gwbod, Aleksa?'

Dechreuodd Aleksa grynu. Dechreuodd ei stumog gorddi. Dechreuodd ei phen chwyrlïo. Yn y düwch tu ôl i'w llygaid roedd lliwiau'n plethu'n ffyrnig. Daeth blas drwg i'w chorn gwddw.

'Wyt ti 'di deud wrtho fo?'

Ysgydwodd ei phen. Dechreuodd rhywbeth anghynnes deithio o'i stumog . . .

'Wyt ti 'di deud, yr ast?'

. . . i fyny'r lôn goch . . .
'Deud dy fod ti–'
. . . a ffrwydro'n strimyn o chwd o geg Aleksa.
' . . . wedi lladd 'i fabi fo?'

8.

Dydd Mercher, Hydref 31
DAETH cwsg fel lleidr.

Yn y breuddwydion a ddrylliwyd pan ddeffrodd Aleksa roedd 'na rywun yn galw'i henw. A hithau wedi ei dwyn o gwsg, roedd y llais yn dal i weiddi ei henw.

Ystwythodd. Griddfanodd. Teimlodd bwysau cysurus ar ei choesau.

'Aleksa. Aleksa. Tyd yma.'

Cododd ar ei heistedd yn y gwely. Roedd y Paffiwr yn gorwedd ar ei choesau. Roedd o'n syllu arni drwy lygaid cul. Roedd o'n canu grwndi. Roedd o'n deud: dwi'n maddau i chdi am fod yn globan wirion neithiwr.

'Aleksa. Tyd yma.'

Neidiodd Aleksa o'r gwely. Sgrialodd y Paffiwr. Rhwbiodd Aleksa'r cwsg o'i llygaid. Rhedodd law drwy'i gwallt.

'Aleksa. Rhaid i chdi weld hyn.'

Dilynodd sŵn y llais.

Roedd Ffion yn sefyll yn y drws ffrynt.

Roedd yr awyr yn fetalig.

Roedd 'na oglau storm ar yr awyr.

Roedd 'na wrachod ar y gwynt.

Ac oglau rhywbeth arall . . .

Trodd Ffion tuag ati.

'Be sy?' gofynnodd Aleksa.

Daeth at ysgwydd Ffion. Daeth rhyw arogl cyfarwydd i'w ffroenau. Daeth rhyw liw cyfarwydd i gornel ei llygaid.

Trodd Ffion i syllu am allan unwaith eto.

Dilynodd Aleksa drywydd llygaid Ffion.

Daeth pendro drosti. Tynhaodd ei sgyfaint. Bu bron i'w chalon ffrwydro.

Roedd y llwybr ffrynt yn garped o rosys cochion.

Roedd brigau o fellt yn cracio'r nefoedd lwyd. Roedd ffenest y bws yn oer ar dalcen Aleksa. Gwyliodd wrth i'r glaw golbio'r ddaear. Dyma ddiwrnod addas ar gyfer yr ellyllon.

Roedd Aleksa a Ffion wedi casglu'r rhosod o'r llwybr cyn i'r storm dorri. Roedd Aleksa a Ffion wedi rhannu ymddiheuriadau llugoer wedi i'w storm nhw leddfu. Ond roedd hi'n rhy hwyr. Roedd y difrod wedi ei wneud.

Estynnodd Aleksa'i ffôn o'i bag. Syllodd ar y ffôn. Dychmygodd ei hun yn pwnio rhif yr orsaf heddlu i'r ffôn. Dychmygodd ei hun yn gofyn am Seth. Dychmygodd ei hun yn gofyn ai fo ddanfonodd y blodau. Rhoddodd y ffôn yn ôl yn ei bag.

Meddyliodd am Glenda Rees. Meddyliodd am y ffeil golledig. Meddyliodd am Malcolm Munro a John Morgan. Pam oedd y ddau'n chwithig wrth glywed enw Glenda Rees?

Pam?

Oherwydd fod 'na sgandal yma'n rhywle.

Oherwydd fod 'na fisdimanars.

Oherwydd fod 'na lanast 'di bod.

Oherwydd fod 'na stori yn ymdorchi yng ngwaelod y pydew.

Stopiodd y bws. Daeth hanner dwsin o blant ymlaen. Roeddan nhw'n wlyb doman. Roeddan nhw'n swnllyd. Caeodd Aleksa'i llygaid. Aeth y criw heibio iddi. Pwniwyd hi gan glun. Eisteddodd y plant yn y sedd gefn. Ogleuodd Aleksa faco wrth i'r plant danio sigaréts.

Gwyddai Aleksa y byddai'n gorfod troi at Seth.

Roedd hi isio troi at Seth. Ond doedd hi ddim isio troi at Seth. Ai fo oedd wedi danfon y rhosys? Na, mi fydda Seth wedi gofyn neithiwr: 'Sut oglau sy'n y tŷ 'na heno?' Byddai troi at Seth yn ei annog. Roedd hi isio annog Seth. Ond doedd ganddi ddim hawl i annog Seth. Roedd Ffion wedi taro'r hoelan ar ei phen. Roedd yr hoelan yn frwnt yng nghalon Aleksa.

Roedd Ned yn y fynedfa. Roedd ei ddwylo wedi eu cwpanu ar ei lin. Dwylo mawr. Croen carpiog. Gwinedd hir a melyn. Roedd o'n gwenu. Roedd y Panama ar ei ben. Roedd y Panatella rhwng ei ddannedd.

Gwenodd Aleksa. Saliwtiodd Aleksa'r paciwr papurau. Winciodd Ned. Ogleuodd Aleksa dric budur.

'Dim blodau'r bore 'ma mae gyn i ofn,' meddai Siwan o'r tu ôl i'w sbectol. Roedd 'na ferch yn sefyll wrth y cownter. Cyflwynodd Siwan y ferch. 'Aleksa, dyma Ceri Philips, riportar newydd.'

Roedd Ceri Philips yn smart. Roedd Ceri Philips yn dlws. Roedd Ceri Philips yn ddihalogedig. Byddai Aleksa'n hoffi cyfarfod Ceri Philips ar ôl i Ceri Philips dreulio pum mlynedd yn gohebu i'r *County Star*.

Nodiodd Aleksa. Ciledrychodd ar Ned. Winciodd Ned. Roedd o'n cwpanu ei ddwylo ar ei lin. Meddyliodd Aleksa: waeth i'r maeddu ddechrau heddiw ddim.

'Wyt ti 'di cyfarfod Ned?' gofynnodd Aleksa.

'O, dwi 'di 'i rhybuddio hi i gadw draw,' meddai Siwan.

Anwybyddodd Aleksa Siwan. Tuchanodd Siwan a mynd yn ôl at beth bynnag roedd hi'n ei wneud. Tywysodd Aleksa Ceri Philips tuag at Ned.

Roedd gan Ceri Philips lygaid mawr brown oedd heb weld y pethau y gallai llygaid mawr brown weld ond iddyn nhw edrach yn ddigon caled.

'Ned, dyma Ceri. Riportar newydd.' Roedd yn rhaid i Aleksa godi ei llais. Roedd Ned braidd yn fyddar. Roedd Ned yn clywed pob dim.

'Helô, sut 'dach chi?' meddai Ceri Philips yn gwrtais a

chynnig ei llaw.

Daeth sŵn chwerthin o gorn gwddw Ned. Sŵn wedi ei lusgo drwy ratiwr caws. 'Wyt ti isio stori?'

'Ddrwg gen i?' Gwyrodd Ceri.

Ciledrychodd Aleksa i gyfeiriad Siwan. Ysgydwodd Siwan ei phen a thwt-twtian. Cododd Aleksa'i sgwyddau fel deud: be fedra i neud?

'Stori,' crawciodd Ned.

Edrychodd Ceri ar Aleksa'n nerfus.

Nodiodd Aleksa.

Cyfeiriodd Ned at ei ddwylo.

'Be sganddoch chi'n fan 'na?' gofynnodd Ceri fel tasa hi'n siarad efo plentyn byddar.

Gwyrodd Ceri.

Gwenodd Ned.

Blagurodd ei ddwylo fel petalau crebachlyd.

Gwichiodd Ceri Philips.

'Ned, paid â'i dychryn hi,' dwrdiodd Aleksa a wincio ar Ned.

Chwarddodd Ned. Sŵn llyffant. Mwythodd Ned y llygoden lwyd oedd yn golchi ei phawennau yn ei bawen.

'Hen dric sâl, Ned,' meddai Aleksa gan dywys y Geri Philips grynedig tuag at y drws ar y chwith.

Yr hen a ŵyr, yr ifanc a wichia.

Roedd y rhosys yn dal ar ei desg. Roeddan nhw'n gwywo. Trodd Aleksa'i chyfrifiadur ymlaen ac agor ei llyfr cysylltiadau. Joban gynta'r diwrnod: ffonio pawb a thrio taro nodyn brwdfrydig wrth ofyn, drosodd a throsodd: 'Oes 'na rwbath yn digwydd?'

Ffair haf. Carnifal. Cyflwyno siec i elusen.

Pawb isio'u pwt yn y papur ac Aleksa'n erfyn stori go iawn. Stori Glenda Rees.

Gwthiodd y rhosys o'r neilltu. Dechreuodd chwilio drwy'i

llyfr cysylltiadau. Oedd 'na rywun yma fyddai'n barod i drafod Glenda Rees? Ella yr âi hi o gwmpas y dre. Holi pobol ar eu stepan drws, yn eu gwaith. Roedd pobol yn siŵr o gofio. Roedd pobol yn siŵr o hel clecs. Mae pobol yn lecio hel clecs.

'Aleksa.'

Ochneidiodd. Edrychodd dros ei hysgwydd. Alison Ifans yn gwneud ystum efo'i bys i Aleksa ddod ati hi.

Roedd Aleksa ar godi pan ganodd ei ffôn. Nodiodd Alison: ateb hwnna.

'Helô, Aleksa Jones.'

'Helô, Aleksa Jones.' Llais dyn.

Rhyw ias i lawr yr asgwrn cefn.

'Pwy sy'n siarad?'

'Fi.'

'"Fi"? Pwy 'di "fi"?'

'Wyt ti 'di anghofio'n barod?'

'Dwn i'm. O'n i'n cofio'n y lle cynta, deudwch? Pwy sy 'na, plîs?'

'Fi. Daniel.'

Pwysodd Aleksa'n ôl yn ei chadair. Edrychodd tua'r nenfwd. Tynnodd ei gwallt yn gynffon tu ôl i'w phen. Tynnodd nes i'r gwreiddiau sgrechian.

'Yli, Daniel . . . '

'Ddudis i y baswn i'n ffonio.'

'Do, mi ddudis di.' Syllodd Aleksa o'i chwmpas. Doedd 'na neb yn gwrando. Roedd 'na rywbeth yn deud wrthi y byddai'n well tasa 'na rywun yn gwrando.

'Mi welis i chdi'n cyrraedd y gwaith,' meddai Daniel.

Yn sydyn, teimlai Aleksa'n unig iawn. Yn sydyn, teimlai Aleksa'n noethlymun. Yn sydyn, daeth gwres anghynnes i'w gwegil. Rhwbiodd gefn ei gwddw.

'Dwi'm isio i chdi 'ngwylio fi'n cyrraedd, Daniel.' Llais yn llonydd. Mor llonydd â phosib.

'Sori, jyst pasio.' Nodyn o banig yn ei lais. 'Ar y'n ffordd i'r gwaith. Wyt ti'n iawn?'

'Ocê, ocê, yli, dwi reit brysur.'

'Wn i, sori. Wyt ti'n mynd i'r cyfarfod Cyngor 'na heno?'

Calon yn dyrnu mynd. Meddwl yn tyrchio. Cyfarfod Cyngor?

'O, yndw,' meddai Aleksa, gan ddod o hyd i'r wybodaeth.

'Fyddi di'n hwyr?'

'Hwyr?' Pa fusnes ydy hynny? Roedd cluniau Aleksa'n teimlo fel plu. Tasa hi wedi gorfod sefyll mi fydda hi wedi syrthio. 'Fedra i'm deud.'

'Iawn. Be am i ni gyfarfod nos fory? Awn ni am Indian.'

'Ym, na, Daniel, awn ni ddim.'

'Pam?' Syndod yn ei lais.

'Ym, am nad ydw i isio.'

'Italian, ta. Os nad wyt ti'n lecio Indian.'

'Hang on . . .'

'Well i mi fynd.' Sibrydiad cyfrinachol. 'Y bòs o gwmpas. Mae hi'n rêl hen ast. Drewi o'r hen bapurau 'ma i gyd.'

Crychodd Aleksa'i thrwyn. Meddwl yn troi a throsi. Hen bapurau? 'Daniel, lle ti'n gweithio?'

'Archifdy. Dair gwaith yr wythnos dros y gwyliau . . .'

'Gwyliau?'

'Dydd Llun, dydd Mercher a dydd Gwener.'

'Gwyliau? Gwyliau be?' Cryndod yn ei llais. Cryndod yn ei stumog. Cryndod yn ei phledren.

'Ysgol.'

Bu bron iddi dagu ar y geiriau oedd wedi cloi yn ei chorn gwddw. Bu bron iddi syrthio oddi ar ei chadair. Bu bron iddi sgrechian. 'Faint 'di d'oed di?' Sŵn fel teiar a thwll ynddo.

'Deunaw.' Chwerthiniad bach. 'Paid â phoeni, dwi'n *legal*.'

Roedd sêr yn saethu o flaen ei llygaid.

'Well i mi fynd,' meddai Daniel. 'O, gobeithio na nes i ormod o lanast ar dy lwybr di'r bore 'ma. Wela i di fory.'

Ni fedrai Aleksa symud. Fel tasa rhywun wedi chwistrellu concrit i'w gwythiennau. Fel tasa hi'n wraig Lot oedd wedi mynnu gweld Sodom a Gomorra. Fel tasa hi'n slwt oedd wedi mynnu snogio hogyn ysgol.

'Roedd o'n edrach ddeg mlynadd yn hŷn. O leia pump ar hugain. O leia . . . o leia hynny. Shit. Ffyc. Shit. Shit.'

Roedd Aleksa'n gwichian. Roedd Aleksa'n hefru. Roedd Aleksa'n y toiled. Roedd arogl diheintiedig i'r lle. Roedd Aleksa'n teimlo'n heintus.

'A fo ddanfonodd y blodau? O, peth bach 'di cymryd ata chdi,' meddai Ffion ar ben arall y ffôn.

'Be 'na i?'

'Dwn i'm. Mynd am ddrinc efo fo unwaith. Neu'r pryd bwyd 'na mae o wedi addo i chdi. A'i ddympio fo'n dendar bach.'

'Mae o'n swnio'n benderfynol. Mae o'n swnio'n od.'

'Hogyn ysgol ydy o, y jolpan wirion.'

'O, shit, shit, shit, paid â'n atgoffa fi.'

'Wel, jyst cyfra dy hun yn lwcus nad wyt ti'n un am *one night stands*.'

Crynodd Aleksa. Dychmygodd ei hun yn y gwely efo Daniel. Rhyw fflach. Un ffrâm mewn ffilm. Prin hanner eiliad ar sgrin ei meddwl. Ond yn ddigon i losgi'r ddelwedd yno am oes.

'Ro'n i isio mynd i'r archifdy heddiw, hefyd,' meddai Aleksa, ei phen yn ei llaw.

'Picia mewn. Ti'n hogan fawr rŵan, Aleksa. Dychmyga, pan oedda chdi'n ugian oed, dim ond deg oedd Daniel.'

'O na, na, na.'

'Llinellau'ch bywyd chi heb groesi.' Dechreuodd Ffion chwerthin.

'Cau dy geg, cau dy geg.' Aleksa'n swnian. Aleksa'n gwingo. Aleksa'n chwysu.

'O tyd laen,' meddai Ffion o'r diwedd. 'Anghofia fo. Ddaru chi'm byd o'i le. Gest di snog efo boi deunaw oed, *so what*? Tydi Michael Owen fawr hŷn, a be mae'r ddwy ohonan ni'n deud y basa ni'n lecio neud iddo fo?'

'Pethau ffiaidd iawn.'

'Budur dros ben.'

'Ocê, diolch, Ffi . . . a gwranda: sori am neithiwr.'

'A fi hefyd. Ddyliwn i heb fod wedi deud . . . '

'Mi oedda chdi'n deud y gwir, mae gyn i ofn.'

'Wel, dim y'n lle i oedd dy atgoffa di.'

'Na, wel, ta waeth . . . dwi'n atgoffa fy hun bob dydd.'

9.

BRYN Saint. Stad galed fel concrit ei thai. Diweithdra. Cyffuriau. Trais. Y drindod ddieflig.

Roedd hi'n dal i dresio bwrw wrth i Aleksa yrru drwy strydoedd y stad. Roedd hi'n chwilio am gartre'r dyn heb ddŵr. Dyna'r unig stori y medrodd hi gynnig i Alison Ifans. Ac ar ôl i Alison Ifans dwt-twtio ac ysgwyd ei phen, mi gafodd Aleksa ddianc o'r swyddfa.

Drymiodd y glaw. Roedd dŵr yn dotio ffenestri'r car. Prin y medrai Aleksa weld i ddod o hyd i Rif 67, Ffordd Bethel, Bryn Saint. Mewn rhyw ffordd roedd hi'n ddiolchgar i'r storm: o leia mi fydda'r rapsgaliwns yn llechu'n eu cytiau. Mi fedra hi ddychwelyd i'r car heb fod rhywun wedi tolcio'r drws neu falu'r lampau neu ddwyn y weipars.

Roedd y *County Star* yn dduw i drigolion Bryn Saint: 'Rhowch o'n y *Star*, cownsil 'di gneud hyn, cownsil 'di gneud llall, cownsil 'di gneud ffyc ôl.'

Roedd gohebyddion y *County Star* yn angylion: 'Dowch i mewn. 'Dach chi isio stori? Gymrwch chi banad? Cystard Crîm?'

Ond doedd hynny rioed wedi nadu rapsgaliwns Bryn Saint rhag melltithio eu duw, rhag clipio adenydd yr angylion. Neu adenydd eu ceir.

Roedd Rhif 67 yn sefyll ar ddiwedd rhesiad o dai oedd wedi eu gwasgu at ei gilydd fel dannedd. Roedd Rhif 67 fel daint rhydd.

Hen fwthyn ymysg rhoddion cynllunwyr trefol y pedwardegau. Mwsog ar y muriau llwyd. Gardd â'i gwellt hyd ben-glin. Caniau cwrw a bocsys pizza'n llechu'n y gwyrdd.

Parciodd Aleksa'r car. Trotiodd drwy'r gwair dan gysgod ymbarél. Glychwyd ei theits. Glychwyd ei choesau. Glychwyd ei sgert. Ddyliwn i fod wedi gwisgo trowsus, meddyliodd.

Agorwyd drws y bwthyn cyn iddi ei gyrraedd.

Mr William Parry. Dyn bach crwn efo cap gwlân am ei ben. Gwallt gwyn yn sbrowtio o dan ymylon y cap fel chwyn drwy bafin. Wyneb coch a thrwyn piws. Llygaid prysur oedd yn teithio Aleksa o'r eiliad yr agorwyd y drws.

'Mr Parry?'

'O'r *Star*, ia?' Roedd hi'n annhebygol y byddai bronnau Aleksa'n medru ateb, ond at fan'no y cyfeiriwyd y cwestiwn.

Cadarnhaodd Aleksa. Tynnodd y gôt yn dynn amdani. Symudodd Mr Parry o'r neilltu. Roedd ffrâm y drws yn gul.

'Ar eich ôl chi,' meddai Aleksa.

Syllodd Mr Parry arni. Roedd 'na siom yn ei lygaid prysur. Oedodd am eiliad. Cyn symud i dduwch ei gartre. Aeth Aleksa ar ei ôl a chau'r drws ar ddyrnu'r storm.

Roedd 'na arogl llaith i'r hen fwthyn. Roedd y drws yn arwain yn syth i'r stafell fyw. Roedd 'na ddwy gadair freichiau lychlyd. Roedd 'na dwmpath o gylchgronau yn y lle tân. Roedd 'na radio henffasiwn yn sefyll ar y silff ben tân. Roedd 'na sbwriel yn creu patrymau ar y carped. Roedd 'na blatiau heb eu golchi ar freichiau pob cadair. Roedd 'na fwrdd isel yn un gornel ac arno dair cannwyll mewn tri phot jam.

Ni welodd Aleksa blwg trydan yn unlle.

'Sganddoch chi'm lectrig, chwaith?'

'Lol wirion,' meddai Mr Parry, gan eistedd yn un o'r cadeiriau. Roedd o'n gwisgo siwmper werdd dyllog dros siwmper goch dros grys gwyn, coler y crys yn ciledrych dros goleri'r ddwy siwmper. Roedd ganddo drowsus melfaréd oedd dair modfedd yn rhy hir. Roedd gwaelodion y trowsus yn nofio dros bâr o Nike's newydd sbon.

Eisteddodd Aleksa. Rhoddodd y platiau oedd ar freichiau'r

gadair ar lawr. Wrth iddi wyro sylwodd ar y cylchgronau yn y lle tân eto. Twr tair troedfedd o gylchgronau budur.

Llyncodd Aleksa. Cochodd ei bochau.

"Dach chi isio panad, del?'

'Y, na, dwi'n iawn – sut 'dach chi'n berwi dŵr?'

'Gyn i hen stôf *gas* yn gegin 'cw.'

Tyrchodd Aleksa'i llyfr nodiadau a'i beiro o'i bag. Croesodd ei choesau. Daeth tafod Mr Parry allan i weld. Dad-groesodd ei choesau. Plyciodd Aleksa hem ei sgert dros ei phengliniau. Roedd tafod Mr Parry wedi penderfynu aros allan rhag ofn i bethau wella.

Mi ddyliwn i fod wedi gwisgo trowsus, bendant, meddyliodd.

'Ym, Mr Parry.'

'Y!' Neidiodd ei lygaid i wyneb Aleksa.

'Ydy'r bil dŵr ganddoch chi?'

Aeth i'w boced a thynnu amlen wedi ei phlygu a'i phlygu a'i chynnig i Aleksa.

Estynnodd Aleksa am yr amlen. Brwsiodd Mr Parry ei fys dros ei dwrn. Aeth pryfed mân i fyny ei chefn. Tagodd wrth agor yr amlen.

Astudiodd Aleksa gynnwys yr amlen. Bil wedi ei gyfeirio at Mr William Parry, 67, Ffordd Bethel, Bryn Saint. Bil coch. Bil bygythiol. Bil yn mynnu dros dri chant o bunnoedd.

'Ga i weld y'ch cegin chi, Mr Parry?'

'Gewch chi weld rwbath 'dach chi isio, del.' Gwenodd wên oedd yn ymylu ar fod yn anghyfreithlon. Safodd Mr Parry a llusgo'i Nike's newydd sbon am agoriad yng nghefn y stafell. Aeth Aleksa ar ei ôl.

Roedd y gegin yn futrach na meddwl Mr Parry. Roedd y teils brown ar y llawr yn dew o fwd a blew. Roedd 'na dwb haearn yn un gornel.

'Yn hwnna dwi'n cael bath,' meddai Mr Parry. Ffeiliodd Aleksa'r ddelwedd honno yn y bocs efo'r ddelwedd ohoni yn y gwely efo Daniel. Bocs ac arno'r geiriau: PEIDIWCH AG AGOR

AR UNRHYW GYFRI.

Roedd 'na gwpwrdd pydredig ac arno dwmpath o blatiau. Roedd un o ddrysau'r cwpwrdd yn hongian oddi ar y colfachau fel meddwyn. Cafodd Aleksa gip ar resi o duniau bwyd yn y cwpwrdd, yn llechu yno fel milwyr cudd. Edrychodd Aleksa drwy'r ffenest. Roedd hi'n piso bwrw o hyd. Ymhlith y mieri oedd yn troelli fel nadroedd yn yr ardd gefn, gwelodd Aleksa dwmpath o gerrig.

'Be 'di'r rheina, Mr Parry?' holodd, gan bwyntio at y cerrig.

'Yr hen ffynnon. Cael dŵr naturiol o'r hen ffynnon. 'Y nheulu i wedi cael dŵr o'r ffynnon 'na ers canrifoedd. Cyn iddyn nhw godi'r ddrychiolaeth 'ma.' Chwifiodd ei law tua'r rhesi tai oedd yn cau a chau a chau am ei fwthyn.

Daeth gwacter i stumog Aleksa. Am eiliad roedd hi'n cydymdeimlo efo'r hen ddyn. Dyma'i gartre fo. Dyma'i fyd o. Dyma'i fywyd o. Dwy stafell a ffynnon.

'Lle 'dach chi'n cysgu, Mr Parry?'

Arweiniodd y dyn Aleksa'n ôl i'r stafell fyw. Estynnodd flancedi o'r tu ôl i'r gadair lle bu'n eistedd.

'Fan 'ma,' meddai. 'Cysgu, byta, bob dim.' Ac yna gwenodd y wên honno eto. 'Ond am gael bath, del. Bath yn stafell gefn.'

'Ydach chi 'di derbyn bil o'r blaen?'

'Erioed yn fy myw . . .'

Dechreuodd ffôn Aleksa ganu. Aeth at ei bag a thyrchio am y sŵn. 'Ddrwg gyn i, Mr Parry. Fydda i'm eiliad.'

Nodiodd yr hen ddyn ac eistedd yn ei gadair lle medrai syllu ar Aleksa.

Trodd ei chefn cyn ateb y ffôn. 'Helô?'

'Aleksa, hei, fi sy 'ma.'

Neidiodd ei chalon. 'O, hei, ti'n iawn?'

'Lle wyt ti?'

Ciledrychodd Aleksa dros ei hysgwydd. Roedd llygaid Mr Parry'n brysur. Roedd ei dafod wedi gneud ymddangosiad arall. Ochneidiodd Aleksa. 'Bryn Saint ar stori.'

'Fedri di 'nghyfarfod i am ginio?'

Daeth lwmp i dagu ei chorn gwddw. 'Cinio? Iawn, grêt. Yn lle?'

'Llew Du, un o'r gloch. Dwi 'di cael sgwrs efo Elfed Hill.'

Elfed Hill, Elfed Hill. Chwiliodd Aleksa'i meddwl am Elfed Hill.

'Elfed Hill?'

'Yr inspectyr ar achos Glenda Rees.'

Daeth Elfed Hill i'r fei. 'O, Glenda Rees, ia, grêt. Be ddudodd o?'

'Gawn ni sgwrs. Dwi'm isio siarad yn y swyddfa. Wela i di am un yn y Llew Du. Iawn?'

'Iawn, Seth. Diolch.'

Rhoddodd y ffôn yn ôl yn ei bag. Eisteddodd gyferbyn â Mr Parry. Gosododd y llyfr nodiadau ar ei glin. Roedd ei chalon yn rhoi cweir i'w hasennau.

'Ddrwg gyn i, Mr Parry, fedrwch chi–'

'Slwt.' Roedd o'n syllu ar y carped.

'Esgusodwch fi?'

'Slwt. Fel ei mam.'

'Mr Parry?'

'Glenda Rees. Slwt. A'i mam hi. Slwt.'

Gair oedd yn gaddo casineb.

Gair oedd yn gaddo creulondeb.

Gair oedd yn gaddo Damascus.

10.

Y Llew Du am un o'r gloch.

Yn dew o bobol. Yn drewi o fwyd. Yn fabel o leisiau.

Safodd Aleksa ar flaenau ei thraed. Craffodd dros bennau'r cwsmeriaid. Roedd y staff yn eu crysau polo du yn sgrialu o un pen o'r bar i'r llall fel targedau ar faes saethu ffair.

'Aleksa.'

Daeth y llais fel golau car drwy niwl.

'Aleksa.'

Trodd tua'r llais. Roedd Seth yn syllu arni dros bennau'r cwsmeriaid. Aeth rhyddhad drwyddi. Dechreuodd Aleksa weu drwy'r dyrfa. Daeth Seth i'w chyfwr. Gwasgodd Aleksa heibio i gyrff. Cafodd lond ffroen o fwg sigarét. Dechreuodd dagu. Ei llygaid yn dyfrio.

Teimlodd fraich am ei hysgwydd.

'Wyt ti'n iawn?'

Nodiodd ar Seth a gwenu. Roedd ei llygaid yn brifo. Fel Moses, agorodd Seth lwybr i'r ddau drwy'r môr o gyrff. Glynodd Aleksa'i hun i'w gesail. Roedd o'n gynnes ac yn gadarn. Braf cael ei gorff ar ei chorff eto. Er y dillad oedd rhwng eu crwyn.

Daethant at alcof. Roedd dyn yn ei chwedegau'n plygu dros fwrdd crwn. Roedd o'n sipian peint o Guinness. Roedd ei wallt brith wedi ei frwsio'n ôl yn frwnt. Roedd ganddo sachau o dan ei lygaid. Gadawodd y Guinness fwstás gwyn uwch ei wefusau cul.

'Brynais i win gwyn i chdi,' meddai Seth yn cyfeirio Aleksa at un o ddwy stôl oedd yn sbâr.

Nodiodd Aleksa ac eistedd. Eisteddodd Seth ar y stôl arall. Roedd peint o oren o'i flaen. O hyd yn llwyrymwrthodwr. Am reswm da. Ciledrychodd Aleksa arno a gweld ei boen am eiliad. Doedd o'm yn haeddu mwy o boen a hithau efo byd o wayw ar ei gyfer.

'Aleksa Jones,' meddai Seth, 'dyma'r cyn-Dditectif Arolygydd Elfed Hill.'

Nodiodd Elfed Hill. Llyfodd y mwstás gwyn o dop ei wefus. Edrychodd o'i gwmpas fel dyn oedd yn gwybod fod ganddo elynion.

'Ydy hi i'w thrystio?' gofynnodd Hill i Seth.

'Aleksa ddechreuodd dyrchio.'

'Pa mor bell wyt ti wedi tyrchio, felly?' Roedd y cwestiwn wedi ei anelu tuag at Aleksa. Roedd llygaid Hill yn gul. Fel tasa nhw'n cadw rhywbeth rhag dianc.

Edrychodd Aleksa ar Seth ac ystumio tuag at Hill efo'i phen. 'Ydy o i'w drystio?'

Dechreuodd Hill chwerthin. Roedd o'n chwerthiniad chwithig. Chwerthiniad na chafodd fawr o ddefnydd. 'Deud be ti'n wybod,' meddai.

Dywedodd Aleksa be oedd hi'n wybod. Dywedodd hefyd am ei chyfarfod efo William Parry a'i sylwadau.

'Dwn i'm am fod yn slwt, ond mi oedd Nora Rees yn bendant yn butain.' Sipiodd Hill o'i Guinness a chreu mwstás arall iddo'i hun. 'Slwt gyndyn iawn oedd hi.'

'Be am Glenda?' holodd Aleksa.

Cododd Hill ei sgwyddau. 'Dwn i'm. Lot o hel clecs. Fedra i ddeud heb gael fy nghyhuddo o enllib fod Nora Rees yn butain ar gownt i mi ei harestio hi ddwywaith, ond y ferch . . . ' Yfodd eto ac ysgwyd ei ben.

Ffrwydrodd chwerthin mawr o'r tu ôl i Aleksa. Ciledrychodd dros ei hysgwydd. Criw o'r Cyngor yr oedd hi'n gyfarwydd â nhw yn rhannu jôc. Roedd mwg sigarét yn codi o'u mysg fel tasa rhywun wedi tanio coelcerth yn eu cylch.

'Roedd 'na rywun wedi trio cael madael ar y corff,' meddai Aleksa. ''I osod o yn y goelcerth.'

Ysgydwodd Hill ei ben.

'Deudwch wrthi hi am Stan Fisher,' meddai Seth.

'Stan Fisher?'

'Y Sgowsar o gariad,' meddai Seth.

'Y Sgowsar,' atseiniodd Hill. 'Roedd 'na lygad-dystion wedi gweld Stan a Glenda ar y comin y noson cyn iddyn nhw ddŵad o hyd i'r gryduras.'

Craffodd Aleksa ar yr hen gopar. 'Felly mi laddodd o Glenda a'i gosod hi yn y—'

'Ha!' Sarhad yn yr ystum. Sythodd Aleksa. Sylwodd ar y gwydr gwin. Cymerodd lymaid. Roedd y ddiod yn felys yr holl ffordd i lawr. Ciledrychodd ar Seth. Winciodd Seth.

Aeth Hill yn ei flaen: 'Lleidr oedd Stan Fisher ar ei waetha. Cachgi ar y gorau. Fydda fo ddim 'di cyffwrdd pen bys yn Glenda nac affliw o neb arall. Fydda ganddo fo 'mo'r stumog i ladd ei hun, dwi'n bendant o hynny.'

Edrychodd Seth ac Aleksa ar ei gilydd. Roedd gwên fach slei ar wefusau Seth. Roedd 'na sglein yn ei lygaid llwyd.

Hill eto: 'Ddaru Stan ddim lladd ei hun.'

Roedd corn gwddw Aleksa'n sych. Cymerodd sip arall o'r gwin. Teimlodd wres ar ei gwegil a chwlwm yn ei stumog.

'Ges di gyfle i gael cip ar rifynnau o'r *County Star* ar ôl marwolaeth Glenda?' gofynnodd Seth.

Rhuthrodd y gwaed i'w bochau. 'Ym, na, dim eto.' Yfodd i guddio ei chwilydd. I guddio'r ffaith ei bod hi wedi snogio bachgen deunaw oed. I guddio'r ffaith fod y bachgen hwnnw'n ei hatal rhag mynd i'r archifdy. 'Bechod bod y ffeil ar goll.'

Cododd Seth ei aeliau. Roedd o'n gwybod rhywbeth. Roedd yn gas gan Aleksa beidio gwybod.

'Tydi'r ffeil ddim ar goll,' meddai Seth.

Bu bron iddi dagu ar y gwin. 'Wyt ti 'di dŵad o hyd iddi hi?'

'Doedd y ffeil rioed ar goll,' meddai Hill. 'Mae'r ffeil gyn i.'

* * *

Roedd Seth wrth y bar yn prynu peint arall o Guinness i Hill. Roedd Aleksa'n ysu llowcio'r gwin a gofyn am wydraid ffres. Ond byddai'n benysgafn am weddill y pnawn.

'Mae'r cwbwl lot yn y ffeil, ond i rywun fynd ati. Dwi wedi treulio oriau maith, ond fedra i ddim bellach . . . dwi'n hen, gormod o Guinness, mae gyn i ofn.' Ysgydwodd Hill ei ben. Crychodd ei dalcen fel tasa fo'n canolbwyntio. 'Mi oedd Glenda wedi ei lladd ar y comin. Mi gafodd y gryduras ei stripio, ond doedd 'na ddim arwydd iddi gael ei cham-drin yn rhywiol. Roedd hi wedi strancio, wedi cwffio. Mi ddaethon ni o hyd i fodrwy. A gewin, hefyd. Glenda druan wedi ymladd am ei bywyd.' Sugnodd Hill aer drwy'i ffroenau. 'Mae 'na lun yn y ffeil, wel, *darn* o lun. Llun ffiaidd. Gei di weld os oes gyn ti'r stumog. Mae'r stori go iawn yn y ffeil 'na. Ond fedra i yn fy myw ddŵad o hyd iddi hi.'

'Be 'dach chi'n feddwl ydy'r stori go iawn, Mr Hill?'

Edrychodd Hill tua'r bar yn ddiamynedd. Plethodd ei freichiau ac ochneidio. 'Welis i gorff Stan Fisher. Fo oedd yr unig syspect a phan ddaeth y newyddion o Lerpwl ei fod o wedi lladd ei hun mi es i a'n sarjant draw yno.'

'Malcolm Munro?'

Tynnodd Hill wyneb fel tasa'r enw'n codi cyfog arno fo. 'Munro, ia. Mi aeth y ddau ohonan ni i Lerpwl.'

Oedodd Hill, ei lygaid yn troi at Seth, oedd yn gwasgu drwy'r dorf efo peint o Guinness. Roedd Aleksa ar bigau'r drain. Roedd hi isio hysio Hill. Roedd ei choes yn dawnsio dan y bwrdd. Eisteddodd Seth a rhoi'r peint o flaen Hill. Sipiodd Hill ei chwarter. Ffurfiodd fwstás trwchus o wyn o dan ei drwyn. Llyfodd y mwstás a thynnu anadl.

'Crogi ei hun, dyna ddudon nhw,' meddai Hill ac yna

ysgwyd ei ben. 'Gormod o gachgi i ladd ei hun. Roedd 'na gleisiau ar ei freichiau fo yn fan 'ma.' Pwyntiodd at ei fôn braich. 'Y ddwy ochor. Hynny'n arwydd fod 'na rywun wedi gwasgu.' Sgyrnygodd Hill a gwasgu ei ddwylo'n ddyrnau. 'Roedd gwinedd y ddwy law yn gyrbibion a chripiadau brwnt ar y gwddw.'

'Be mae hynny'n brofi?' gofynnodd Aleksa, yn teimlo'n ddwl am ofyn ond yn cofio un o'i gwersi cynta fel gohebydd: gofyn os wyt ti ddim yn glir, dim ots pa mor hurt ydy'r cwestiwn.

'Os oes gyn ti raff am dy gorn gwddw, a chditha'm isio rhaff am dy gorn gwddw, be ti'n neud?' gofynnodd Hill, a chyn disgwyl ateb, dywedodd, 'Hyn.'

Dechreuodd grafu ei wddw lle byddai rhaff farwol yn gwasgu. Er mai ysgafn oedd ei gripio, roedd 'na rubanau coch yn ffurfio ar gnawd llac ei wddw.

'Dyna ti'n neud,' meddai Hill wedi ei ddynwarediad. Yfodd o'i beint.

'Ddaru rywun ladd Stan y Sgowsar?' Daeth y geiriau o rywle. Roeddan nhw i fod i aros ym meddwl Aleksa. Ond roeddan nhw'n awyddus i gael clust.

'Ew, mae hi'n un bach siarp.' Cyfeiriodd Hill ei sylw at Seth. Winciodd yr hen gopar.

'Pwy?' gofynnodd Aleksa, yn anwybyddu'r sbeit.

Cododd Hill ei sgwyddau. 'Dwi'n lecio ffeithiau, fi. Dwi'm isio gneud honiadau.'

'Ond be am y ffeil? Be am y straeon?'

'Wel, Miss Jones y riportar, mae hynny'n rhoi cyfle i rywun fatha chdi dybio, yn tydi. Ddois i'n ôl i ogledd Cymru a sgwennu'n adroddiad. Roedd Munro'n reit gefnogol, yn llawn cyffro.' Ysgydwodd Hill ei ben ac yfed o'i beint. 'Ddeuddydd yn ddiweddarach ges i 'ngalw o flaen y Siwperintendent. Doedd y'n adroddiad i ddim yn dderbyniol. Roedd Stan Fisher wedi lladd ei hun, Lerpwl yn hapus efo hynny, a dyna ddiwedd arni hi. Es i at Munro, a gobeithio y bydda fo'n cadw'n ochor i.'

Sgyrnygodd Hill eto. Syllu'n filain i nunlle.

'Mi ddudodd y diawl bach ei fod o wedi cael cyfle i ailfeddwl. Roedd o wedi dŵad i'r casgliad mai lladd ei hun ddaru Stan. Roedd hi'n amlwg, medda Munro, mai euogrwydd oedd wedi ei yrru o i neud y ffasiwn beth. Es i'n gandryll, do. Sgrechian ar y cont bach clwyddog. Es i mlaen i holi am yr achos tu ôl i gefnau'r bosys.' Cododd ei sgwyddau. 'Dyna pam dwi'n fan 'ma heddiw'n dibynnu ar ewyllys da pobol erill.'

Yfodd ei ewyllys da.

'Ddaethon nhw o hyd i bres citi'r Dolig yn fy nrôr i fis yn ddiweddarach. Roedd gyn i broblem fach efo'r cwrw a mi ro'n i'n brin o bres, hynny'n ffaith. Ond ar fedd fy ngwraig, faswn i byth yn dwyn, byth, byth.'

'Pam felly? Pam ych nadu chi rhag ymchwilio?' gofynnodd Aleksa. Sylwodd ar Seth yn syllu ar ei wats.

'Mi fedri di ddadlau fod hunanladdiad Stan wedi rhoi diwedd bach twt i'r achos. Hogyn drwg 'di lladd ei hun. Cariad yr hogan lofruddiwyd. Dyna ni, pawb yn hapus, ffeil 'di chau.' Ysgydwodd ei ben eto. 'Fel ddudis i, dwi'n lecio ffeithiau. Ffeithiau solat fatha concrit. Ar sylfeini felly wyt ti'n codi achos.'

'Be am y ffeil?' gofynnodd Aleksa.

'Roeddan nhw'n falch o weld ei cholli hi, siŵr o fod. Es i â hi efo fi. Roedd hi 'di cael ei chladdu a fan'no roedd hi i aros. Yn y llwch fatha Glenda Rees.'

'Ydy Nora Rees yn fyw o hyd?'

'Dwn i'm. Mi ddylia hi fod. Dynas ifanc o hyd. Mi adawodd hi'r ardal ryw ddeufis ar ôl marwolaeth Glenda.' Roedd Hill bron â darfod ei beint. Ciledrychodd Aleksa ar Seth. Roedd Seth wedi sylwi hefyd.

Trodd Aleksa'n ôl at Hill. 'Diflannu?'

'Symud at ffrind yn Lloegr chwedl y stori.' Ysgydwodd Hill ei ben a syllu ar ei beint. 'Andros o job i ddŵad o hyd iddi hi.'

Mi dria i, meddyliodd Aleksa, mi dria i 'ngorau blydi glas.
'Pwy oedd y Siwperintendent? Ydy o'n dal yn fyw?'

'Canser 'di fyta fo at yr asgwrn bymtheg mlynedd yn ôl.'

Teimlai Aleksa fel tasa rhywun wedi ei dyrnu yn ei stumog. Cymerodd lymaid o'r gwin.

'Ond mae'i fab o'n dal yma.'

'Pwy ydy o?' Roedd brwdfrydedd Aleksa wedi pylu. Pa help fyddai mab y dyn?

Cymerodd Hill gipolwg ar Aleksa. Glynodd ei lygaid yn ôl ar y peint Guinness. Sniffiodd. Gwagiodd y peint i'w geg. Llyncodd y stwff du. Dywedodd, 'John Morgan, MP.'

11.

'GES i andros o drafferth i gael o i ddŵad,' meddai Seth.

Blydi hel, meddyliodd Aleksa, tad John Morgan.

'Oedd o'n gyndyn i drystio copar.'

Blydi hel, meddyliodd Aleksa, taid Ffion.

Roeddan nhw'n brysio drwy'r glaw. Roedd y glaw yn braf wedi'r dafarn glòs. Roedd y glaw yn rhyddhaol. Roedd y glaw yn ysbrydoledig. Roedd y glaw yn puro.

Cydiodd Seth yn ei braich. Stopiodd y ddau yn y glaw. Syllodd y ddau ar ei gilydd. Roedd y glaw yn crio dros eu hwynebau.

'Yli, ddrwg gyn i, sti,' meddai Seth, 'ddrwg gyn i am be ddigwyddodd, amdana ni.'

Blydi hel, meddyliodd Aleksa, mae o'n ddel.

'Dwn i'm . . . fy mai i . . . fy mai i oedd pob dim a dwi isio deud hynny, a mi oedda chdi'n iawn i fod fel oedda ti, yn iawn i . . . i fod yn flin efo fi, 'chos o'n i'n ffŵl, ffŵl go iawn, i adael i chdi fynd, 'chos ddyliwn i ddim 'di gadael i chdi fynd, Aleksa . . . Iesu Grist, Aleksa, dwi'n lecio deud dy enw di, lecio meddwl am dy enw di . . . gadael i chdi fynd, dy golli di, oedd y peth gwaetha, y peth gwaetha . . . hebdda chdi dwi, wel, wyt ti'n gwybod? Hebdda chdi, dwi jyst ar goll. Hebdda chdi . . . '

Blydi hel, meddyliodd Aleksa, mae o'n . . .

Cythrodd yng ngwyneb Seth. Tynnodd ei ben tuag ati. Safodd ar flaen ei thraed. Glynodd ei cheg i'w geg. Gwthiodd ei hun i wres ei gorff. Teimlodd ei ddwylo ar ei chefn. Blasodd y ddiod oren yn ei geg. Lapiodd ei thafod am ei dafod . . .

Rhwygodd Aleksa'i hun yn rhydd. Baglodd yn ôl.

Dechreuodd duchan. Camodd yn bellach, yn bellach. Dechreuodd grio. Ysgydwodd ei phen.

'Fedra i ddim, Seth. Fedra i ddim. Ddyliwn i ddim. Dwyt ti'm yn . . . dwyt ti'm yn . . . yn cael brifo mwy.'

Trodd Aleksa a rhedeg drwy'r glaw.

Ddaru hi ddim edrych yn ôl fel gwraig Lot.

Blasodd halen ei dagrau.

Roedd hi'n socian erbyn cyrraedd y swyddfa. Roedd y glaw yn cuddiad ei chrio. Roedd y ras wedi cochi ei bochau. Syrthiodd i'w chadair. Roedd hi wedi ymlâdd. Yna sylwodd ar y pecyn oedd yn gorffwys ar y ddesg. Estynnodd am y pecyn.

'Aleksa.' Rhyw hisiad.

Trodd. Roedd Roy yn syllu arni. Ystumiodd iddi ei ddilyn. Roedd o'n ymddwyn fel sbei. Sleifiodd y dirprwy olygydd i'r storfa. Ochneidiodd Aleksa a'i ddilyn i'r storfa. Cydiodd Aleksa mewn llond dwrn o feiros tra oedd hi yno.

'Yli hwn,' sibrydodd Roy gan lithro llun mewn ffrâm o'r tu ôl i silffoedd. Gwisgai Roy wên fel un plentyn ar fore Dolig. Daliodd y ffrâm i fyny.

Roedd y ffrâm yn portreadu gyrfa Harry mewn straeon a lluniau. Gogwyddodd Aleksa ei phen. Roedd y straeon a'r lluniau wedi eu plethu'n driphlith draphlith yn y ffrâm.

Yn un gornel roedd llun o Harry a chyfeillion ar yr Wyddfa. Mewn cornel arall llun o Harry efo Magi Thatcher. Hefyd llun o Harry a'i wraig, Clara. Wedi ei dynnu ddydd Nadolig 1975. Clara'n ifanc. Clara'n dlws. Ei dwylo dros ddwylo'i gŵr. Ei dwylo'n llyfn. Yn fodrwyau i gyd. Yng nghanol y canfas roedd llun o'r Harry ddoe (pictiwr du a gwyn, gwallt du trwchus, sigarét yn crogi o'i wefus, golwg ddireidus yn ei lygaid) a llun o'r Harry heddiw (llun lliw, gwallt gwyn trwchus, gwên lydan, golwg ddireidus yn ei lygaid).

'Digon o sioe, yn tydi?' meddai Roy.

'Digon o sioe.' Mi driodd Aleksa'i gorau glas i ddangos

brwdfrydedd.

'Fydd o wrth ei fodd, Aleksa.'

'Bydd, wrth ei fodd.'

Yn sydyn teimlodd Aleksa'n anghyffyrddus. Roedd hi mewn twlc efo Roy Morris. Roedd Roy'n ddiniwed. Fyddai Roy ddim yn cyffwrdd pen bys ynddi. Ond mi oedd hi mewn twlc efo Roy Morris. Doedd 'na fawr o le yn y twlc.

'Hei, hei, hogia drwg.'

Bu bron i Roy ollwng ei ffrâm amhrisiadwy. Trodd Aleksa ac am ryw reswm, gwridodd.

'Be sy'n mynd ymlaen tu ôl i nghefn i, felly?' holodd Harry, ei wên rownd y drws.

Dechreuodd Roy faldorddi.

Dywedodd Aleksa, 'Roy'n dangos y presant i mi.' Camodd Aleksa heibio i ben Harry ac allan o'r twlc. Clywodd Harry'n chwerthin y tu ôl i'w chefn. Clywodd Roy'n boddi.

Aeth Aleksa'n ôl at ei desg. Roedd hi'n ddiymadferth. Edrychodd ar ei wats. Deng munud wedi dau. Ochneidiodd. Sylwodd ar y pecyn eto a'i fyseddu. Roedd o'n teimlo fatha casét.

'Aleksa, dwi isio rhesiad o NIBS,' gwaeddodd Alison ar draws y swyddfa.

NIBS – *News in Brief* – straeon un neu ddau baragraff o hyd – joban rhywun ar brofiad gwaith.

Trodd rownd i weiddi hynny. Stopiodd pan welodd Harry a Roy yn swyddfa Harry. Roedd Harry'n rowlio chwerthin. Roedd 'na stêm yn dŵad o glustiau Roy. Roedd Harry'n plygu chwerthin. Roedd Roy'n dangos y ffrâm i Harry. Roedd Harry'n goch. Roedd Harry'n chwys. Roedd Harry'n sâl. Roedd Harry'n llewygu.

Teimlodd Aleksa'i hun yn sefyll.

Mi glywodd pawb waedd Roy.

Roedd 'na binnau mân yn saethu drwy Aleksa.

Trodd pawb tua'r waedd.

Roedd Aleksa eisoes hanner ffordd ar draws y swyddfa.
Mi welodd pawb be welodd Aleksa.
Harry ar y carped.

12.

ROEDD y swyddfa fel capel: trwm a difrifol.

Teimlai Aleksa bwysau croes ar ei sgwyddau. Teimlai faich y byd. Teimlai euogrwydd y condemniedig.

Aleksa oedd gynta at y corff. Roedd Roy'n sefyll yn stond uwchben Harry. Roedd Roy'n griddfan. Roedd ei ddwylo ar ei ben fel hogyn ysgol drwg yn gorfod sefyll yn y gornel.

Llaciodd Aleksa goler Harry. Roedd ei groen fel marmor. Roedd poer yn diferu o gornel ei geg. Roedd ei law dde wedi ei chloi am fôn ei fraich chwith.

Heidiodd pawb i'r swyddfa.

'Ffoniwch ambiwlans,' sgrechiodd Aleksa.

Aeth pawb i ffonio ambiwlans. Roedd Harry'n ddyn pwysig ond byddai un ambiwlans yn gneud y tro. Daeth pawb arall yn ôl tra bod Alison yn ffonio ambiwlans.

'Pwy sy'n gneud *first aid*?' mynnodd Aleksa, wedi gneud ei gorau ond yn melltithio'i hun am fethu gneud mwy.

Sgytiodd Rob Meredith ei ben gwallt coch fel tasa fo'n clirio'r gwe o'i feddwl. Daeth ato'i hun. 'Fi, fi.' Penliniodd wrth ymyl Harry.

Gwthiodd Aleksa'i hun drwy'r gwylwyr. Roedd Alison yn gweiddi lawr y ffôn.

Saith munud union oedd yn teimlo fel saith awr. Gwyliodd Aleksa o'i desg wrth i ddau baramedig mewn lifrai gwyrdd ddod ar ras i'r swyddfa. Cludwyd Harry i'r ambiwlans. Roy'n cydio yn ei law. Roy'n baldorddi. Roy'n poeri gair i gyfeiriad Aleksa wrth basio.

Awr yn ddiweddarach, dim newydd. Peth sâl mewn

swyddfa bapur newydd.

'Ewch ymlaen efo'ch gwaith,' mynnodd Alison.

Aeth rhai ati i deipio.

'Noson dedlein, gweithio fel slecs, dyna fydda Harry am i ni neud,' meddai'r golygydd newyddion oedd wedi dyrchafu ei hun yn olygydd a meistres y caethweision am weddill y diwrnod.

Am y tro cynta mewn dyddiau roedd meddwl Aleksa'n llonydd fel llyn. Yn gychod ar ei wyneb hwyliodd: Glenda Rees o dan y goelcerth – William Parry a'i 'slwt' – Elfed Hill a'i ensyniadau – Seth – Daniel – y Siwperintendent – John Morgan –

Cythrodd yn y pecyn yr oedd hi eto i'w agor. Cythrodd yn ei chôt oedd yn socian o hyd. Cythrodd yn ei phenderfyniad efo'r bwriad o'i ddefnyddio.

'Aleksa.'

Un gair yn ei dilyn wrth iddi frasgamu o'r swyddfa.

'Aleksa,' galwodd meistres y caethweision eto.

Un gair yn ei herlid.

'Aleksa.'

Un gair yn ei chyhuddo.

Y gair boerodd Roy ati:

'Chdi.'

13.

GYRRODD drwy'r glaw i Lys Hebron.

Chwarter canrif yn ôl, pentre ddwy filltir o ffiniau'r dre. Heddiw, maestref gymysg o hen dai a thai newydd flagurodd o'r tir yn bob lliw a llun. Sgandal y pwyllgor cynllunio'n y nawdegau cynnar. Blacmêl a llwgrwobrwyo'n sicrhau caniatâd i godi'r drychiolaethau. Roedd tai hyll yn maeddu'r caeau'r holl ffordd i ganol Llys Hebron.

Cofiodd Aleksa un o'r cyfarfodydd rheini. Ysgydwodd ei phen wrth syllu ar dŷ tri llawr lliw eog. Yr hen gynghorydd yn gryd cymalau i gyd. Merch o'r dre am godi tŷ yng nghanol cae.

Swyddogion cynllunio'n deud: '*Na, na, na – hyn yn gwbwl groes i'r cynllun.*'

Yr hen gynghorydd â'i gryd cymalau'n deud – '*Y ferch 'ma 'di hogan 'y noctor i a hwnnw 'di edrach ar y'n ôl i mor dda. Mae hi'n haeddu tŷ.*'

Y pwyllgor cynllunio'n deud – '*Ydy siŵr, rhaid cytuno efo'r aelod lleol, caniatâd, caniatâd, caniatâd.*'

Parciodd Aleksa wrth ymyl y comin. Roedd 'na goelcerth ffres yn tyfu. Hen frigau, hen ddodrefn, hen ddillad, hen sbwriel yn doman driphlith draphlith. Tu ôl iddi, rhesiad o dai newydd. Yn eu mysg fel corrach ymysg cewri, y swyddfa bost. Tu hwnt i'r comin, y capel wedi ei wyngalchu.

Cychwynnodd am y capel. Daeth dyn yn cerdded ei gi i'w chyfwr. Roedd y ci'n tynnu ac yn tagu.

'Esgusodwch fi,' meddai Aleksa. Gwgodd y dyn arni. Crychodd ei dalcen. Cyfarthodd y ci. 'Fedrwch chi ddeud wrtha fi lle'r oedd Glenda . . . '

'Sorry, love, don't speak Welsh.' Ysgydwodd ei ben.

Diolchodd Aleksa iddo am ddim byd.

Yn ei blaen.

Roedd giât yn arwain i iard y capel. Gwichiodd y colfachau pan aeth Aleksa drwy'r giât. Ar y chwith, y fynwent. Roedd 'na un neu ddau o bobol yn tendio beddi.

Aeth Aleksa ar hyd y llwybr oedd yn ymdroelli fel neidr rhwng y beddi. Aeth ias drwyddi. Roedd y meirw bob tro'n codi ias arni.

'Mae'n ddrwg gyn i,' meddai wrth wraig â'i gwallt mewn sgarff oedd yn penlinio o flaen bedd.

Trodd y wraig. Gwelodd Aleksa dusw o flodau ffres ar y bedd. Ogleuodd y blodau. Roedd wyneb y wraig yn goch. Roedd glaw mân neu ddagrau'n syrthio dros ei bochau.

'Dach chi'n siarad Cymraeg?' Andros o beth dwl i ofyn yn Llys Hebron.

'Yndw.' Safodd y wraig a rhwbio'i dwylo ar ei sgert. 'Ydy hynny'n eich synnu chi?'

'Nacdi, wel, holi rhyw ddyn yn fan 'cw –'

'Ia, felly mae hi,' meddai'r wraig gan daro golwg dros y bedd. 'Y tai 'ma'n codi 'mhobman. Saeson sy'n eu prynu nhw dyddia yma. Rhy ddrud. Sut fedra i helpu?'

Roedd y wraig yn ei phumdegau cynnar. Os oedd hi'n lleol byddai'n cofio Glenda a'i mam.

'Glenda Rees,' meddai Aleksa. 'Dwn i'm os ydach chi'n gwbod lle'r oedd hi'n byw.'

Syllodd y wraig ar Aleksa. Culhaodd llygaid y wraig. Tynhaodd ei gên.

Neidiodd Aleksa pan ganodd y ffôn ym mhoced ei chôt. Estynnodd y ffôn wrth ymddiheuro i'r wraig. Ar sgrin fach y ffôn, y gair SWYDDFA. Trodd Aleksa'r ffôn i ffwrdd a'i ollwng yn ôl i'w phoced.

Roedd y wraig yn hel chwyn i fag plastig.

'Glenda Rees,' meddai Aleksa eto.

Ysgydwodd y wraig ei phen a wynebu Aleksa. 'Pwy 'dach chi, felly?'

'Roedd Nain yn ffrindia efo Nora, ia? Mam Glenda.'

'O, felly wir.' Aeth llygaid y wraig i fyny ac i lawr Aleksa. 'Pwy oedd ych nain, felly?'

'O, mi oedd hi'n byw yn dre.' Gwenodd Aleksa.

'Oedd mae'n siŵr.' Roedd 'na nodyn o sarhad yn y llais.

Deallodd Aleksa. Roedd Nora Rees yn slwt, felly roedd synnwyr cyffredin yn deud bod ei ffrindiau hi hefyd yn slytiaid. Doedd Nain Aleksa'n bendant ddim yn slwt. Doedd Nain Aleksa ddim hyd yn oed yn byw yn y dre. Roedd Nain Aleksa'n un o Gymry Lerpwl ac yn byw yno hyd heddiw. Erfyniodd Aleksa faddeuant ei Nain am faeddu ei henw da.

'Doedd gan Nora Rees fawr o ffrindiau ffor 'ma.' Tuchanodd y wraig. 'Wel, dim ond ymysg y dynion, ella.'

'Ydach chi'n ei chofio hi? Yn cofio Glenda?'

'Bechod mawr be ddigwyddodd i Glenda fach.' Crwydrodd llygaid y wraig tua'r goelcerth ar y comin. Ysgydwodd ei phen a rhwygo'i llygaid oddi wrthi. Roedd hi wedi cofio fwy nag yr oedd hi am gofio. Aeth ati i dyrchio chwyn. 'Tasa gynni hi dad o gwmpas, mi fydda hynny 'di helpu. Wel, tasa gynni hi fam, ran hynny.'

Daeth yr hen gyffro i gydio yn Aleksa. 'Lle'r aeth y tad?'

'Lle'r aeth o? Dwn i'm. Nunlle, debyg iawn. Mae o'n dal i fyw'n y pentre 'ma. Ella 'i fod o'n fan 'ma.' Cyfeiriodd y wraig at y fynwent. 'Neu'n dre. Dwn i'm. Pwy a ŵyr? Dwn i'm os oedd Nora'n gwybod.'

'Ddudodd Nora wrth rywun?'

Edrychodd y wraig dros ei hysgwydd. Roedd ei llygaid yn cyhuddo Aleksa o droseddau lu. 'Wel, roedd ych nain yn ffrind iddi. Gofynnwch iddi hi.'

Ochneidiodd Aleksa. 'Nain ddim callach.' Ewadd, dwi'n werth chweil am ddeud celwydd, meddyliodd.

'Trïwch y post,' meddai'r wraig gan droi'n ôl at ei chwynnu.

'Siw Smith â'i thrwyn yn bob dim.'

Diolchodd Aleksa iddi a'i chychwyn hi o'r fynwent. Oedodd a throi. 'Wyddoch chi lle mae bedd Glenda?'

Safodd y wraig. Rhwbio'i dwylo ar ei sgert eto. Pwyntiodd tua chornel bella'r fynwent lle safai sgerbwd ywen.

Ymlwybrodd Aleksa tua'r goeden. Tynnodd ei chôt yn dynn amdani. Roedd y glaw wedi pylu ac yn ei le daeth gwynt brwnt. Chwipiai gwallt Aleksa fel nadroedd Medwsa. Rhaffodd ei gwallt mewn cynffon tu ôl i'w phen efo lastig.

Roedd chwyn yn dringo dros y garreg fach lwyd. Brwsiodd Aleksa'r chwyn o'r neilltu. Ar y garreg, hyn:

Glenda Rees
Medi 7, 1960 – Tachwedd 3, 1976
Merch Nora
Yn gorffwys mewn hedd

Penliniodd Aleksa ar y gwair tamp. Crynodd wrth i'r gwlith wlychu ei choesau. Caeodd ei llygaid a gwrando ar y gwynt yn chwibanu. Clywodd frigau'r ywen yn sisial uwch ei phen.

Gweddi fach yn gofyn ar i rywun, unrhyw un, gofio Glenda Rees.

Roedd Siw Smith yn dwmpath o ddynes.

Yn anffodus i Aleksa roedd hi hefyd yn siarp fel siswrn.

'Ewadd, chi sy'n y *County Star*.'

Chwiliodd Aleksa'i meddwl am gelwydd newydd.

'Fydda i'n gweld chi'n y cownsil. Fydda i'n mynd i'r cownsil. Isio cadw llygad ar y diawlad. Mi ddifetho nhw'r pentre 'ma.'

'Mae ganddoch chi syniad go lew o hanes Llys Hebron, felly?' gofynnodd Aleksa.

'Oes yn tad,' meddai'r wraig gan sythu a chwyddo'i bochau.

Roedd hi'n falch o fedru hel clecs. 'Mae gyn i gontact yn y *Star*, chi.'

'Oes? Pwy felly?'

'Fydd Huw Lloyd yn ffonio bob hyn a hyn. Os glywa i stori, mi fydda i'n 'i ffonio fo.' Winciodd Siw Smith.

Huw oedd prif ohebydd y *County Star*. Roedd o'n hŷn na Harry. Roedd o'n hŷn na'r *County Star*. Roedd o'n hŷn na phrintio.

Huw riportiodd ar y *sex scandal* gwreiddiol, yn ôl Harry – problemau priodasol Adda ac Efa. Roedd Huw'n gweithio'r nos a gweithio'r dydd a gweithio'i ben blwydd a gweithio'r Dolig. Mi riportiodd Huw ar angladd ei frawd, Jack, a chwaraeodd bêl-droed dros Gymru – galaru a gohebu'r un diwrnod.

'Be fedra i neud i chi?' holodd y wraig. 'Ar ôl stori 'dach chi?'

Oedodd Aleksa. Roedd hi yn nyth y neidr. Roedd tafod hon yn finiog. Roedd tafod hon yn barod i weu gwenwyn. Roedd tafod hon yn barod i hel clecs.

Carpe diem amdani.

'Chwilio am chydig o hanas Glenda Rees dwi.'

Gwnaeth Siw Smith siâp 'o' efo'i cheg. Bu bron i'w llygaid neidio o'i phen. Gwelodd Aleksa'i chorn gwddw'n mynd i fyny ac i lawr fel lifft wrth iddi lyncu. O'r diwedd daeth llais Siw Smith i fyny'r lifft. 'Dowch i fyny grisiau am banad.'

Efo mŵg o de berwedig o'i blaen a phlataid o Digestives yn ei themtio, gwrandawodd Aleksa.

'Glenda Rees,' meddai Siw gan ysgwyd ei phen. 'Bechod ar y naw.'

Roeddan nhw'n eistedd wrth fwrdd crwn yn y parlwr. Roedd y stafell i gyd yng nghysgod dreser. Teimlai Aleksa fel bod y dodrefnyn yn ei gormesu. Tasa hi wedi sefyll a gneud ffurf croes efo'i breichiau byddai pennau ei bysedd yn cyffwrdd dau bared.

'Y cariad ddaru.'

Daeth rhyw bwysau plwm i stumog Aleksa. Ochneidiodd yn fewnol.

'Mi welodd Gwynfor Treferyr y ddau, Glenda a'r Sgowsar, yn dwrdio ar y comin y noson honno.'

Crychodd Aleksa'i thrwyn. 'Gwynfor Treferyr?'

'Treferyr. Ffarm gyferbyn â'r cylch cerrig. Wyddoch chi'r cylch cerrig?'

Taniodd Siw sigarét. Roedd sgyfaint Aleksa fel cors. Nodiodd i arwyddo'i bod hi'n gyfarwydd efo'r cylch cerrig.

'Mi oedd Gwynfor yn ffansïo Glenda, wrth gwrs.' Gwyrodd Siw ar draws y bwrdd fel tasa 'na beryg o glustfeinwyr yn y parlwr caeedig. 'Bownd o fod 'di cael ei siâr, hefyd, er ei fod o ddwy flynadd yn fengach na Glenda.'

Eisteddodd Siw'n ôl yn ei chadair a sugno'i sigarét.

'Mi aeth Sol Treferyr, tad Gwynfor, â'i fab i'r stesion ar ôl i'r awdurdodau yn Lerpwl ddŵad o hyd i'r cariad 'di lladd ei hun.'

'Ar y seithfed y darganfuwyd corff Stan. Pam ddaru nhw aros? Pam ddim mynd pan ddaethpwyd o hyd i Glenda? Fuo hi farw ar y trydydd.'

Chwifiodd Siw ei llaw. 'Yr hogyn 'di dychryn, yn doedd. Mae Gwynfor braidd yn ara deg. Hogyn digon o sioe, cofiwch chi. Mawr ac yn gry.' Gwenodd Siw. Daeth rhyw sglein i'w llygaid.

Roedd hi'n ei phedwardegau cynnar. Tua'r un oed â'r Gwynfor 'ma. Holodd Aleksa ei hun a gafodd Gwynfor ei siâr yma hefyd.

Trodd Siw ei thrwyn. Fel tasa'r atgof wedi troi'n chwerw. 'Yr hen Sol yn un brwnt o'i gymharu. Curo'i wraig a ballu. Curo'r hogyn hefyd.'

'Ydy Gwynfor yn y ffarm o hyd?'

'Ydy tad, y cwbwl lot. Sol yn ei chwedegau rŵan. Coblyn o ddyn. Cofiwch chi, chwedegau'n ifanc heddiw'n tydi. Mae o'n dal i weithio'r ffarm efo Gwynfor a'r mab fenga, Iolo.'

'Be am Mrs, ym, Treferyr? Be 'di enwa nhw?'

'Huws. Annie Huws, gryduras. Mi baciodd hi ei bagia oes yn ôl. Jyst cyn i Glenda farw, bownd o fod. Ia, '76, siŵr gyn i. Aeth hi i fyny i ogledd-ddwyrain Lloegr.'

Nododd Aleksa'r wybodaeth yn ei llyfr.

Craffodd Siw arni. 'Be'n union 'dach chi'n neud, felly?'

Cododd Aleksa'i sgwyddau. 'Meddwl y baswn i'n edrach yn ôl. Chwarter canrif a ballu.'

Meddyliodd Aleksa am Elfed Hill. Roedd o'n bendant o'i ffeithiau. Doedd o 'mond yn delio mewn ffeithiau, medda fo. Ai fo aeth ar grwsâd a hwnnw'n grwsâd ffals? Ai Siw oedd wedi gwrando ac adrodd gymaint o glecs fel eu bod nhw wedi gweu'n stori efo sylfaen?

Neu ella bod Hill a Siw'n deud celwydd.

Ysgydwodd Siw ei phen a sugno ar y sigarét. 'Pobol ffor 'ma, well gynnyn nhw anghofio Glenda Rees a'i mam.'

'Be wyddoch chi am Nora?'

'Hy! Nora Rees.' Gwyrodd ar draws y bwrdd eto, a sibrwd, 'Dwy bunt am ei chont hi, medda nhw.'

Teimlodd Aleksa'i hun yn gwrido.

'Glenda'n ddrytach,' meddai Siw gan bwyso'n ôl.

'Glenda ar y gêm hefyd?'

Nodiodd Siw a mathru'r sigarét yn y blwch llwch. Roedd y mwg yn dal i grogi yn awyr y parlwr. 'Ugian am y ddwy efo'i gilydd. Pres mawr 'radag honno.'

'Rargian. Pwy fasa'n meddwl,' meddai Aleksa gan wybod y bydda pawb yn meddwl. Roedd pawb wedi meddwl felly erioed.

'Roedd Glenda'n yr ysgol efo fi. Ddwy flynadd yn fengach oedd hi, ond hen ben, hen ben.'

'Neb yn gwybod pwy oedd ei thad hi.'

'Digonedd efo lle i hawlio.' Aeth Siw i'r paced. Estynnodd sigarét a'i thanio. 'Rhai'n deud Sol – hwnnw'n un o gwsmeriaid

Nora. Erill yn deud mai'r gweinidog ifanc oedd 'di rhoi'r fawr iddi.'

'Gweinidog?' Sgriblodd Aleksa yn ei llyfr nodiadau.

'Y Parch Arwyn Jenkins. Mae o'n ei chwedegau, bellach. Byw'n y tŷ mawr pinc 'na, Plas Hebron, gyferbyn â'r comin. Sgwennu llyfrau plant.'

Sugnodd Siw ar ei sigarét. Roedd hi i weld yn mwynhau hyn. Cael parablu. Cael profi ei gwybodaeth. Cael chwarae ei rhan. Aeth gwraig y swyddfa bost ati eto.

'Ar ôl i'r niwl glirio, ar ôl i'r gwir godi'i ben, oedd 'na awgrym mai un o hogia'r glas oedd tad Glenda.'

Datganodd Aleksa'i meddyliau. 'Siwperintendent Morgan?'

'Morgan? Ewadd, naci. Hwnnw'n saethu blancs ers blynyddoedd, medda nhw. Naci, un o'r ditectifs.'

Meddyliodd Aleksa: Hill.

14.

'ARWYN Jenkins?'

'Pwy sy'n holi?' Roedd o'n foel, a hynny o wallt oedd yn tyfu uwch ei glustiau'n ddu fel brân. Roedd ei aeliau'n drwchus fel dwy neidr gantroed flewog. Roedd ei groen yn wyn o oes yn y pulpud.

'Aleksa Jones o'r *County Star*.'

Tuchanodd Jenkins yn sarhaus. 'Be 'dach chi isio? Sgyn i'm byd yn cael ei gyhoeddi tan Dolig.'

Am un o ddynion Duw roedd ei drugaredd yn ddiddiwedd.

'Dilyn stori Glenda Rees dwi. Chwarter canrif–'

'Harry sy 'di'ch danfon chi?' Roedd ei lais fel chwip. Roedd ei groen gwyn yn goch.

'Harry? Na. Mae Harry'n sbyty.'

'Sbyty? Be sy'n bod?'

Cadwodd yr wybodaeth rhagddo am eiliad. Edrychodd Aleksa tua'r cymylau. Ni chymerodd Jenkins yr awgrym a'i thywys i'r tŷ. Ochneidiodd Aleksa. 'Gafodd o drawiad ar y galon.'

'Ydy o'n iawn?' Swniai'r cwestiwn yn fecanyddol.

'Tydyn nhw ddim yn rhy siŵr ar hyn o bryd. Sefydlog, medda nhw.'

'Ewadd.' Gwyrodd Jenkins ei ben a syllu ar y cerrig mân oedd yn carpedu'r cowt helaeth o flaen ei Blas Hebron. Rhwbiodd ei ddwylo. Roeddan nhw'n llawn cryd cymalau. Dwylo awdur. Y gwinedd yn daclus ac yn lân. Dwylo gweinidog.

'Ga i ddŵad i mewn? I gael sgwrs?'

Cododd ei ben fel neidr yn neidio am lygoden. 'I be?'

'Glenda Rees.' Oedodd Aleksa, ac yna, 'Oeddach chi'n nabod ei mam hi.'

Sgyrnygodd Jenkins. Gwyrodd tuag at Aleksa. Medrai Aleksa ogleuo drewdod ei chwys. 'Printiwch chi air sy'n 'y nghysylltu i efo'r . . . efo'r . . . efo Nora Rees, mi lusga i chi drwy'r llys gerfydd ych gwallt, mechan i.'

Caeodd y drws yn glep yng ngwyneb Aleksa. Syllodd Aleksa ar y drws am eiliad. Roedd Crist croeshoeliedig o wydr lliw yn y ffenest fechan.

Oglau tail yn ei ffroenau. Blas sgandal ar ei gwefusau. Sŵn cyfarth yn ei chlustiau.

Rhuthrodd tri chi defaid o'r beudai a'r cytiau pan barciodd Aleksa yn iard Treferyr. Aeth y cŵn yn gylch o gwmpas y car. Roeddan nhw'n cyfarth ar y Punto. Ymddangosodd bonyn o ddyn o un o'r cytiau. Diolchodd Aleksa i ba bynnag drefn oedd yn arglwyddiaethu yma.

Rowliodd y ffenest i lawr. Gwenodd y dyn pan sylwodd fod 'na bictiwr am ei sylw. 'Helô,' meddai Aleksa, gan weu'r gair o'i gwmpas fel bwa pluog. 'Gwynfor Huws, ia?'

Roedd o dros ei chwe throedfedd. Roedd ei welingtons gwyrdd yn creu daeargrynfâu wrth iddo gamu tuag ati. Roedd o'n llydan fel drws y cwt lle buo fo'n gweithio cyn iddi ymyrryd ar ei synhwyrau.

'Y, ia, fi 'di Gwynfor.' Roedd ei lais fel glud. Roedd ganddo domen o wallt cyrliog du ar ei ben. Stopiodd ryw lathen oddi wrth y car. Gwenodd a dangos y bwlch yn ei ddannedd. Roedd ei fochau'n sgarlad. Roedd ei ddwylo'n swil ac wedi mynd i guddiad tu ôl i'w gefn.

'Ydy'r cŵn 'ma'n saff?' Craffodd Aleksa ar yr anifeiliaid. Roeddan nhw'n cyfarth ac yn chwyrlïo. Edrychodd ar Gwynfor. Gwenodd a dangos rhesiad o ddannedd gwyn. Dangosodd grychau yn ei bochau oedd yn ddigon i doddi

Gwynfor. 'Mae gyn i ofn hen gŵn swnllyd.'

'O, nawn nhw'm byd i chi, nawn nhw'm byd, wir yr, 'dach chi'n saff.' Nodiodd ei ben fel tasa fo ar linyn. Trodd at y cŵn. 'Hysh, hysh, i cwt.'

Caeodd y cŵn eu cegau. Trotiodd y tri yn ôl i'w tyllau. Agorodd Aleksa ddrws y car. Dringodd allan. Gwnaeth yn siŵr fod 'na goes i'w gweld. Cyrhaeddodd law tuag at Gwynfor. 'Aleksa dwi.'

Rhwbiodd Gwynfor ei law ar ei drowsus a chladdu llaw Aleksa'n ei bawen. Syllodd ar y llaw yn ei law. Roedd ei lygaid wedi chwyddo. Roedd ei geg ar agor. Roedd o'n mwynhau ei chroen.

'Ga i'n llaw yn ôl rŵan, Gwynfor?'

Gollyngodd ei llaw fel tasa fo newydd gael sioc drydan.

'Isio gweld Dad 'dach chi?'

'Wel, ella, a chdithau hefyd.'

'Fi?'

'Ia, chdi.'

Edrychodd Aleksa o'i chwmpas. Roedd y tŷ ffarm yng nghefn yr iard. Roedd 'na gerbydau o bob math yn yr iard. Roedd 'na foch yn soch-sochian yn rhywle.

'Wyt ti'n cofio Glenda Rees?'

Roedd yr enw fel melltith i Gwynfor Huws, Treferyr.

Gwyrodd ei ben. Camodd yn ôl. Dechreuodd ysgwyd ei ben. Dechreuodd barablu. 'Welis i hi a'r Sgowsar yn dwrdio. Welis i'r Sgowsar yn rhoi swadan iddi hi. Welis i hynny o'r lôn. Ro'n i'n deud y gwir. Dwi'n deud wrthyn nhw bob nos yn y Ceffyl Coch. Ro'n i'n ddigon agos i weld . . . '

'Hei!'

Stopiodd Gwynfor ei barablu a throi at y llais. Dilynodd Aleksa'i edrychiad. Roedd 'na fehemoth yn brasgamu ar draws yr iard. Sylwodd Aleksa fod drws y tŷ ffarm ar agor. Roedd y behemoth yn ei fest. Roedd ei freichiau fel dwy dderwen. Roedd ei sgwyddau'n sgwâr. Roedd ei fol yn crogi dros ei felt.

'Dad,' sibrydodd Gwynfor.

'Pwy 'dach chi?' gofynnodd Sol Huws. Taflodd fawd i gyfeiriad un o'r cytiau heb dynnu ei lygaid oddi ar Aleksa. 'Dos i fwydo'r moch, Gwynfor.'

Bagiodd Gwynfor am y cytiau. Gwenodd Gwynfor yn swil ar Aleksa. Gwyliodd hithau'r mab nes iddo ddiflannu i fagddu'r sièd.

'Wel, pwy 'dach chi? 'Dach chi ar 'y nhir i.' Safodd Sol efo'i ddwylo ar ei gluniau.

Roedd o'n dalach na Gwynfor. Roedd o'n lletach na Gwynfor. Roedd o'n glyfrach na Gwynfor.

Camodd Aleksa'n ôl. Llyfodd ei gwefusau sychion. Llyncodd boer i wlychu'r lôn goch. Roedd Sol Huws yn rhoi cweir i ferched, yn ôl Siw.

'Aleksa Jones, o'r *County Star*.'

'County Star? Harry Davies sy 'di'ch danfon chi?'

'Ym, naci. Pam 'dach chi'n gofyn?'

Oedodd Sol Huws. 'Pam? Achos mai fy nhir i ydy hwn, ddynas, a mi ofynna i be ddiawl lecia i. Be 'dach chi isio? Sgyn Harry Davies rwbath i neud efo hyn?'

'Glenda Rees. Gneud stori amdani hi dwi.'

Rhewodd Sol Huws. Syllodd arni fel y tybiodd Aleksa iddo syllu ar ei wraig cyn ei dyrnu. Roedd cyhyrau'i ên yn dawnsio fel tasa 'na lwyth o eiriau'n ysu tywallt o'i geg. Dyrnodd ei ddwylo. Dyrnau fel pen dwy ordd. Croen yn gris croes o greithiau.

'Ewch o 'ma. Peidiwch â dŵad yn ôl. Neu mi ollyngai'r cŵn. 'Dach chi'n trespasio.'

Bagiodd Aleksa un cam yn ôl am y car. 'Wel, jyst meddwl y baswn i'n cael sgwrs. Efo Gwynfor. Mi dyst–'

'Gadwch lonydd i'r hogyn,' meddai a chrwydro'i lygaid i fyny ac i lawr Aleksa. 'Chitha efo'ch coesau a'ch cont–'

'Esgusodwch fi?'

' . . . yn ei dwyllo fo, y cradur.' Camodd tuag ati hi a thrywanu bys i'w chyfeiriad. 'Merched 'tha chi, mae 'na enw i ferched 'tha chi.'

'Peidiwch â siarad fel 'na efo fi.' Roedd hi'n crynu. Gwasgodd ei hewinedd i gledrau'i dwylo. Teimlodd y gwynt ar ei choesau.

'Siarada i efo chi unrhyw ffordd lecia i. 'Dach chi'n trespasio.' Chwibanodd. Dechreuodd y cŵn gyfarth. Rhuthrodd y cŵn o'u cuddfannau. 'Heglwch hi'r ast, cyn i'r cŵn 'ma weld bo chi'n cwna.'

Llamodd y cŵn. Glafoeriodd y cŵn. Cyfarthodd y cŵn.

Cythrodd Aleksa yn handlen y drws. Roedd ei dwylo'n wlyb o waed. Ogleuodd ddrewdod y cŵn wrth ei hysgwydd. Gwaeddodd Aleksa. Udodd y cŵn. Agorodd y drws. Deifiodd i'r car. Clep i'r drws. Thyd wrth i ddau gi ergydio'r car.

Gyrrodd dan grio o iard Treferyr.

15.

'FO ddaru hyn i chdi?' Roedd Seth yn dal ei garddyrnau. Roedd ei chledrau am i fyny. Roedd y briwiau lle y brathodd y gwinedd i'r croen yn llosgi.

Ysgydwodd Aleksa'i phen. 'Wedi dychryn o'n i. Rhaid y mod i wedi gwasgu . . .' Dechreuodd grio eto. Gwyrodd ei phen a'i bwyso ar ysgwydd Seth. Teimlodd law Seth yn crudo cefn ei phen a mwytho'i gwallt.

'Gad i mi roi rwbath arnyn nhw i chdi,' meddai Seth gan lacio'i hun oddi wrthi. Aeth drwy'r drws a gadael Aleksa yn y stafell aros. Lapiodd Aleksa ei breichiau amdani a suddo i'r soffa. Caeodd ei llygaid. Anadlu'n ddyfn. Puro'i meddyliau o Sol Huws. Daeth Seth yn ôl. Daeth Aleksa o'i llesmair yn lanach. Roedd gan Seth focs gwyn ac arno groes goch.

Gwenodd Aleksa wên llawn straen. 'Dan ni am chwarae doctors a nyrsys?'

Eisteddodd Seth wrth ei hymyl i drin ei briwiau. Gorffwysodd Aleksa'i dwylo ar ei lin. Roedd ei gwallt yn brwsio'i lawes. Roedd ei arogl yn llenwi ei ffroenau. Roedd ei ddwylo'n dyner.

''Dach chi'n y job rong, sarjant.'

Gwenodd Seth. Roedd ei lygaid ar ei lafur. 'Ti 'di ypsetio'r byd a'r betws heddiw'n do, aur.'

'Dwi'n dda felly, sti.'

Gweuodd oglau TCP i synhwyrau Aleksa. Hisiodd drwy'i dannedd wrth i'r hylif losgi ei briwiau. Brathodd ei gwefus wrth i Seth lapio'r anafiadau.

'Fel newydd,' meddai.

'Diolch, doctor.'

'Wyt ti'n iawn?'

Nodiodd Aleksa.

'Ddanfona i un o'r PCs rownd i gael gair yng nghlust Sol Huws.'

'Dwi'm isio gneud ffŷs.'

Rhoddodd Seth wên iddi. 'Dyna ydy dy brif bwrpas di mewn bywyd, Aleksa Jones.'

'Ha ha,' meddai'n sarhaus. Rhwbiodd ei garddyrnau. 'Rhyfadd i'r ddau, Jenkins a Sol, ofyn os mai Harry oedd wedi 'nanfon i.'

Cododd Seth ei sgwyddau. 'Harry'n nabod pawb, pawb yn nabod Harry. Elfed Hill sy'n 'y mhoeni i.'

'Wyt ti'n meddwl ei fod o wedi deud clwyddau?'

'Pa reswm oedd ganddo fo i neud y ffasiwn beth? Doedd 'na'm rhaid iddo fo ddŵad i'n cyfarfod ni. Yr unig fantais i Hill oedd iddo fo gael pedwar peint o Guinness o 'mhres poced i.'

'Fydda Siw Smith ddim yn deud clwyddau,' meddai Aleksa. 'Nid ar bwrpas.'

'Hel clecs mae Siw Smith. Nid hel ffeithiau.'

Agorodd drws y stafell aros. Safai dyn canol oed yno. Roedd o yn ei lifrai. Roedd ei wallt coch wedi ei lafnu at ei sgalp. Plyciodd gornel ei fwstás. Gwibiodd ei lygaid cul o Seth i Aleksa.

'Miss Jones.'

'Mr Munro,' meddai Aleksa wrth y dyn.

'Dallt bo chi yma. Ia. Cyfleus dros ben. Ia wir.'

'Falch o fedru bod yn gyfleus, Mr Munro.'

'Ia. Wedi cael cwynion yn eich cylch chi.'

Cododd y blew ar wegil Aleksa.

'Cwynion. Ia. Ffarmwr yn Llys Hebron. A'r awdur Arwyn Jenkins.'

'Ddaru mi ddim byd.'

'Syr,' meddai Seth, 'mae Aleks . . . Miss Jones yn deud fod

Sol Huws wedi'i bygwth hi.'

'Ia, wel. Gawn ni weld. Ia wir. Gair yn eich clust chi, Miss Jones.'

Arhosodd Aleksa am y gair. Edrychodd Munro ar Seth a deud, 'Yn breifat.'

'Ia. Dwi wedi perswadio'r ddau i beidio mynd â'r mater ymhellach,' meddai Munro. Roedd o'n eistedd tu ôl i'w ddesg. Roedd ei lygaid wedi eu glynu ar dwmpath o bapurau o'i flaen.

'Esgusodwch fi, Mr Munro, ond mi ddaru Sol Huws 'y nychryn i. Mi ddaru o mygwth i a gollwng ei gŵn arna i.'

'Roeddach chi'n tresmasu.'

'Diffiniwch hynny, plîs.'

Ddaru o ddim. Aeth Aleksa'n ei blaen.

'Mi nes i egluro pwy o'n i a pham . . . '

Syllodd Munro arni. 'Cyn i chi holi Gwynfor Huws?'

Roedd ceg Aleksa ar agor. Roedd y llais wedi penderfynu aros yn ei le.

'Ia wir,' meddai Munro. 'Y ffarmwr, mmm . . . ' Gneud ati i ddarllen darn o bapur. 'Solomon Huws. Ia. Mr Huws. Deud i chi holi Gwynfor Huws, yn ôl Gwynfor Huws, cyn cyflwyno'ch hun fel aelod o'r wasg.'

Roedd ceg Aleksa ar agor o hyd.

'A'r awdur, ia.' Astudio darn arall o bapur. 'Arwyn Jenkins. Wedi gofyn i chi adael ei eiddo sawl gwaith.'

'Mae hyn yn lol botsh. 'Dach chi'n gwybod amdana i, Mr Munro. Mi wyddoch chi'n iawn fod hyn yn lol botsh.'

'Ia. Rhaid i mi'ch rhybuddio chi i gadw draw o eiddo Mr Huws ac eiddo Mr Jenkins.'

'Ar ba sail?'

'Ar y sail fy mod i'n deud wrtha chi, Miss Jones.'

'Mae gyn i hawl i fynd o gwmpas 'y ngwaith.'

'A finnau hefyd.' Roedd o'n syllu arni. Roedd ei dalcen wedi crychu. Roedd ei lygaid yn filain.

Syllodd Aleksa'n ôl ac ystyried Munro. Meddyliodd am eiliad. Cyn gofyn, 'Pam aethoch chi'n groes i farn Elfed Hill yn 1976 pan oedd y dystiolaeth yn awgrymu fod 'na amgylchiadau amheus i farwolaeth Stan Fisher?'

Tasa Munro'n losgfynydd byddai'r trigolion cyfagos wedi cilio o'u cartrefi.

Roedd ei ddwylo wedi eu plethu'n ddyrnau. Bysedd bach tew fel tsipolatas. Chwyddodd y gwythiennau yn ei wddw. Roedd ei ên yn symud fel tasa rhywbeth byw yn ei geg.

Roedd y ffrwydriad yn dawel ond bygythiol.

'Cerddwch allan, Miss Jones. Cerddwch allan, rŵan. Anghofiwch i chi ofyn y cwestiwn yna i mi. Mi anghofia i'ch bo chi wedi'i ofyn o.'

'Ydach chi'n 'y mygwth i, Mr Munro?' Gwasgodd ei hewinedd i'w briwiau.

'Yndw, Miss Jones. Dwi'n bygwth unrhyw un sy'n fy enllibio i, unrhyw un sy'n mentro maeddu'n enw da i neu enw da'r swyddogion sydd wedi gwasanaethu, ac sydd ar hyn o bryd yn gwasanaethu, ochor yn ochor â fi. Yndw wir, dwi'n eich bygwth chi.'

16.

AETH Aleksa adra i guddiad. Ond roedd hi'n crynu dan y dillad gwely. Yn sydyn doedd 'na nunlle'n saff.

Canodd y ffôn eto. Atebodd Ffion y ffôn eto. Dywedodd Ffion gelwydd ar ran Aleksa eto.

'Gwaith. Eto,' gwaeddodd Ffion o waelod y grisiau. 'I dy atgoffa di am y cyfarfod Cyngor heno. I dy atgoffa di i beidio trafferthu dŵad i'r gwaith fory os na fyddan nhw'n derbyn y stori o'r cyfarfod erbyn dedlein naw o'r gloch heno.'

'Run neges ag o'r blaen, ag o'r blaen, ag o'r blaen.

Roedd Ffion wedi syrffedu gofyn be oedd o'i le. Roedd Ffion wedi ei chynhyrfu gan ddigwyddiadau diweddar: y ffrae ar gownt ei thad – Aleksa'n colli'i phen – Aleksa'n llochesu dan ddillad y gwely – Aleksa ar chwâl.

Roedd Aleksa'n ysu i esbonio. Ond roedd arni ofn. Yn sydyn doedd 'na neb i'w trystio.

Daeth rhywbeth i'w meddwl fel bwled o wn. Cododd ar ei heistedd. Gwelodd y Paffiwr yn gorwedd ar droed y gwely'n syllu arni drwy lygaid cysglyd.

'Ga i dy drystio di, caf, Paff.' Gwyrodd dros ymyl y gwely. Ffeindiodd ei bag. Tyrchodd. Daeth o hyd i'r pecyn. Rhwygodd yr amlen.

Casét. Troellodd Aleksa'r casét yn ei llaw fel tasa fo'n drysor prin newydd ei ddarganfod. Dechreuodd obeithio ar gownt cynnwys y casét. Rhywun yn danfon gwybodaeth iddi am Glenda Rees. Rhywun yn datgelu'r gwir am lofruddiaeth Glenda Rees. Rhywun yn cyfadde. Rhywun yn bygwth.

Defnyddiodd y Walkman. Claddodd ei hun dan ddillad y

gwely a phwyso'r botwm.

Hisian.

Sinistr.

Cyn.

Llais . . .

Be uffar? . . .

. . . Meic Stevens yn canu 'Môr o Gariad'.

Crychodd ei thrwyn. Dryswch. Jôc oedd hyn? Gwrandawodd ar y gân. Meddyliodd am y gân. Chwiliodd am neges. Gwywodd y gerddoriaeth.

Clic.

Hisian.

Sinistr.

Cyn.

Ochneidiodd Aleksa. Swatiodd dan ddillad y gwely. Chwysodd. Oerodd.

Llais . . .

'Hai, Aleksa. Presant i chdi. Wyt ti'n cofio'r gân? Ein cân ni. Dwi'n cofio. Pawb 'di bod yn dawnsio i "Rings Around the World" y Super Furries. Wedyn, "Hon i'r cariadon" meddai'r DJ, wyt ti'n cofio? Dwi'n cofio. Y dyrfa jyst yn gwahanu. A chdi a fi jyst yn wynebu'n gilydd. Fatha ffawd. Ac wedyn, wel, dwi'n cofio pob dim. A dyma chdi'n mynd. Ond 'nes i dy ffeindio di, diolch byth. Nawn ni chwarae'r gân bob tro 'dan ni efo'n gilydd, bob dydd, drwy'r amser. Mi wela i di cyn bo hir, dwi'n gaddo.'

. . . Daniel.

17.

ROEDD pawb yn ei gwylio. Roedd ei llygaid yn gwibio. Roedd y golau'n gwywo. Nos Calan Gaea yn cau am y dre. Nos Calan Gaea yn cau am Aleksa. Nos Calan Gaea yn dew o elynion.

Lle'r oedd Daniel? Lle'r oedd Sol Huws? Lle'r oedd Arwyn Jenkins? Lle'r oedd Malcolm Munro? Lle'r oedd Elfed Hill?

Brasgamodd. Craffodd. Gwrandawodd. Pob sŵn yn ei sgytio. Pob cysgod yn ei chwysu. Pob cam yn gam yn bellach o guddfan y gwely.

Swyddfa'r Cyngor. Sgwâr o frics coch gwerth dau ysbyty cymuned. Neidr o gynghorwyr yn sleifio i'r goleuni tu hwnt i'r drysau gwydr.

Siambr y Cyngor. Hanner cylch o golisëwm. Pren a gwydr. Aleksa a'r cynghorwyr a'r cyhoedd yn syllu i lawr ar y swyddogion a'r cadeirydd a'r dirprwy gadeirydd.

Roedd hi'n teimlo'n saffach yn fan 'ma.

Cyn i John Morgan gerdded drwy'r drws.

Daliodd Aleksa'i gwynt. Roedd hi'n ddryswch o deimladau. John Morgan. Tad ei ffrind gorau. Bwydwr straeon. Dyn i droi ato mewn storm. John Morgan. Chwithig yng ngwyneb enw merch oedd yn pydru ers chwarter canrif. Mab y Siwperintendent Elfyn Morgan. Llinyn arall oedd yn gweu i galon ffau'r Minotor.

Ysgydwodd Morgan law efo sawl cynghorydd. Nodiodd ei ben yn ddwys. Edrychai fel tasa fo'n cario byrdwn y byd ar ei sgwyddau.

Gweddi cyn cychwyn cyfarfod. Syllodd Aleksa'n ei blaen. Astudiodd arfbais y Cyngor. Yna'r cadeirydd ar ei draed: 'Cyn mynd ati heno, ga i groesawu'n aelod seneddol, John Morgan, i'r cyfarfod. Roedd hi'n fwriad iddo fo fod yma heno, ond mae Mr Morgan wedi dod efo newyddion trist.'

Llyfr nodiadau Aleksa'n barod. Ei chalon yn curo. Roedd ganddi syniad pa newydd oedd ar fin cael ei ddatgelu.

'Y prynhawn 'ma,' meddai'r cadeirydd, 'mi gafodd Harry Davies, golygydd y *County Star*, drawiad ar y galon. Mae Harry'n gyfarwydd i ni gyd. Mae o'n ffrind i lawer un ohonan ni. Dyn da, gohebydd da, hynaws ac anrhydeddus yn ei fywyd personol a'i fywyd proffesiynol. Ga i, ar ran y Cyngor, anfon dymuniadau da am wellhad buan i Harry. Mae'n meddyliau ni i gyd heno efo'i wraig, Clara, a'r gennod. Gobeithio'n arw y bydd Harry ar ei draed cyn bo hir, yn enwedig a fynta'n bwriadu ymddeol yr wythnos nesa.'

Rhyw sisial o gytuno'n gweu drwy'r siambr.

Rhyw riddfan o euogrwydd drwy stumog Aleksa.

Cyhuddiad Roy yn eco yn ei meddyliau: *'Chdi.'*

Llusgodd y cyfarfod. Ffoniodd Aleksa'r swyddfa efo'i stori dwy a dimai. Alison yn flin. Am i Aleksa ei heglu hi.

'Ro'n i'n ypset. Sori,' meddai Aleksa.

Ochneidiodd Alison. 'Pawb yn ypset, Aleksa. Roy'n enwedig.'

'Gyn i ofn fod Roy'n 'y meio i.'

'Y ffrâm?' Chwythodd Alison. 'Roy a'i ffrâm. Mi oedd Harry'n gwybod am y ffrâm ers dyddiau. Tydi o ddim yn ffŵl. Tyd i mewn fory a phaid â phoeni am Roy.'

Brasgamodd Aleksa am adra. Roedd hi'n fagddu. Roedd hi'n dawel. Roedd 'na gysgodion yn ei gwylio. Roedd pob sŵn yn sibrwd ei henw. Ochneidiodd wrth agor y drws ffrynt. Roedd y tŷ'n wag. Cythrodd yng ngoriadau'r car.

Roedd Harry'n bibellau i gyd. Roedd o'n cysgu. Roedd ei frest yn codi a syrthio. Roedd o'n edrach ddwywaith ei oed.

Edrychodd Aleksa o gwmpas y ward fechan. Chwe gwely. Pob un yn cynnal claf. Roedd y lle'n drewi o lanweithdra.

Roedd cadair wrth ymyl gwely Harry. Crogai côt goch dros gefn y gadair. Roedd 'na gopi o'r *Daily Telegraph* ar y gadair. Gwyrodd Aleksa i'w weld. Rhywun wrthi'n datrys y croesair.

''Dach chi'n lecio posau, Aleksa?'

Trodd. Clara Davies. Gwraig syfrdanol yn ei chwedegau. Gobeithiai Aleksa edrach fel Clara Davies pan oedd hi'r un oed. Doedd y blynyddoedd heb ddwyn dim. Roedd 'na linellau ar ei hwyneb ond roeddan nhw'n ychwanegu at ei harddwch. Roedd ei gwallt yn fyr ac yn daclus ac yn aur.

Aeth Clara at ei chadair ac eistedd. Roedd ei hwyneb yn oer. Astudiodd y pos am eiliad. 'Ydach chi?'

'Mae'n ddrwg gyn i?'

'Yn hoff o bosau?'

'Na, dim i ddeud y gwir. Sut mae Harry?'

Syllodd Clara ar ei gŵr. Ceisiodd Aleksa ddatrys pos yr edrychiad. 'Sefydlog, medda'r doctor.' Trodd at Aleksa a gwenu'n wan. 'Steddwch.'

''Na i ddim o'ch cadw ch–'

'Steddwch.'

Ffeindiodd gadair. Eisteddodd ar yr ochor arall i'r gwely.

'Heb ych gweld chi ers tro byd, Aleksa. 'Dach chi'n brysur?'

'Gweddol.'

'Faint sydd ers 'dach chi'n gweithio efo'r *Star*, dudwch?'

'Saith mlynedd.'

'Syth o'r coleg?'

Nodiodd Aleksa.

'Ydach chi am fod fel Harry?'

'Fel Harry?'

'Aros yn yr unfan.'

'O, dwn i'm, gweld be ddaw.'

Gwrandawodd Aleksa ar sŵn anadlu Harry.

'Faint 'di'ch oed chi rŵan, os 'dach chi'm yn meindio i mi ofyn?'

'Wyth ar hugian.'

'Harry'n meddwl y byd ohonach chi. Deud y bysa chi'n

ddigon o sioe ar bapur dyddiol. Be am y *Daily Post* neu'r *Western Mail*?'

'Jyst gweld be ddaw.'

'Gwell peidio gneud hynny, Aleksa. Pwy a ŵyr be ddaw? Cymryd yr awenau, dyna sy isio i chi neud.'

Tuchanodd Harry. Gorffwysodd Clara law fodrwyog ar ei fraich. Sylwodd Aleksa fod ei hewinedd yn borffor. Sylwodd ar y modrwyau. Drudfawr. Deniadol. Meddyliodd Aleksa am rywbeth.

'Felly,' meddai Clara gan droi at Aleksa eto, 'ateboch chi mo 'nghwestiwn i. Posau, ydach chi'n hoff ohonyn nhw?'

'Weithiau.'

Astudiodd Clara'i chroesair. Sgrifennodd rywbeth ar y papur newydd. Ochneidiodd. 'Dwn i'm wir, methu'n glir â datrys hwn.' Cynigiodd y papur i Aleksa. 'Ewch â fo.'

'O, na, mae'n iawn . . . dwi'n da i ddim . . . '

Ysgydwodd Clara'r papur. 'Ewch â fo. Dwi 'di cael llond bol arno fo. Plîs, ewch â fo o 'ma.'

Cymerodd Aleksa'r papur. Bwrw golwg sydyn arno fo. Troi ei llygaid yn ôl at Harry. 'Pryd geith o ddŵad adra?'

'Tri dwrnod. Doedd hi'm yn drawiad fawr. Rhybudd, medda'r doctor. Da i fod o'n rhoi'r gorau iddi'r wythnos nesa.'

'Fyddwch chi'n falch o'i gael o o gwmpas.' Gwenodd Aleksa.

Ochneidiodd Clara. Syllu ar ei gŵr. 'Siŵr o fod. Prin yn ei weld o. Dwi'n edrach ymlaen i gael sgwrs hir, hir efo fo.'

Edrychodd ar Aleksa a gwenu. Roedd llygaid Clara'n llaith. Byrdwn ei chlaf yn pwyso arni. Y masg o gadernid yn llithro. Meddyliodd Aleksa pa mor braf oedd cael rhywun i boeni yn ei gownt. Pa mor braf oedd crio dros rywun. Pa mor braf oedd diodde a chael rhywun i ddiodde drostyn nhw. Cyffyrddodd yn ei stumog. Meddyliodd am y gwacter oedd yn ei bywyd.

* * *

Roedd hi wedi deg ar Aleksa'n cyrraedd adra. Roedd blinder yn brathu. Roedd golau ymlaen yn y tŷ. Ffion i mewn.

'Hei,' galwodd Aleksa wrth gerdded drwy'r drws ffrynt. Atebodd neb. Rhoddodd ei bag i lawr. Tynnodd ei chôt a'i chrogi ar fachyn.

Roedd llinell o olau'n gwaedu o dan ddrws y stafell fyw ac yn dangos llwybr iddi tua'r gegin. Clywai sŵn y teledu o'r tu ôl i'r drws. Roedd ei bol yn swnian am fwyd. Estynnodd am y switsh golau. Boddwyd y cyntedd mewn golau. Gwelodd Aleksa'r cysgod yn y gegin.

Rhewodd. Clowyd sgrech yn ei chorn gwddw. Edrychodd tuag at ddrws y stafell fyw. Roedd y teledu'n dal i barablu. Edrychodd i fyny'r grisiau. Gwelodd dywyllwch.

Aeth yn ôl ar flaenau'i thraed. Llygaid wedi eu glynu ar siâp y dyn wrth y sinc. Estynnodd ei llaw y tu ôl iddi a theimlo am y ffôn.

Tarodd ei llaw y ffôn o'i grud. TRING! Y ffôn yn taro'r llawr. Gwaeddodd Aleksa. Cwpanodd ei bochau yn ei dwylo. Trodd y cysgod. Gwegiodd ei phengliniau.

Roedd gan y cysgod gyllell.

18.

'BE sy? Be sy?' galwodd Ffion wrth daranu i lawr y grisiau yn ei choban.

'Be ti'n da'n fan 'ma?' Syllodd Aleksa ar y cysgod. Roedd ei llais yn wich.

'Be sy matar efo chdi?' Roedd Ffion wrth ei hymyl.

'Ffion ddudodd wrtha i am neud bechdan,' meddai Seth, y gyllell yn ei ddwrn. 'Heb fyta.'

Gwibiodd llygaid Aleksa o Seth i Ffion i Seth i Ffion. Sgrechiodd ei meddwl: be sy'n mynd ymlaen? 'Be . . . be sy'n mynd ymlaen?'

'Blydi hel, Aleksa.' Dechreuodd Ffion fynd i fyny'r grisiau. 'Seth ddoth draw isio chdi. Es i i'r gwely a deud wrtho fo am aros amdana chdi. Doedd gyn i'm syniad lle'r oedda chdi.' Trodd a brasgamu i fyny'r grisiau. 'Jolpan wirion,' meddai dan ei gwynt.

Syllodd Aleksa ar Seth. Syllodd Seth ar Aleksa.

'Pam na rois di'r golau mlaen?'

'Mae'r bwlb 'di ffiwsio,' meddai Seth. Cymerodd gip ar y gyllell. 'Wyt ti isio bechdan?'

Roeddan nhw'n eistedd wrth fwrdd y gegin yng ngolau cannwyll. Roeddan nhw'n bwyta bechdanau caws a thomato a HP. Roedd Aleksa'n yfed gwin gwyn. Roedd Seth yn yfed llefrith.

Dyma pam na fydda Seth yn cyffwrdd cwrw: cwnstabl ifanc yn y Fflint. Off-diwti ac allan i'r dre efo'i fêts. Testosteron yn tasgu. Y cwrw'n cynnig hyder. Gweiddi a rhegi a sgwario drwy'r strydoedd. Wyneb yn wyneb efo pac o ffyliaid. Dau bac o ddynion ifanc yn hawlio'r diriogaeth. Dyrnau a thraed yn cael eu taflu. Seth i lawr stryd gefn efo coc oen caled. Seth yn rhoi slàs i'r coc oen. Y papur newydd yn deud fod y coc oen yn bibellau i gyd yn yr ysbyty yng Nghaer. Bu ond y dim i'r coc oen farw. A Seth yn difaru. Seth yn cosbi ei hun. Gobeithio y byddai rhywun yn cnocio'r drws a'i arestio fo. Ddaeth 'na neb. Ddaru o ddim cyffwrdd cwrw wedyn. Ond roedd o hyd heddiw'n deffro'n chwys oer i sŵn esgyrn y coc oen yn cracio.

Daeth oglau bwyd â'r Paffiwr o'i hela. Rhwbiodd yn erbyn coesau Aleksa. Malodd Aleksa ddarnau o gaws a'u gollwng ar deils y gegin. Dechreuodd y gath gnoi.

'Dwi 'di rhoi chdi mewn twll, braidd,' meddai Aleksa.

'Gyn i raw.' Cydiodd Seth mewn bechdan arall.

'Oedd o'n flin, felly?'

'Munro? Gandryll. Mi aeth o i chwilio am y ffeil ar ôl i chdi fynd. Ddoth o ddim o hyd iddi a fi gafodd ei lid o.'

'Sori, Seth.'

'Iawn, sti.'

'Be rŵan?' Cymerodd Aleksa lymaid o'r gwin. Roedd hi'n ymlacio.

'Be rŵan be?'

'Be ddigwyddith i chdi?'

'Ddudis i'r gwir. Deud mai nid fi aeth â'r ffeil. Ond mae 'na record o'r ffaith i mi holi amdani hi.'

'Be ddudodd o?'

'Deud wrtha i am beidio ag ymyrryd. Y'n rhybuddio i fod 'y ngyrfa i yn y fantol.'

'O, shit, Seth.'

'Wyt ti 'di agor nyth cacwn go iawn, Aleksa.'

'Dwi'm yn trystio neb. Mae gyn i ofn, Seth, wir yr.'

'Rho'r gorau iddi, ta.'

Syllodd arno am eiliad. 'Dyna wyt ti am i mi neud?'

'Dwi am i chdi fod yn saff.'

Nodiodd Aleksa. Dyna oedd hi isio glywed. 'Dwisho sgwrs arall efo Elfed Hill.'

'A be? Ei gyhuddo fo o ddeud clwyddau?'

'Dwi'm yn meddwl fod Elfed Hill yn deud clwyddau.'

'Dwyt ti'm yn credu Siw Smith, felly?'

'Siw Smith.' Chwifiodd Aleksa law yn ddirmygus. 'Mi oedda chdi'n iawn. Jyst hel clecs mae hi. Gafodd Elfed Hill ei erlid o'r ffôrs. Bownd o fod mai un o'r clecs oedd iddo fo feichiogi Nora Rees. Pawb yn clebran 'radag honno. Gogwydd ffres ar y stori i ryw hen gnawas mewn siop.'

Daeth rhywbeth i feddwl Aleksa. Fel mellten yn rhwygo awyr dywyll.

'Glenda Rees, un ar bymtheg oed,' meddai.

Sythodd Seth yn ei gadair. Crychodd ei aeliau.

Neidiodd Aleksa ar ei thraed. Bu bron iddi faglu dros y Paffiwr. Gwichiodd y gath a sgrialu drwy'r llen yn y drws. Aeth Aleksa i'w bag a thyrchio am ei llyfr nodiadau.

Dechreuodd wibio drwy'r tudalennau. 'Dyma fo,' meddai gan gyrraedd y gegin. Eisteddodd a dangos y nodyn i Seth. Rhestr o straeon Harry Davies gasglodd hi yn yr archifdy.

'Be 'di hwn?' gofynnodd Seth.

'Yli.' Pwyntiodd Aleksa at y nodyn oedd yn deud:

1960

Marwolaeth Nye Bevan/Capel yn erlid merch am iddi feichiogi heb fodrwy/'Llosgwch y Llyfr Budr Hwn' (achos Lady Chatterley's Lover)

'Nye Bevan?' meddai Seth.

'Na, na, hwnna.' Pwyntiodd Aleksa at yr ail eitem.

Edrychodd Seth arni.

'Gneud synnwyr.' Roedd Aleksa fel hogan ysgol. '1960.' Cythrodd yn y llyfr nodiadau a neidio ar ei thraed eto. 'Tyd.'

'Lle 'dan ni'n mynd?'

* * *

'Tydi hyn ddim yn gyfreithlon,' meddai Seth.

'Ydy, siŵr Dduw. Gyn i oriadau.' Datglodd Aleksa ddrws swyddfa'r *County Star*. Tapiodd y cod seciwriti i'r bocs wrth y drws.

'Blydi hel, be 'di'r drewdod 'na?'

'Ned 'di bod yn byta pysgod eto.' Brasgamodd Aleksa tua drws yr adran olygyddol. Cod seciwriti arall yn fan'no.

Estynnodd am y switsh golau.

'Ffor'ma,' meddai Aleksa.

Chwiliodd Aleksa yn y storfa. Chwiliodd Aleksa yn swyddfa Harry. Chwiliodd o dan ddesg Roy.

'Am be wyt ti'n chwilio?'

'Hon.' Llithrodd Aleksa'r ffrâm oddi ar y cwpwrdd ffeilio a'i gosod hi ar ddesg Roy. 'O, na, na, na.' Doedd y stori ddim yn y ffrâm.

'Aleksa. Esbonia.'

'Ddaru'r ffŵl ddim defnyddio'r stori.' Rhoddodd y ffrâm yn ôl yn ei lle. Edrychodd ar y bin o dan ddesg Roy. Roedd y bin yn wag. 'Wn i.' Brasgamodd am y drws. Drwy'r drws i'r dderbynfa. Tua'r drws tân yng nghefn y dderbynfa.

'Aleksa . . .'

Anwybyddodd Seth. Roedd hi'n falch ei fod o yno. Fydda hi ddim hanner mor fentrus tasa hi ar ei phen ei hun. Cerddodd i lawr y grisiau dur yn ofalus. Daeth golau seciwriti ymlaen. Clywodd sŵn traed Seth yn ei dilyn i lawr y grisiau. Daeth Seth at ei hymyl. Torchodd Aleksa'i llewys a gwenu arno.

'Dwyt ti ddim o ddifri, Aleksa Jones? Deud wrtha i mai jôc ydy hyn.'

Dim jôc. Aeth Aleksa i ganol y domen o fagiau plastig duon oedd yn pwyso yn erbyn y giât fawr yng nghefn yr iard. Dechreuodd rwygo'r bagiau.

Edrychodd ar Seth, oedd yn syllu arni hi fel tasa hi'n dwp. 'Tydy ditectifs ddim yn gneud hyn wrth chwilio am gliwiau?'

'Mae'n stumoga ni'n rhy wan i neud y ffasiwn beth.

Ganddon ni swyddogion fforensig sy'n gwisgo menig rwber ar gyfer jobsys annifyr.'

'Www, menig rwber,' meddai Aleksa, ei meddwl, am eiliad, mor fudur â chynnwys y bag roedd hi'n tyrchio drwyddo fo.

Roedd y drewdod yn ddychrynllyd. Roedd Aleksa'n difaru cychwyn. Y peth hawsa fyddai dychwelyd i'r archifdy'n y bore a chael copi o'r stori. Ond roedd 'na chwilen yn ei phen. Roedd 'na awydd yn ei chalon.

Roedd ei dillad wedi maeddu a'i dwylo'n wlyb o goffi a coca cola a beth bynnag arall llaith oedd yn y bagiau.

'Yli blydi golwg,' meddai Seth, yn tyrchio drwy'i ail fag.

Roedd yr iard wedi ei charpedu mewn sbwriel.

'Ddudwn ni mai'r llygod mawr ddaru.'

'Tydy llygod mawr ddim yn tyfu i faint eliffantod yng Nghymru, Aleksa.'

'Dyma fo.' Bron iddi sgrechian. Bron iddi grio. Daliodd y darn papur i fyny i'r lleuad. Roedd o'n grychau i gyd. Wedi ei rowlio'n belen mewn cwpan blastig. Roedd y papur wedi sugno'r te oedd yn weddill yn y gwpan.

Stwffiodd Aleksa'r papur i'w phoced ar ôl bwrw golwg arno fo. Edrychodd o gwmpas yr iard. 'Yli blydi golwg.'

'Diolch byth,' meddai Seth.

Ciciodd Aleksa'r sbwriel i un gornel. Clywodd Seth yn ei thwt-twtio. 'Dyna fo,' meddai, gan edmygu ei gwaith. 'Fel newydd.'

Roedd y sbwriel yn domen. Roedd rhai o'r bagiau du'n tywallt eu sothach. Fel rhyw anifeiliaid rhyfedd oedd wedi eu diberfeddu.

Wedi cloi'r swyddfa, aethant adra. Roedd hi bron yn hanner nos. Roedd Aleksa'n gwbwl effro. Gadawodd Seth yn y stafell fyw.

Gwnaeth goffi. Sychodd y darn papur efo sychwr gwallt.

Smwddiodd y darn papur yn fflat. Gwnaeth fwy o goffi. Dychwelodd i'r stafell fyw. Roedd Seth yn cysgu ar y soffa. Astudiodd Seth. Cofiodd bob dim am Seth. Daeth trymder drosti.

Trodd o'r neilltu. Sugno gwynt i'w sgyfaint. Gosod y darn papur sych a chynnes a llyfn ar y bwrdd coffi. Dechreuodd ddarllen:

Erlid darpar fam ddibriod yn ennyn dirmyg
gan Harry Davies

Mae pentref Llys Hebron wedi ei sgytio'r wythnos hon wedi i rai o bileri'r gymdeithas gael eu condemnio am erlid darpar fam ddibriod o'u capel.

Cafodd Nora Rees, 18 oed, o Bwthyn Hen, Llys Hebron, orchymyn i adael capel Methodistiaid y pentre yn ystod oedfa nos Sul. Dywedodd y blaenor, Richard Samuels, wrth y ferch "ymadael â Thŷ'r Arglwydd a hithau yn y fath gyflwr".

Yn ôl llygad-dystion, roedd Miss Rees wedi dod i'r capel yng nghanol pregeth y Parch. Arwyn Jenkins ac wedi sgrechian ar y gweinidog ac aelodau'r sedd fawr, gan gynnwys Mr Elfyn Morgan a Mr Solomon Huws.

"Roedd hi'n gwichian fel rhyw wrach," meddai Mrs Elen Price, Garn Foel. "Nid oedd neb yn deall yr hyn roedd hi'n ei ddweud. Mae hi'n un ryfedd iawn ac mae yna straeon anghynnes iawn yn ei chylch."

Mae'r *County Star* wedi clywed yr honiadau a wnaethpwyd ynglŷn â Miss Rees ac wedi penderfynu peidio â'u cyhoeddi gan nad ydynt yn addas i bapur newydd teuluol.

Er i sawl aelod o'r gynulleidfa gymeradwyo pan arweiniwyd Miss Rees o'r capel, roedd yna ambell un yn feirniadol o ymddygiad Mr Samuels a gweddill aelodau'r sedd fawr.

"A fyddai Crist wedi troi ei gefn ar Nora Rees?" gofynnodd Mrs Wilma Evans, Plas Eithin. "Mae yna le i bawb yn Nhŷ'r Arglwydd. Mi rydw i'n bwriadu cwyno'n ganolog ynglŷn â hyn. Mi fydda i'n danfon llythyr at yr Aelod Seneddol hefyd."

Dywedodd yr Aelod Seneddol, Syr Henry Miles, mai mater i'r capel oedd hwn. Ond cytunodd gyda Mrs Evans y dylai Cristnogion gadw lle yn eu calon i bob dihiryn a thruan sy'n chwilio am loches.

Cadarnhaodd y Parch. Arwyn Jenkins nad oedd croeso i Miss Rees yn y capel mwyach. "Mae ymddygiad o'r fath mewn addoldy'n warthus. Roedd y diafol wedi cydio'n y ferch hon ac mae angen cymorth seiciatryddol arni. Does gen i, na'r aelodau, ddim mwy i'w ddweud ar y mater."

Enwau newydd iddi eu nodi. Llwybrau newydd iddi eu dilyn.

Plygodd y darn papur a'i lithro i'w phoced. Gwyliodd Seth yn cysgu ar y soffa. Agorodd Aleksa'i cheg. Ystwythodd fel y byddai'r Paffiwr yn ystwytho.

Llithrodd ar hyd y carped at y soffa. Gorffwysodd ei phen ar ei breichiau. Roedd ei hwyneb fodfeddi o wyneb Seth. Roedd hi'n clywed ei anadlu. Roedd hi'n teimlo'i anadl yn gynnes ar ei bochau.

Agorodd Seth ei lygaid.

'Faint o'r gloch ydy hi?' Roedd ei lais yn grawciad. Neidiodd ar ei eistedd. Edrychodd ar y cloc. Roedd hi'n chwarter i un. Rhwbiodd ei wyneb.

'Do'n i'm am dy ddeffro di.'

'Sori. Ddarllenis di dy stori?'

Nodiodd Aleksa. Soniodd wrtho'n fras am y cynnwys.

'Wyt ti'n un ddygn,' meddai Seth.

Brwsiodd flewyn o wallt o'i hwyneb. Edrychodd y ddau ar ei gilydd am foment. Safodd Seth a deud, 'Well i mi fynd.'

Roedd o'n dal i syllu ar Aleksa. Roedd o'n disgwyl ymateb.

Gwyddai Aleksa'r ymateb yr oedd yn ei ddisgwyl. Gwyddai Aleksa mai dyna roedd hi isio ddeud. Un gair fyddai'n gneud pob dim yn iawn. Un gair fyddai'n gneud pob dim yn waeth. Roedd Seth yn dal i syllu.

19.

Dydd Iau, Tachwedd 1
DEFFRODD Aleksa efo'r Paffiwr.

Edrychodd Aleksa ar y cloc radio: 6.30 a.m. Awr cyn i'r larwm ffrwydro. Ochneidiodd.

Caeodd ei llygaid i chwilio am freuddwyd. Roedd grwndi'r Paffiwr yn ei hymlacio.

Dyrnwyd y drws ffrynt.

Cododd Aleksa ar ei heistedd. Llamodd y Paffiwr oddi ar y gwely. Diflannodd y gath drwy ddrws y llofft.

Dyrnwyd y drws ffrynt drachefn.

Tynnodd Aleksa bâr o drowsus chwys amdani. Aeth o'i stafell wely. Roedd Ffion ar dop y grisiau. Edrychai Ffion fel tasa hi wedi ei llusgo drwy glawdd.

Dyrnwyd y drws ffrynt.

'Pwy sy 'na'r adeg yma?' gofynnodd Ffion. Agorodd ei cheg. 'Blydi hel.'

Aeth Aleksa i lawr y grisiau. Roedd pob gris fel glo tanllyd.

Dyrnwyd y drws ffrynt.

Ar waelod y grisiau galwodd Aleksa, 'Pwy sy 'na?'

'Aleksa Jones?' Llais dyn.

Edrychodd Aleksa i fyny'r grisiau. Roedd Ffion yno'n syllu'n ôl.

'Pwy sydd isio hi?'

'Dafydd Abbot,' meddai'r llais.

Dechreuodd meddwl Aleksa droi fel injan. Ara deg i gychwyn. Pistonau'n cryfhau. Yn pwmpio gwaed. Daeth yr enw i'w cho. Rhuthrodd am y drws a'i agor.

Safai dyn bach ar y stepan drws. Roedd ei lygaid yn llydan ac yn fywiog. Roedd ei drwyn yn fflat fel crempog. Roedd o'n llyfu ei wefusau fel dyn sychedig. Y tu ôl iddo roedd y wawr wedi gneud ymdrech dila i oresgyn y nos.

'Chi fuo'n holi am Glenda Rees,' meddai'r dyn.

'Mr Abbot?'

'Dafydd.' Archwiliodd ei lygaid y stryd. 'Ga i ddŵad i mewn ganddoch chi?'

Roeddan nhw'n eistedd yn y stafell fyw yn yfed coffi. Roedd Dafydd Abbot yn rowlio sigarét. Roedd ei fysedd yn felyn. Roedd ei ddwylo'n crynu.

'Gaethoch chi . . . drafferth?' Gwlychodd y papur sigarét.

'Be 'dach chi'n feddwl?' Roedd blinder Aleksa wedi diflannu. Roedd hi'n teimlo fel tasa hi wedi llyncu llond bocs o Pro Plus.

'Oes 'na rywun wedi awgrymu i chi beidio â thyrchio?'

'Mae 'na un neu ddau wedi awgrymu hynny, oes. Pam?'

'Oes 'na rywun wedi gneud mwy nag awgrymu hynny, Aleksa?' Sugnodd ar y sigarét. Plyciodd faco oddi ar flaen ei dafod. Chwistrellodd fwg o'i ffroenau.

Teimlodd Aleksa'i stumog yn cloi. 'Fy mygwth i?' Meddyliodd am Munro. 'Ddaru rywun eich bygwth chi?'

'Ar ôl i mi sgwennu'r stori wreiddiol, am ddarganfyddiad corff Glenda, mi ddechreuis i gael galwadau ffôn.'

'Bygythiol?' Roedd Aleksa'n gwyro mlaen. Roedd ei dwylo'n gwasgu am y mŵg coffi.

'Na, gan ambell un o drigolion Llys Hebron. Isio deud straeon wrtha i.'

'Pa fath o straeon?'

'Misdimanars. Cambyhafio. Hwrio. Rhagrith. Stwff sy'n cynnal papur newydd.' Gwenodd Abbot. Roedd 'na edrychiad pell yn ei lygaid. 'Beth bynnag, 'nes i holi rhai ohonyn nhw, barod i sgwennu'r stori.' Sugnodd ar y sigarét. Roedd o'n cael trafferth cael nicotîn i'w sgyfaint.

Arhosodd Aleksa. Brathodd ei gwefus.

'Sut mae Harry, gyda llaw?'

'Harry? Sefydlog.' Brysiodd Aleksa'r geiriau. Doedd hi ddim am iddyn nhw dywys Abbot oddi ar ei lwybr.

'Bechod.'

Ochneidiodd Aleksa'n fewnol. Beryg bod Abbot wedi crwydro'n barod.

'Un da oedd Harry. Roedd o'n gefnogol. Am i ni brintio'r straeon. Tynnu gwallt o'i ben yn trio perswadio'r golygydd.'

'Pam? Pwy oedd y golygydd?'

'Hen lanc o'r enw Gerallt Gwyn. O'r hen ysgol. Fawr o galon gan y cradur.'

Fawr o galon gan Harry erbyn hyn, meddyliodd Aleksa.

'Roedd 'na sôn fod Gerallt wedi cael ei fygwth gan bwysigion yr ardal i beidio â chyhoeddi,' meddai Abbot.

'Pwysigion?'

'Ia, pileri'r gymuned, gwleidyddion, plismyn, gweinidogion – roeddan nhw wedi setlo ar Stan Fisher, y Sgowsar druan 'na, fel y llofrudd. Dyna fo, achos wedi'i gau.'

'Plismyn? Elfyn Morgan?'

'Hen ddiawl.' Gwnaeth Abbot wyneb. Fel ei fod o wedi ogleuo rhywbeth afiach.

'Arwyn Jenkins?'

'Sinach. Cristion, myn uffar i. Os mai dyna 'di Cristion, mae hi 'di darfod ar y gweddill ohonan ni ar Ddydd y Farn.'

'Pam nad oeddan nhw am i chi holi a chyhoeddi?'

'Pam?' Mathrodd Abbot ei sigarét yn y blwch llwch. 'Roedd ceilliau'r cwbwl lot ar y bloc, dyna pam. Roedd pob un wan jac ohonyn nhw 'di bod yn nicers Nora Rees, dyna pam. Un o'r criw yna oedd tad Glenda.'

Yfodd Aleksa'r coffi. Roedd o'n oer. Doedd dim ots ganddi.

'Doeddan nhw ddim isio ffýs,' meddai Abbot. Roedd o'n rowlio eto. 'Doeddan nhw ddim am i neb dyrchio, rhag ofn, jyst rhag ofn.'

'Ac mi gaethoch chi'ch bygwth.'

Nodiodd Abbot. 'Mi anogodd Harry i mi dyllu. Ar y slei. Tu ôl i gefn Gerallt Gwyn. Pawb yn meddwl fod Harry'n gythral blin, yn bengalad. Tan hynny do'n i'm yn hoff ohono fo, dwi'n cyfadda hynny.'

Roedd y sigarét wedi ei rowlio. Roedd Abbot yn syllu ar y sigarét. Yn ei throi a'i throsi rhwng ei fysedd. Roedd 'na eiriau roedd o angen eu plycio oddi ar ei dafod.

Crychodd ei drwyn. 'Mi ddwynodd o Clara.'

'Be?'

'Ro'n i a Clara wedi dyweddïo. Mi ddwynodd Harry hi. Roedd gas gyn i'r diawl.' Crwydrodd llygaid Abbot i rywle. Roeddan nhw'n wlyb. '1961. Dair wythnos cyn y briodas. Mi aeth hi a Harry i Gretna Green.' Gwyrodd ei ben. Ysgydwodd ei ben. 'Diawl. 'Nes i'm madda iddo fo. Aeth hi'n ddyrnau o dro i dro.' Cyffyrddodd yn ei drwyn. 'Harry falodd hwn. Roedd o'n sydyn efo'i ddyrnau. Roddodd o sawl cweir i mi dros y blynyddoedd.'

'Ond mi ddaethoch chi'n ffrindiau.'

'Ffrindiau, na. Ddaru'r boen ddiflannu wedi rhyw bum, chwe blynedd. Ac yn ystod yr ymchwiliad i lofruddiaeth Glenda mi gadwodd o nghefn i.'

'Pam y bydda fo'n gneud hynny?' Rhwbiodd Aleksa'i llygaid. Roedd y stafell yn dew o ddrewdod baco.

'Am ei fod o'n uffar o newyddiadurwr da, Aleksa. Roedd o'n nabod stori, a mi oedd 'na stori'n fan'ma. Harry oedd y dirprwy olygydd 'radag honno, a mi ddaru o be mae dirprwy olygydd da, golygydd da, i fod i neud. Sefyll ysgwydd yn ysgwydd efo'i staff.'

'Gafoch chi'ch bygwth?'

'Falodd rhywun 'y nghar i. Ges i lythyrau anhysbys yn 'y mygwth i rhag tyrchio mwy i gefndir Glenda a'i mam. Mi oedd gen i hen sièd yn yr ardd. Ro'n i'n treulio'r nos yno weithiau, trio sgwennu nofel.' Tuchanodd. 'Methu 'nes i. Beth bynnag, un noson ro'n i'n sâl, yn andros o sâl. Mi rois i'r gorau i sgwennu a mynd i'r tŷ. Peth nesa, uffar o sŵn, ffrwydriad.'

Roedd bysedd Aleksa'n tynhau am y mŵg coffi. Roedd bysedd ei thraed yn cyrlio i mewn i ddefnydd y carped.

'Y sièd, y teipiadur, y nofel, y cwbwl lot yn fflamau.'

'Ac nid damwain . . .'

'Na, na, na, na, na, mi driodd rywun gau 'ngheg i go iawn.' Edrychodd ar Aleksa. 'Dyna pam ddois i yma'r adeg yma o'r bore. Rhag i neb weld. Mae gyn i ofn hyd heddiw.' Taniodd ei sigarét. 'Mae 'na bobol benderfynol iawn yn y dre 'ma. Maen nhw'n fodlon lladd, Aleksa. Maen nhw wedi lladd unwaith.'

'Wedi lladd?' Roedd ei llais wedi crebachu. 'Pwy?'

'Glenda Rees, siŵr Dduw. Nhw, un ohonyn nhw, neu rywun ar eu rhan nhw, laddodd y gryduras fach.'

'Ond . . . be am . . . Stan?'

'Peidiwch â bod mor naïf, Aleksa. Doedd Stan Fisher ddim yn agos i Lys Hebron ar y noson y lladdwyd Glenda. Roedd o mewn pyb o'r enw'r Green Goose yn Lerpwl.'

'Be am y llygad-dyst?'

'Gwynfor Treferyr?' Chwifiodd Abbot law. Yna plygodd yn ei flaen. 'Cyn iddi droi cefn ar y basdad gŵr 'na, mi ddoth Annie Huws i 'ngweld i. Mi ddudodd hi fod Gwynfor efo hi 'radag oedd o'n honni iddo fo weld Stan a Glenda'n dwrdio ar y comin.'

Ysgydwodd Aleksa'i phen i drio clirio'r mieri. 'Ond pam nad oedd 'na lygad-dyst ar gael i gadarnhau lleoliad Stan Fisher?'

'Mae'r Green Goose yn denu cwsmeriaid amheus, Aleksa. Nyth lladron ydy'r lle. Pwy fydda'n credu lleidr dros hogyn capel o Lys Hebron?'

'Ond be am Annie Huws? Lle mae hi?'

Cododd Abbot ei sgwyddau. 'Pileri'r gymuned eto. Troi arni hi. Cadw cefn y Sol diawl 'na. Erlid y gryduras. Hel hi o 'ma heb ei phlant.' Ysgydwodd ei ben a thwt-twtian. 'Maen nhw'n cael eu ffordd ar ddiwedd y dydd. Be fedra ni neud?'

'Be fedra ni neud, Dafydd?'

Mathrodd y sigarét. Doedd o heb sugno fawr ar ei chynnwys. 'Cadwch yn saff, Aleksa. Dyna'r peth cynta, y peth pwysica.'

Meddyliodd Aleksa am Seth. 'Dyna mae pawb yn ei ddeud.'

'Maen nhw'n deud y gwir.' Edrychodd ar ei wats. Edrychodd Aleksa ar gloc y recordydd fideo. Roedd hi'n chwarter i wyth. 'Ond mi dduda i be ddudodd Harry wrtha i'r adeg honno.'

Cododd o'i eistedd. Cleciodd ei esgyrn. Gwenodd, ei lygaid a'i geg yn llydan. Gwnaeth ddwrn a'i ysgwyd o flaen ei wyneb. 'Dal ati, a mi gawn ni gladdu'r diawlad.'

20.

ROEDD Ned yn y fynedfa. Roedd o'n yfed bîns o dun. Roedd ganddo wefusau clown oren. Roedd ei locsyn wedi ei staenio'n oren.

Gwenodd Aleksa. Saliwtiodd Aleksa'r paciwr papurau. Saliwtiodd Ned. Gwenodd Ned. Dangosodd lond ceg o fîns. Ogleuodd Aleksa'r bwyd. Griddfanodd ei stumog. Chafodd hi ddim brecwast. Dim amser ar ôl ymweliad Dafydd Abbot.

Testun siarad: Siwan yn gofyn a oedd Aleksa wedi derbyn rhosod wedyn. Aleksa'n cofio. Aleksa'n gwrido. Aleksa'n sâl. Ned yn deud jôc ffiaidd am Arab a choc camel. Aleksa'n chwerthin. Aleksa'n gwrido. Aleksa'n dwrdio Ned am fod yn hiliol.

Yn y swyddfa: pawb yn chwithig o hyd. Rhyw giledrych ar ei gilydd. Sibrwd enw Harry.

Wedi setlo wrth ei desg, troi'r cyfrifiadur ymlaen a gneud un neu ddau o alwadau, aeth Aleksa i weld Huw Lloyd.

'Helô, Aleksa Jones.' Roedd o'n galw pawb wrth eu henwau llawn. Syllodd arni dros ei sbectol drwchus.

'Hei, Huw, sut wyt ti?'

'Digon o sioe, Aleksa Jones, a be fedra i neud i ohebydd hardda'r *Star* ar fore hyfryd, heulog Gŵyl yr Holl Saint hwn?' Roedd hi'n piso bwrw tu allan. Roedd Huw yn deud wrth bob gohebydd benywaidd mai nhw oedd yr hardda. Roedd well gan Huw hogia ond roedd Huw o'r oes o'r blaen.

'Be nei di o Siw Smith? Wyt ti'n ei thrystio hi?'

'Ydw'n tad, ond cofia gymryd be mae hi'n ddeud efo pinsiad o halen. Pam wyt ti'n gofyn?'

'Gneud stori am Llys Hebron dwi.'

'Dwyt ti'm yn dwyn fy nghontacts i, nac wyt, gobeithio, Aleksa Jones?'

'Na, dim ond eu defnyddio nhw, Huw Lloyd.' Gwên fach. Chwarae efo'i gwallt. Troi ar ei sowdwl. Edrach dros ei hysgwydd.

Roedd hi'n teipio stori o'r cyfarfod Cyngor ar ei chyfrifiadur pan deimlodd Aleksa rywun yn sefyll wrth ei hysgwydd.

Trodd a gweld Ceri Philips. O hyd yn ffres. O hyd yn newydd. O hyd yn lân. 'Helô,' meddai Aleksa.

'Dwi'n barod,' meddai Ceri. Roedd ei bochau'n goch. Roedd ei llygaid yn llydan. Roedd hi'n drysu Aleksa. Edrychodd Aleksa o'i chwmpas yn amheus.

'Ym, barod am be'n union, Ceri?'

'I dy gysgodi di.'

'I fy . . . Ddrwg gyn i. Ar goll.'

'Roy ddudodd. Mi ddudodd o dy fod ti'n gwbod.'

Neidiodd Aleksa ar ei thraed. Martsiodd ar draws y swyddfa.

'Aleksa,' meddai Alison wrth iddi basio. Anwybyddodd Aleksa hi. A brasgamu i mewn i swyddfa Harry heb gnocio. Roedd Roy'n eistedd tu ôl i'r ddesg.

'Aleksa.'

'Ia,' cadarnhaodd Aleksa. 'Ceri Philips. Be 'di hyn dwi'n glŵad? Fy nghysgodi i?' Roedd Aleksa'n sefyll efo'i dyrnau ar ei chluniau. Roedd y gwaed yn berwi yn ei chlustiau.

'Dwi am i chdi gadw llygad arni hi am gwpwl o ddyddiau.'

'Na.'

'Be?'

'Dwi'n brysur.'

Sgyrnygodd Roy. 'Fasa ti byth yn deud "na" fel'na wrth Harry.'

'Faswn i'm 'di gorfod, Roy. Fasa Harry rioed 'di gofyn.'

'Well i chdi arfer, felly. Fydd Harry ddim o gwmpas yn hir.'

'O, wedi gladdu o'n barod, wyt ti?'

Cododd Roy ar ei draed. Llamodd ar draws y swyddfa. Caeodd y drws yn glep. Wynebodd Aleksa. 'Paid ti â meiddio siarad fel'na efo fi. Tasa ti heb sôn am y ffrâm–'

'Roedd Harry'n gwbod am y ffrâm, Roy. Tasa ti heb neud ffŵl ohona chdi dy hun, mi fydda fo yma heddiw a chdithau'n gi bach iddo fo–'

Tarodd Roy'r bwrdd. Roedd o'n chwysu. Trywanodd fys i gyfeiriad Aleksa. Ceisiodd siarad. Roedd ei wefusau wedi glynu at ei gilydd. Roedd 'na boer yn llifo o gorneli ei geg. 'Dos adra,' llwyddodd wedi stryffaglio. 'Dos adra a phaid â dŵad yn ôl tan y cei di lythyr gan yr adran bersonél.'

'Be?'

'Dwi'n dy syspendio di. Heb dâl.'

21.

'CHEITH o ddim gneud y ffasiwn beth,' meddai Ffion.

'Mae o newydd neud.' Aeth Aleksa i'r gegin. Gwnaeth goffi iddi hi ei hun.

'Be mae dy gytundeb di'n ddeud?'

'Dwi'm yn gwbod. Nes i rioed ddarllen 'y nghytundeb.'

'Lle mae o? Gawn ni olwg arno fo.'

'Dwi'm yn gwbod lle mae o, Ffion.' Brasgamodd Aleksa i'r stafell fyw. 'Paid â nilyn i o gwmpas.'

'Sgyn i'm byd gwell i neud.'

Eisteddodd Aleksa. Eisteddodd Ffion.

'Does gyn ti'm gwersi i'w paratoi?'

'Wedi'u paratoi. Dwi'n hogan dda. Gyda llaw, mae Mam a Dad yn dŵad draw am fwyd, heno. Fyddi di yma? Ella medar Dad roi cyngor i chdi.'

Aeth gwaed Aleksa'n oer. John Morgan. Mab Elfyn Morgan. Roedd hi'n ysu gofyn i Ffion am ei thaid. Roedd hi'n ysu ei holi. Ond roedd un ffrae efo'i ffrind yn ddigon. Roedd hi'n trio anghofio'r ffaith mai 'hogan fach' John Morgan oedd Ffion. Roedd hi'n trio anghofio'r ffaith fod Dafydd Abbot wedi honni fod gan daid Ffion law yn llofruddiaeth Glenda Rees.

'Dwn i'm,' meddai Aleksa'n codi. Trio cuddiad yr hyn roedd hi'n feddwl. Trio osgoi'r cwestiynau oedd yn llosgi. 'Ella yr a' i allan.'

'Efo'r ffansi man?'

'Pa ffansi man?'

'Neu'r ffansi boi, ddyliwn i ddeud.'

Cydiodd Aleksa'n ei bag. Aeth i fyny i'w stafell. Roedd y

Paffiwr yn cysgu wrth y drws fel rhyw warchodydd. Cododd y Paffiwr. Ystwythodd. Dilynodd Aleksa i'r stafell. Neidiodd ar y gwely. Setlodd.

Dywedodd Aleksa weddi wrth ei hallor.

Eisteddodd ar y gwely a gorffwys ei phen yn ei dwylo.

Tyrchodd yn ei bag am gopi o stori Harry am y sgandal yn y capel. Methu dod o hyd i'r stori. Colli ei thymer dow dow. Sgyrnygu a rhegi'r bag. Dim byd ond 'nialwch. Sgytiodd y bag. Llifodd ei berfeddion dros y gwely.

Gwnaeth y Paffiwr sŵn a neidio oddi ar y gwely. Diflannodd drwy ddrws y llofft.

Sylwodd Aleksa ar gopi o'r *Daily Telegraph*. Y copi roddodd Clara Davies iddi. Ochneidiodd. Edrychodd arno cyn bwriadu ei daflu i'r bin. Gwelodd sgrifen daclus Clara wrth ymyl y croesair:

Aleksa – pos: 1. Rhowch y Llew o flaen 'penchwiben' Helmer.
2. Dowch o hyd iddi yn y ddinas lle mae pontydd yn croesi amser.
3. Yng nghartre'r hwnnw fflangellwyd gan Domenichino.

22.

ROEDD y pos yn rhoi cur pen i Aleksa wrth iddi yrru i Lys Hebron.

Roedd hi wedi cael y cyfeiriad gan Dafydd Abbot. Rhybuddiodd hwnnw Aleksa fod y wraig y bwriadai ei holi yn 'hen lesbian lwpi lŵ'.

Gyrrodd heibio i'r swyddfa bost a meddyliodd pa glecs oedd yn magu yno. Gyrrodd heibio i Blas Hebron a meddyliodd pa gyfrinach oedd Arwyn Jenkins yn ei chuddiad. Gyrrodd heibio i'r fynwent a meddyliodd tybed a oedd Glenda Rees yn gorffwys yn dawel.

Trodd i lawr lôn gefn. Aeth heibio i un neu ddau o dai newydd. Gwelodd y llwybr. Herciodd y car drwy'r tyllau yn y llwybr. Stopiodd tu allan i fwthyn bach oedd wedi ei gysgodi gan frigau noeth.

Roedd Wilma Evans yn ei hwythdegau. Roedd ei hwyneb yn drwch o golur. Roedd hi'n llai na phum troedfedd. Syllodd i fyny ar Aleksa a gwenu'n ddel. Braidd yn rhy ddel.

'Aleksa Jones?'

'Ia, dyna fo, 'nes i ffonio'n gynharach.'

'Dowch i mewn, Aleksa.' Symudodd Mrs Evans o'r neilltu. Camodd Aleksa dros y rhiniog. Llanwyd ei ffroenau ag oglau pobi.

'Oglau da,' meddai Aleksa gan drio gneud argraff.

'O, teisen yn y popty ar eich cyfar chi.'

'Doedd dim rhaid–'

Cododd Mrs Evans law i'w hatal. 'Ewch drwodd. Eisteddwch. Ydach chi'n cymryd siwgwr a llefrith yn eich te,

Aleksa? Enw del, Aleksa, yn tydi?'

'Diolch. Te du os gwelwch yn dda.'

Aeth Mrs Evans i neud y te. Gobeithiodd Aleksa na fyddai'r hen wraig yn cymysgu rhyw gyffur amheus i'r ddiod. Gwelodd Aleksa'i hun yn deffro mewn gwely diarth a Mrs Evans yn . . . Rhoddodd stop ar y ddelwedd honno'n syth bìn.

Roedd y stafell fyw'n berffaith. Dreser yn dal platiau a lluniau. Darluniau ar y papur wal blodeuog. Teledu a fideo yn y gornel. Soffa a dwy gadair. Bwrdd ac arno liain les. Powlenaid o ffrwythau ar y bwrdd. Blodau mewn fâs ar y ffenest.

'Dyma ni,' meddai Mrs Evans. 'Steddwch, steddwch.' Gosododd yr hambwrdd i lawr. Roedd teisennau arno. A dwy gwpan fach daclus.

Eisteddodd Aleksa gyferbyn â'r hen wraig wrth y bwrdd.

'Cymrwch deisen.'

'Diolch,' meddai Aleksa. Doedd hi heb fwyta. Brathodd y deisen. Aeth gwefr drwyddi. Y blas gorau rioed. 'Hyfryd, Mrs Evans.'

'Wilma.'

'Ydach chi'n byw yma ar ben eich hun, Wilma?'

'Does 'na'm rhaid i chi weiddi, mechan i. Dwi'm yn fyddar.'

Gwenodd Aleksa.

'Na. Dwi'n byw efo fy ffrind, Elsa. Wedi byw yma efo'n gilydd ers i'r gŵr farw'n '59.'

'Mae'n ddrwg gen i.'

'Pam? Am fy mod i'n byw'n fan'ma?'

'Ym, na, eich gŵr.'

Chwifiodd Mrs Evans ei llaw. 'Twt lol. Tasa gyn i ddim y llun priodas mi faswn i wedi anghofio'i edrychiad o. Wedi hen fynd, Aleksa, hen fynd.'

'Ydy Elsa yma?'

'Mae Elsa wedi mynd i weld ei chneither yn dre 'cw. Doedd hi ddim am fod yma, i ddeud y gwir.'

'O, pam felly?' Syllodd Aleksa ar ddarn arall o deisen. Llyfodd ei gwefusau.

Cynigiodd Mrs Evans y plât iddi. Cymerodd Aleksa ddarn. Yr un mwya. Brathodd. Blasodd. Nefoedd.

'Mae'n well gan Elsa beidio sôn am bethau hyll.'

'Mae'n ddrwg gen i.'

Chwerthodd Mrs Evans. 'Rhaid i chi roi'r gorau i ymddiheuro, Aleksa. Does 'na'r un ohonan ni ar fai, nac oes?'

Gwenodd Aleksa ac ysgwyd ei phen.

'A dwi'n falch fod 'na rywun wedi dŵad i 'ngweld i eto,' meddai Mrs Evans.

'Ydach?'

'Mr Abbot ddoth ddwytha. Ar ôl i Glenda . . . ' Ddaru hi ddim darfod y frawddeg. Yfodd o'i chwpan. Sipian yn sidêt. 'Neb arall. Pawb yn anghofio. Neu ddim isio cofio.'

Esboniodd Aleksa iddi ddod ar draws enw Mrs Evans yn stori bapur newydd Harry. 'Ydach chi'n cofio be ddudodd Miss Rees?'

'Fel tasa fo'n ddoe.' Yfodd o'i phaned fel tasa hi'n paratoi ei hun. 'Roedd Mr Jenkins ar ganol ei bregeth. Un da oedd o'r adag honno. Ifanc. Yn ei ugeiniau. Pregethu oedd o am faddeuant.' Tuchanodd Mrs Evans. 'Eironig. Beth bynnag, mi ddoth yr hogan i mewn. Golwg y diân arni hi. Dagrau'n powlio. Gwallt fatha nyth brain. Gwichian fel mochyn.'

Stwffiodd Aleksa'r darn dwytha o'r deisen i'w cheg a chnoi.

Aeth Mrs Evans ymlaen. 'Roeddan nhw i gyd yno yn y sêt fawr. Richard Samuels, Elfyn Morgan, Sol Huws, Harry Davies–'

'Harry? Roedd Harry yn flaenor?' Teimlodd Aleksa bigau'n codi ar ei gwegil.

'Oedd yn tad. Sut mae o dudwch?'

'Well o lawer heddiw, medda nhw.'

'Cradur. Gweithio'n galed. Un da oedd Harry.' Gwenodd Mrs Evans. 'Roedd 'na wên lydan ar ei wyneb o pan ddechreuodd yr hogan hefru. Y lleill 'di dychryn. Harry, Harry – dyn papur newydd a stori'n landio ar ei lin o.'

'Be am Richard Samuels? Pwy oedd o?'

'Samuels? Hen sinach oedd dros ei naw deg 'radag honno. Yn iach fel cneuen. Fuodd o fyw tan oedd o'n gant a saith.'

'Oedd o'n gwybod am Nora? Am yr hyn oedd hi'n neud?'

'Hwrio?'

Neidiodd Aleksa. Doedd hi ddim yn disgwyl i Mrs Evans fod mor blwmp a phlaen. 'Ia, ym, hwrio.'

'Na, doedd gan Samuels ddim clem. Roedd o'n anghofio enw'i wraig rhan fwya o'r amser. Fydda fo'n mynd am dro o bryd i'w gilydd ac yn anghofio'i ffordd adre. Na, dim clem pwy oedd hi, dybiwn i.'

'A mi glywsoch chi be ddudodd Nora.'

Nodiodd Mrs Evans yn bendant. 'Do. Mi oedd hi'n sgrechian arnyn nhw'n y sêt fawr. Taro'i stumog, taro, taro, taro a sgrechian: "Plentyn y mynydd fydd o . . . plentyn golau lleuad . . . cyw tin clawdd . . . " a sgrechian a hefru. O, Aleksa, welsoch chi'r ffasiwn beth. Capel yn llawn at y to 'radag honno, wrth gwrs.'

'Glywodd rhywun arall?'

'Doedd pawb ddim isio clwad. Mi safodd Samuels ar ei draed a hefru arni hi, gweiddi arni hi fynd o Dŷ'r Arglwydd, wir. Welsoch chi'r ffasiwn beth.'

'Gafodd hi ei llusgo o'r capel?'

'Do, fwy neu lai. Gerfydd ei gwallt gan wraig Elfyn Morgan. Yr hogan druan yn poeri a rhegi a chableddu. Mi oedd y gryduras wedi dychryn, yn doedd.' Ysgydwodd ei phen. 'Druan bach. Druan ohoni. Leonora, Leonora druan.'

Fflachiodd rhywbeth ym meddwl Aleksa. 'Be ddudsoch chi?'

'Be?' Deffrodd Mrs Evans o'i synfyfyrio. 'Deud bechod drosti hi–'

'Na, ei henw hi.'

'Leonora.'

Roedd gwefusau Aleksa'n sych. Roedd yr enw'n canu yn ei phen. Roedd Clara Davies yn y cysgodion yn ei chymeradwyo.

'Pwy oedd penchwiban Helmer?'

'Aleksa? Lle wyt ti?'

'Penchwiban Helmer. Pwy oedd o?'

Roedd hi yn y car tu allan i Blas Eithin. Roedd hi ar y ffôn efo Ffion. Ddaru hi ddim deud 'helô'.

'Pwy oedd penchwiban Helmer?'

'Penchwiban pwy? Wyt ti ar gyffuriau? Ga i rai?'

'Ai Nora oedd hi? Tyd laen, Ffion, dwi'n ffonio ffrind . . . miliwn o bunnau . . . ai Nora oedd penchwiban Helmer?'

Roedd y glaw yn tolcio'r car. Dychmygai Aleksa ei bod yn clywed meddwl Ffion yn rhygnu.

'Nora . . . Helmer, ia, Helmer, *Tŷ Dol* gan Ibsen.' Roedd gwich yn llais Ffion. Roedd Aleksa'n bendant fod Ffion yn neidio i fyny ac i lawr.

'Diolch, Ffion. Mi wela i di wedyn i esbonio.' Pwysodd y botwm i gau ceg Ffion. Aeth drwy'r rhifau oedd yn ei ffôn. Daeth o hyd i rif Harry. Pwysodd y botwm i ddeialu.

'Helô, Clara Davies.'

'Helô, Clara, Aleksa sy 'ma, o'r swyddfa.'

'Helô, Aleksa.'

'Sut mae Harry?'

'Gwell o lawer heddiw. Holi am y gwaith. Deud pryd y mae o'n bwriadu dŵad yn ôl atach chi.'

'Da iawn. Dwi'n falch.'

'Fawr o bwynt iddo fo ddŵad yn ôl, a deud y gwir, fynta ond ag wythnos yn weddill.'

'Pam 'dach chi'n fy helpu i, Clara?'

Gwrandawodd Aleksa ar anadlu Clara.

'Clara?'

'Eich helpu chi?'

'Y cliwiau ar y papur newydd . . . y Llew o flaen penchwiban Helmer. Leonora 'di'r ateb. Enw iawn Nora Rees. Pam, Clara? Harry sydd 'di gofyn i chi helpu?'

'Harry,' meddai Clara'n sydyn, 'dyna fo, Harry sydd 'di gofyn. Rhaid i mi fynd, Aleksa. Diolch am ffonio.'

Aeth y lein yn farw.

Ochneidiodd Aleksa a gollwng y ffôn ar sedd y teithiwr.

Daeth cysgod i gornel ei llygad.

Neidiodd ei chalon i'w chorn gwddw.

Cnociodd rhywun ar ffenest y car.

Sgrechiodd Aleksa.

Chwythodd Aleksa anadl o ryddhad. Rowliodd y ffenest i lawr. 'Wilma. Bron i chi roi ffit i mi.'

Roedd Wilma Evans yn gwisgo côt law. Roedd hi'n cario paned o de a darn o deisen.

'Meddwl ro'n i ella y basach chi'n lecio'r darn dwytha, Aleksa. Panad i'ch cadw chi i fynd, hefyd.'

'Clara Davies ddudodd hyn wrtha chdi?'

'Wel, ddim yn uniongyrchol. Cliwiau croesair.' Dangosodd Aleksa'r copi o'r *Telegraph* i Seth. Roeddan nhw mewn caffi. Roedd drewdod saim yn yr awyr.

'Pam y bydda Clara Davies yn helpu?'

'Harry sy 'di deud wrthi hi, dwi'n meddwl.'

'Harry? Sut mae Harry?'

Dywedodd Aleksa fod Harry'n well. Soniodd am yr hyn ddywedodd Dafydd Abbot wrthi. Datgelodd i Harry gipio Clara o dan drwyn Dafydd. Dywedodd sut y buo Harry'n annog Dafydd i dyrchio i stori Glenda Rees.

'A'r cliw yma,' meddai Aleksa. Pwyntiodd at yr ail gliw. 'Lle mae pontydd yn croesi amser . . . fan'no mae Nora neu Leonora, bownd o fod.'

'Os ydy Harry'n gwbod lle mae Leonora, pam nad eith o yno'i hun? Pam ddim deud wrtha chdi? Pam chwarae rhyw gêm wirion?'

'Gafodd Dafydd Abbot ei fygwth, Seth. Mae 'na bobol bwysig isio cadw hyn yn dawel.'

Tuchanodd Seth. 'A pwy saethodd Kennedy, Aleksa?'

Rhythodd Aleksa arno. 'Mae gyn i ofn, Seth. Mae 'na bobol wedi 'mygwth i. Mi ddaru Sol Huws fygwth gollwng ei gŵn arna i fel taswn i'n ast yn cwna.' Teimlai'r dagrau'n chwyddo'i llygaid. 'Os wyt ti'n mynd i chwerthin am 'y mhen i, mi a' i ati ar ben fy hun.'

Cododd ar ei thraed. Cydiodd Seth yn ei garddwrn.

'Hei, mae'n ddrwg gyn i. Eistedd. Plîs, Aleksa. Eistedd.'

Eisteddodd Aleksa.

'Do'n i ddim yn chwerthin am dy ben di. Cofia, mae Munro wedi 'mygwth innau hefyd. Fydda i ar y carped os ffendith o 'mod i wedi bod yn siarad efo chdi.'

'Ymuna efo'r clwb.'

'Be ti'n feddwl?'

'Dwi 'di cael fy syspendio gan Roy am gega arno fo.'

'Blydi hel. Dim byd i neud efo'r achos 'ma?'

'Na, na. Jyst 'y ngheg fawr i, dyna i gyd. Beth bynnag, mi roith hyn gyfle i mi chwilio mewn i achos Glenda Rees.'

'Hei.' Pwyntiodd Seth ati hi. 'Bydda di'n ofalus.'

Gwenodd yn chwareus. 'Poeni amdana i, wyt ti?'

'Yndw, Aleksa.'

Diflannodd y wên. Syllodd ar ei dwylo. Chwaraeodd efo'i bysedd. Roedd y cyfaddefiad yn ysu am ryddhad. Ond sut fedra hi ddeud wrtho fo? Y gwir yn brifo? Ha! Yn yr achos yma mi fydda'r gwir yn artaith. Mi fydda'r gwir yn malurio. Mi fydda'r gwir yn creu hollt rhyngthyn nhw na fydda'r un duw na dyn yn ei drwsio.

Gwyddai Aleksa'i bod hi'n twyllo Seth ac yn twyllo'i hun. Roedd hi'n hapus o'i gael o yma. Yn gynnes dan ei sylw cyson. Roedd hi am i hynny barhau. Ond am ba hyd y medran nhw fod yng nghwmni ei gilydd heb i un o'r ddau fynnu mwy a mynd yn ôl?

'Well i mi fynd,' meddai Aleksa. 'Os feddyli di am ateb i'r pos, rho ganiad.'

'Lle wyt ti'n mynd rŵan?'

'I chwilio pwy gafodd 'i fflangellu.'

23.

CYTHRODD rhywun yn ei braich pan oedd hi ar fin rhoi'r goriad yn nrws y car.

Gollyngodd y goriad i bwll o ddŵr. Trodd ei hymosodwr hi fel ei bod yn ei wynebu. Chwipiodd Aleksa ei llaw i gyfeiriad ei lygaid. Cripiodd ei foch. Cydiodd ei hymosodwr yn ei garddwrn. Gwasgodd yn dynnach ar ei braich.

'Pwy oedd o?' sgyrnygodd Daniel.

'Gad fi fynd. Be wyt ti'n neud?'

Ciciodd Aleksa. Gwaeddodd Daniel. Gwyrodd Aleksa. Cipiodd ei goriadau. Mwythodd Daniel ei goes.

'Pwy oedd o?' Llais pitw'r tro hwn.

'Pwy oedd pwy?' Roedd y goriadau'n wlyb. Sychodd nhw ar ei chôt.

'Y dyn yn y caffi. Pwy oedd o? Ro'n i'n medd–'

Camodd Aleksa tuag ato fo. Rhoddodd hwyth iddo fo. Syrthiodd Daniel ar ei din. 'Gwranda, Daniel. Dwi am i chdi adael llonydd i mi, iawn? Paid â danfon blodau i mi, paid â danfon casetiau i mi.'

'Ond be am y Seraffim?'

'Hei, mae'r Seraffim yn digwydd o dro i dro. Jyst snog oedd hi, reit? Dim byd mwy. Dwyt ti 'mond deunaw oed, Daniel.'

'Be 'di'r ots am hynny? Wyt ti'n meddwl mai hogyn bach diniwed ydw i?'

'Nacdw, dim o gwbwl. Ond tasa chdi'n Gasanofa gorau'r byd, fasa gyn i ddim diddordeb. Hynny'n glir?' Aeth at y car. Agorodd y drws. Neidiodd i mewn. Cau'r drws. Sylwodd ei bod yn crynu.

Rhuthrodd Daniel at y car. Taflu ei hun yn erbyn y ffenest. Ei wyneb yn erfyn. Pwysodd ei foch yn erbyn y gwydr a gweiddi ei henw.

'Dwi'n dy garu di. Wyt ti'n fy ngharu i? Ofn sgyn ti, dyna i gyd. Be di'r ots am fy oed i? Hidia befo be mae pobol yn ddeud. Chdi a fi, Aleksa.'

Llwyddodd Aleksa i gael y goriad i mewn. Taniodd yr injan. Llithrodd ei thraed oddi ar y pedalau. Gwrthododd y car fynd i'r gêr.

'Mi gawn ni fod efo'n gilydd. Dwi'n dy garu di. Paid â bod fel hyn, Aleksa. Mi fydd pob dim yn iawn.'

Gwichiodd y teiars. Gwibiodd y car. Syrthiodd Daniel. Ciledrychodd Aleksa yn y drych. Gwelodd Daniel ar ei liniau. Ei freichiau'n ymestyn amdani. Ei lais yn gwywo yn y glaw. Ei wefusau'n gneud siâp ei henw. Ei gyffyrddiad yn ei hoeri at yr asgwrn.

24.

BATH poeth. Sgwrio'n lân. Fel tasa hi wedi ei rheibio.

Cofleidiodd ei hun. Siglodd yn y dŵr. Gwlychodd ei bochau.

Roedd hi wedi rhuthro i'r tŷ. Osgoi cwestiynau Ffion. Rasio i fyny'r grisiau. Cloi drws y bathrwm.

Edrychodd ar ei wats. Brwsiodd ddiferion dŵr oddi ar wyneb y wats. Roedd hi bron yn un o'r gloch.

Lapiodd dywel amdani ei hun. Dechreuodd rwbio'i gwallt efo tywel arall. Glanhaodd y stêm oddi ar y drych. Difarodd. Gan iddi weld ei hun. Gan iddi weld yr edrychiad. Gwelodd ei chwilydd yn syllu'n ôl. Yn pwyntio bys. Yn erlid. Yn beirniadu.

Aeth i lawr y grisiau. Dŵr yn dripian oddi arni. Roedd Ffion yn y stafell fyw'n gwylio'r teledu. Eisteddodd Aleksa.

'Wel?'

'Wel,' meddai Aleksa'n rhwbio'i gwallt.

'Wyt ti am ddeud?'

Dywedodd Aleksa nes iddi grio. Cysurodd Ffion hi.

'Rhaid i chdi ffonio'r heddlu.'

'Na.'

'Deud wrth Seth.'

'Na, na, na. Dim Seth.'

'Mae'r boi'n nytar, Aleksa.'

'Deunaw oed ydy o. Wedi torri'i galon, dyna i gyd.'

'Ac mae o'n ymosod arna chdi mewn maes parcio? Wedi torri'i galon ac wedi colli'i ben, dduda i.'

'Os daw o yma – '

'Dwyt ti ddim yma.'

'Os ffonith o – '

'Ydy o'n gwbod y rhif?'

'Na, ond os–'

'Dwyt ti ddim yma. Os neith o rwbath tebyg eto, rhaid i chdi addo ffonio'r heddlu, Aleksa. Gaddo?'

'Gaddo. Ond neith o ddim. Fydd pob dim yn iawn.'

Gwyddai Aleksa fod pethau'n bell o fod yn iawn.

25.

TE efo'r Taliban.

Ni fedrai Aleksa dynnu ei llygaid oddi ar John Morgan. Dyma ddyn oedd o lwynau dyn oedd â llaw yn llofruddiaeth Glenda Rees. Dyma fab un o'r gelynion. Neu ella mai dyma'r gelyn. Pechodau'r tad yn pasio i'r mab.

Ciledrychodd Aleksa ar Ffion.

Ac ella i'r genhedlaeth wedi hynny.

Roeddan nhw'n gloddesta ar oen. Pigo'r bwyd oedd Aleksa. Roedd hi'n trio gwenu. Yn trio chwerthin yn y lle iawn. Yn trio'i gorau glas i dalu sylw.

Ond roedd ei meddwl hi'n drwm o bethau.

Ac roedd hi'n gwylio John Morgan efo llygad barcud.

'Mae gan Aleksa bos mae hi'n trio'i ddatrys,' meddai Ffion.

Aeth calon Aleksa'n glec yn erbyn ei hasennau.

'Pos? Pa fath o bos?' gofynnodd John Morgan.

'Dwi wrth fy modd efo posau,' meddai Helen Morgan.

'Tydi o'n ddim byd, wir yr,' meddai Aleksa. Pigodd ar ei bwyd.

'Mae gynddi ddirgelwch–'

'Na.' Torrodd ar draws Ffion. Neidiodd rhyw chydig o'i chadair. Aeth ei meddwl fel seren wib. Dod o hyd i loeren. 'Dwi 'di cael trafferth yn y gwaith, John, dwn i'm os y basa chi'n helpu.'

'Ewadd,' meddai Morgan.

'Pa fath o drafferth?' holodd Mrs Morgan.

'Mae Aleksa wedi cael ei syspendio,' meddai Ffion.

'Mi gawn ni air,' meddai Morgan.

Cawsant air tra bod Ffion a'i mam yn golchi'r llestri. Esboniodd Aleksa'r hyn oedd wedi digwydd. Ceisiodd ddangos brwdfrydedd a phryder. Ond ni wyddai a fu hi'n llwyddiannus ai peidio.

Ysgydwodd Morgan ei ben. Twt-twtiodd. Parablodd. Pregethodd. Dwrdiodd. Ram-damiodd. Cysurodd. Cynghorodd.

Crwydrodd meddwl Aleksa.

Hyd nes y dywedodd Morgan, 'Gair o gyngor ar fater arall, Aleksa.'

'Pa fater?' Ciledrychodd am y gegin. Sŵn chwerthin Ffion a'i mam. Sŵn platiau. Sŵn dŵr.

'Glenda Rees.'

'Be amdani hi?' Roedd angen diod ar Aleksa. Llanwodd ei gwydr efo gwin. Yfodd ei hanner. Chwyrlïodd ei phen.

'Dwi'n deud hyn er dy les di, Aleksa.' Gwyrodd tuag ati. Rhoddodd ei law ar gefn ei chadair. 'Hen ddigwyddiad anghynnes oedd llofruddiaeth Glenda Rees.'

'Anghynnes?'

'Taw am funud a gwranda. Beth bynnag wyt ti wedi ei glywed, beth bynnag mae'r clecwyr yn ei ddeud, Stan Fisher laddodd Glenda. Ond mae 'na fwy i'r stori.'

'Oes,' meddai Aleksa'n syllu i fyw llygaid Morgan.

'Debyg dy fod ti wedi dŵad i wybod fod Nora Rees yn . . . ' Oedodd Morgan a mynd i chwilio am y gair addas.

Penderfynodd Aleksa roi help llaw. 'Yn butain.'

Hisiodd Morgan. Syllodd tua'r gegin. 'Os wyt ti am siarad yn blaen, ia, putain. A mi oedd Glenda'n dilyn yn nhraddodiad y teulu.'

Er yr ensyniadau roedd Aleksa'n amau hynny erbyn hyn. Roedd hi'n benderfynol o buro Glenda.

'Mae 'na bobol reit amlwg, yn eu tro, wedi, ym . . . ' Roedd o'n chwilio am air eto.

'Prynu cont Nora Rees.'

Hisiodd Morgan eto. 'Mae gyn ti dafod fatha ffoes.'

'Coffi?' Llais Ffion o'r gegin.

'Ia, os gweli di'n dda, Ffion,' meddai Morgan. Trodd yn ôl at Aleksa. 'Mae'r dynion yma, wel, mae sawl un yn amlwg yn yr ardal hyd heddiw. Pa ddaioni sydd mewn llusgo'u henwau drwy'r mwd, Aleksa? Ddaw hynny ddim â Glenda Rees yn ôl.'

'Lle gafodd Nora Rees ei hel?'

'Ei hel? Gafodd Nora Rees ddim o'i hel i nunlle. Mynd ohoni ei hun ddaru hi.'

'I lle?'

'Dwn i'm.'

'I'r lle mae pontydd yn croesi amser?'

Chwyddodd llygaid Morgan. Blagurodd ei fochau. 'Cadw draw, Aleksa. Dwi'n rhoi cyngor fel ffrind i chdi, cadw draw.'

'Fan'no mae hi, yntê? Lle mae'r pontydd yn croesi amser.'

Tyd laen, meddyliodd Aleksa, deud wrtha i. Chwarae'r gêm. Roedd hi'n herio Morgan. Yn cymryd arni ei bod yn gwybod mwy na'r cliw.

'Does gen i ddim clem lle'r aeth Nora Rees. Does gan neb arall glem chwaith.'

'Neb arall? Pwy arall?'

Chwyddodd bochau Morgan fel dwy falŵn. Chwythodd wynt a gwagio'r ddwy falŵn.

Droeon fe gafodd Aleksa gyngor i feddwl cyn siarad. Fuo hi rioed yn un dda am wrando ar gyngor. Felly dyma hi'n deud, 'Be am eich tad? Oedd ganddo fo glem?'

26.

STOMPIODD John Morgan o'r tŷ. Llusgodd Helen Morgan ar ei ôl. Gadawodd Ffion yn sefyll yn y stafell fyw efo hambwrdd ac arno bedwar mygaid o goffi. Ni ddywedodd Morgan air o'i ben ond am, 'Helen, bryd i ni ei throi hi.' Roedd ei fochau'n binc. Roedd ei dalcen yn chwys.

Awr yn ddiweddarach: roedd Ffion yn ei llofft yn crio. Roedd Aleksa wedi pacio ac yn dreifio drwy'r dre. Roedd Aleksa'n iawn. Roedd y gwir yn giaidd. Wedi gadael creithiau dwfn. Wedi brifo Ffion. 'Dos o 'ngolwg i'r ast,' sgrechiodd Ffion. A mynd o'i golwg hi ddaru Aleksa.

Roedd y dre'n brysur. Cadwynau o bobol yn mynd a dŵad o dafarndai. Y Seraffim yn oleuadau lliwgar. Clecian tân gwyllt cynnar yn yr awyr. Criw o blant swnllyd yn rowlio hen Guto Ffowc ar ferfa. Roedd y glaw yn dal i dywallt. Roedd awgrym o'r dydd yn dal yn yr awyr. Wedi'r penwythnos mi fydda pob dim yn ddu bitsh. Clociau'n mynd yn ôl. Dwyn amser.

Biti, meddyliodd Aleksa, nad oedd posib gneud hynny go iawn.

Aeth rownd a rownd fel dieithryn ar goll. Gweld yr un wynebau drosodd a throsodd. Meddwl yr un meddyliau un ar ôl y llall ar ôl y llall ar ôl y llall . . .

Dim ond un peth amdani. Ffoniodd Seth. Doedd o ddim adra. Daeth 'na wacter i'w stumog. Triodd ffonio'i fobeil. Llais mecanyddol yn gofyn iddi adael neges.

Aeth draw i dŷ Seth, beth bynnag. Tŷ pâr. Golau yn y ffenest. Parciodd Aleksa'r car. Roedd pryder yn cnoi. Doedd o heb ateb. Roedd o efo rhywun. Ond doedd ganddi ddim dewis.

Ac roedd hi isio gwbod: pwy oedd yn cadw cwmpeini iddo fo heno?

Clywodd gerddoriaeth jazz yn gweu o'r tŷ. Oedodd ei dwrn uwchben y drws. Cnociodd.

Erbyn iddo fo ateb y drws yn gwisgo gwên a siwt, teimlai Aleksa'n anobeithiol. Ni fedrodd nadu ei hun. Cuddiodd ei hwyneb a dechrau crio.

27.

ROEDD beth-bynnag-oedd-ei-henw-hi'n gnawes. Roedd hi'n dwrdio efo Seth yn y stafell fyw. Roedd Aleksa'n eistedd wrth fwrdd y gegin yn difaru.

Pan agorodd Seth y drws ffrynt yn gynharach, baldorddodd Aleksa, 'Wyt ti efo rhywun, sori, mi a' i, doedd gen i nunlle i fynd, mi a' i, sori Seth, dwi 'di gneud llanast o bethau, wyt ti efo rhywun . . .'

Trodd a throtian am y car. Daeth Seth ar ei hôl a chydio'n ei braich. A'i chofleidio. A mwytho'i gwallt hi. A deud 'Shhhh' wrthi hi. A gadael iddi wlychu ysgwydd ei siaced.

Rŵan, roedd hi'n gwrando ar Seth a beth-bynnag-oedd-ei-henw-hi'n dwrdio. Roedd hi'n trio peidio gwrando. Ond roedd hi isio gwbod. Roedd gas gan Aleksa beidio gwbod.

Roedd beth-bynnag-oedd-ei-henw-hi'n deud, 'Pwy 'di hi? Hi, yntê? Blydi hi. Wyt ti am gael gwared ohoni hi? Wyt?'

Pwysodd Aleksa'i phen ar ei breichiau. Roedd hi'n twyllo Seth. Roedd hi'n gwbod fod Seth isio ailgynnau'r tân. Roedd hi'n gwbod ei bod hithau isio ailgynnau'r tân. Ond gwyddai nad oedd ganddi'r hawl. Oni bai iddi ddeud y gwir. Y gwir oedd wedi dangos ei hun yn giaidd yn barod heno.

Clywodd Aleksa, 'Reit, mi a' i, ta.' Clywodd Aleksa stompio traed. Clywodd Aleksa'r drws ffrynt yn cau'n glep. Roedd hi isio dwyn amser.

Cododd ei phen a gweld Seth yn pwyso ar ffrâm y drws. Roedd 'na gwestiynau yn ei lygaid. Roedd 'na surni yn ei lygaid. Roedd 'na gydymdeimlad yn ei lygaid.

Eisteddodd gyferbyn ag Aleksa a griddfan. 'Be 'na i efo chdi, dŵad?'

Gwgodd Aleksa. 'Sori. Pwy oedd hi?'

'Sara. Merch o'r gwaith.'

'Plismones?'

'Adran weinyddol. Dwi 'di gweld hi gwpwl o weithiau. Dim byd siriys.'

'Mi oedd hi'n swnio'n reit siriys. Faswn i wedi mynd, sti.'

'I lle?'

Cododd Aleksa'i sgwyddau. 'Faswn i wedi cuddiad. Wedi aros yn y stafell sbâr tan, wel . . . ' Rhoddodd ei phen i lawr. Tan be? Tan i Sara fynd? Gwyddai Aleksa na fyddai Sara wedi mynd oni bai iddi hi landio. Doedd hi ddim isio dychmygu Sara efo Seth tasa hi heb landio.

'Faswn i wedi medru dy gloi di yn y cwt yn cefn.'

Edrychodd arno. Roedd o'n gwenu. Gwenodd Aleksa'n ôl. 'Faswn i wedi bod yn hogan dda.'

'Be ddigwyddodd?'

Dywedodd Aleksa be ddigwyddodd.

Pwysodd Seth yn ôl yn ei gadair. Rhwbiodd ei ddwylo drwy'i wallt a gneud ei wallt yn flêr. Gweryrodd Seth.

'Dwi 'di deud wrtha chdi am y dafod 'na o'r blaen,' meddai Seth.

'Neith hi jyst ddim gwrando.' Astudiodd Aleksa'i bysedd. Roeddan nhw'n nerfus. Doedd gandi 'mo'r geiriau i'w cysuro. 'Doeddwn i ddim yn gwbod pwy i drystio, Seth. Mae gyn i ofn. Mae pethau jyst 'di mynd ben ucha'n isa ers i mi ddechrau holi am Glenda Rees.'

'Stopia holi.'

'Faswn i'm yn maddau i fi fy hun, mi wyddost ti hynny.'

'Os 'di'r hyn ddudodd Dafydd Abbot yn wir, ac mi gafodd o'i fygwth, dwi'm isio gweld yr un peth yn digwydd i chdi. Dwi'm isio meddwl am hynny.'

Rhoddodd ei law ar ei llaw. Ddaru hi ddim tynnu ei llaw i ffwrdd. Dyna ddylia hi fod wedi'i neud. Cerdded allan. Dyna ddylia hi fod wedi'i neud. Gweiddi, 'Anghofia fi, Seth, dwi'n chwarae ar dy deimladau di, dwi'n ast frwnt. Dwi'm yn haeddu ail gyfle.'

Ciledrychodd ar Seth. Roedd ei lygaid wedi eu glynu arni hi. Roeddan nhw'n llawn o'r pethau roedd hi am iddo fo'u neud. Roeddan nhw'n erfyn arni hi i neud pethau tebyg yn ôl.

'Be am i ni chwilio am bontydd?' meddai Seth.

Roedd 'na garped o lyfrau ar lawr y stafell fyw. Roedd Aleksa'n chwilio drwy'r llyfrau am bontydd. Roedd Seth yn eistedd o flaen ei gyfrifiadur yn teithio'r we.

'Gyda llaw,' meddai Seth heb droi ati hi, 'mae Munro wedi cychwyn ar ei ymchwiliad i'r ffeil goll. Dwi 'di rhybuddio Elfed Hill.'

'Be ddudodd o?'

'Hill? Doedd 'na'm ateb. 'Nes i adael neges.'

'Seth, oedd hynny'n beth doeth?'

'Nag oedd, ond dwi'm yn teimlo'n ddoeth iawn y dyddiau yma. A deud y gwir, dwi'n teimlo fel i mi golli 'mhen yn llwyr.'

'A fi sydd ar fai.' Gwyrodd ei phen. Gwibiodd drwy dudalennau gwyddoniadur.

'Fi sydd ar fai, Aleksa. Fi sy'n dewis gneud hyn.'

Fi sydd ar fai, meddyliodd Aleksa. 'Yli, pam na roi di'r gorau iddi? Dwi'm isio dy weld di'n cael trafferth yn y gwaith. Mi fydd pethau'n fwy difrifol i chdi.'

Trodd Seth yn ei gadair a syllu arni hi. Gwelodd Aleksa sgrin y cyfrifiadur dros ei ysgwydd. Roedd y cyfrifiadur ar daith, yn chwilio'r gwifrau.

'Dwi'n amau rhywbeth, Aleksa. Dwi'n meddwl bo chdi wedi codi nyth cacwn. Yn y mieri'n rhwla mae 'na wirionedd.'

Dechreuodd y sgrin ddangos canlyniad taith y cyfrifiadur. Roedd Aleksa'n gwylio wrth i'r delweddau ymddangos.

Aeth Seth yn ei flaen. 'Os oes 'na chwarae budur wedi bod, siawns gyn i mai'n lleol y buo fo. Mae'r ffôrs 'di newid ers dyddiau Elfyn Morgan. Wyt ti'n gorfod gneud pethau'n ôl y rheolau'r dyddiau yma. Gwaith papur, a rhywun ar dy gefn di bob munud.'

Dechreuodd anadlu Aleksa gyflymu. Roedd ei llygaid ar y cyfrifiadur. Roedd 'na luniau. Lluniau pontydd.

'Mi fasa HQ wrth eu bodda'n dod o hyd i lygredd, i giamocs hen gopars. Mae hi'n siawns dwi'n fodlon ei chymryd. Os ddown ni o hyd i rwbath, fydd ymchwiliad Munro'n da i ddim i neb.'

'Be ti'n neud y penwythnos 'ma?' gofynnodd Aleksa.

'Be?' Trodd Seth at y sgrin gan ddilyn edrychiad Aleksa.

'Fuo chdi'n Newcastle rioed?'

28.

'Y BONT gynta,' meddai Aleksa. 'Mi adeiladwyd hi bron i ddwy fil o flynyddoedd yn ôl.'

Roeddan nhw'n eistedd ochor yn ochor. Roedd eu breichiau'n cyffwrdd. Roedd Seth yn teimlo'n gynnes. Roedd ei oglau'n ei ffroenau. Roedd y stafell yn dywyll oni bai am lewyrch y sgrin. Roedd y cyfrifiadur yn hymian yn fodlon fel tasa fo'n falch iddo ddod o hyd i'r ateb.

'A'r bont ddiweddara,' meddai Seth, 'agorwyd 'leni.'

'A sawl pont arall rhwng y ddwy.'

'Pontydd yn croesi amser. Be wyt ti'n feddwl?'

Tarodd rhywbeth Aleksa. Aeth i'w bag. Daeth yn ôl at ochor Seth efo'i llyfr nodiadau. Gwibiodd drwy'r tudalennau.

'Dyma fo. Mi ddudodd Siw Smith fod Annie Huws wedi mynd i ogledd Lloegr.' Edrychodd ar Seth. 'Mae Nora Rees yng ngogledd Lloegr hefyd yn ôl Wilma Evans. Wyt ti'n meddwl . . .' Crwydrodd ei llygaid tuag at y pontydd ar y sgrin.

'Be sgyn Annie Huws i'w neud efo Nora Rees? Cyd-ddigwyddiad ydy hynny, Aleksa, fod y ddwy yng ngogledd Lloegr. Mae gogledd Lloegr yn uffar o le mawr.'

'Sol Huws, dyna sy'n cysylltu'r ddwy. Mae posib mai Sol Huws oedd tad Glenda. Yr awgrym ydy 'i fod o'n defnyddio Nora, yn talu iddi am ryw.'

'Be ar wyneb daear fyddai'r ddwy'n neud yn yr un lle?'

Ysgydwodd Aleksa'i phen. Agorodd ei cheg.

'Wyt ti wedi blino?'

Nodiodd Aleksa ac edrach ar ei wats. Roedd hi bron yn hanner nos. 'Blydi hel, amser yn fflio.'

Cododd Seth. 'A' i i neud y gwely.' Gwyrodd ei ben yn swil. 'Ches i'm amser y bore 'ma . . . ar frys.'

'Dal 'run peth,' meddai Aleksa cyn difaru. Rhwygodd ei llygaid i ffwrdd. 'Mi 'na i gysgu'n y stafell sbâr.'

'Does 'na'm dillad ar y gwely.'

'Fydda i'n iawn ar y soffa.'

'Na, fyddi di ddim. Gysga i ar y soffa. Gei di'r gwely.'

Protestiodd Aleksa. 'Chwarae teg, Seth.'

'Ia, chwarae teg. Well gyn i tasa ti'n cymryd y gwely.'

'Well gyn i beidio.'

'Dwi'n mynnu.'

Doedd ganddi 'mo'r egni i ddadlau dros wely. Roedd hi isio gorwedd mewn un.

Chwarter awr yn ddiweddarach: roeddan nhw'n sefyll yn nrws y llofft. Fel yr hen ddyddiau. Dwyn amser.

'Be wyt ti'n feddwl?' gofynnodd Aleksa.

'Meddwl am Newcastle.'

'Faswn i'n lecio tasa ti'n dŵad.'

'Gawn ni weld.'

Sychodd y geiriau. Tawelwch rhyngddyn nhw. Roedd 'na rywbeth mwy yn crogi yn yr awyr. Cyn i'r rhywbeth hwnnw gydio, gwyrodd Seth a'i chusanu ar ei boch. 'Nos dawch.'

Cythrodd Aleksa mewn llond dwrn o grys. Tynnu Seth i lawr. Sefyll ar flaenau ei thraed. Cusan fel pluen ar ei wefus. Ac mewn llais fel edau, 'Diolch.'

Aeth Aleksa i'r llofft. Gadawodd y drws ar agor. Eisteddodd ar y gwely yn y tywyllwch. Roedd 'na arogl cyfarwydd o'i chwmpas. Arhosodd. Roedd cysgod Seth ar ben y grisiau. Daliodd Aleksa'i gwynt. Gwywodd y cysgod. Rowliodd Aleksa'n belen ar y gwely a chau ei llygaid. Mewn dim roedd y ddau'n cysgu, hi a'i gwacter.

29.

Dydd Gwener, Tachwedd 2
ROEDD 'na rywun yn galw'i henw. Roedd o'n lais diogel. Roedd o'n lais y byddai'n fodlon gwrando arno am oes. Roedd o'n lais cyfarwydd.

Styriodd Aleksa. Griddfanodd. Rowliodd. Rhwbiodd ei llygaid. Dipyn o fraw o ddeffro mewn stafell ddiarth. Ond wedyn Seth yn sefyll yn y drws efo paned ac yn deud ei henw.

'Gysgist ti'n o lew?' gofynnodd.

Nodiodd Aleksa. Agorodd ei cheg. Ystwythodd. Sylwodd ei bod yn ei phyjamas. Neidiodd ei chalon. Craffodd ar Seth. Yna cofiodd iddi ddeffro ganol nos a thynnu'i dillad a llusgo'r pyjamas ymlaen a chladdu ei hun dan ddillad y gwely a dychwelyd i drwmgwsg.

Daeth Seth i eistedd ar y gwely. Cynigiodd y baned iddi. Roedd y gwpan yn gynnes. Roedd y te'n fêl.

'Gysgist ti'n iawn ar y soffa 'na?'

'Fel babi.'

'Wyt ti'n mynd i dy waith?'

'Yndw. I weld pa drafferth yr a' i iddo fo heddiw. Be wyt ti am neud?'

Cododd Aleksa'i sgwyddau. 'Trio dod o hyd i Elfed Hill.'

Twt-twtiodd Seth. 'Bydda'n ofalus, wir Dduw.'

'Well i mi ffeindio lle i aros.'

'Paid â bod yn wirion. Wyt ti'n aros yn fan'ma.'

'Be am, wel, be am Sara?'

'Tydi Sara ddim yn byw'n fan'ma, nac 'di? A faswn i'm yn ei gweld hi'n dŵad yn ei hôl.'

'O. Sori, Seth. 'Nes i sbwylio pethau, fel arfer.'

Cusanodd Seth hi ar ei thalcen. 'Dwyt ti heb sbwylio dim byd.' Cododd ar ei draed. 'Rhaid i mi fynd, iawn?'

Nodiodd Aleksa a gwenu'n drist.

'Wyt ti'n gwybod lle mae pob dim. Mae 'na set o oriadau sbâr ar fwrdd y gegin. Mynd a dŵad fel wyt ti isio, clir?'

'Clir, sarjant. Diolch.'

'Croeso.'

Aeth Seth o'r stafell. Gwrandawodd Aleksa ar sŵn ei draed. Gwrandawodd nes i'r drws ffrynt gau ar ei ôl.

Wedi cael cawod aeth Aleksa i'r gegin i neud tost a choffi. Roedd hi'n eistedd wrth fwrdd y gegin yn bwyta'i brecwast. Astudiodd ei nodiadau. Astudiodd y tudalennau roedd Seth wedi eu printio oddi ar y we. Pontydd Newcastle. Pontydd yn croesi amser. Roedd hi'n falch ohoni ei hun.

Aeth Aleksa i'r stafell fyw. Trodd y cyfrifiadur ymlaen. Crwydrodd y we. Chwiliodd am Domenichino, pwy bynnag neu beth bynnag oedd Domenichino.

Cafodd ei hun mewn safle oedd yn esbonio mai artist o'r Eidal oedd Zampieri Domenichino. Ganed yn 1581. Ei gampwaith oedd Cymuned Olaf Sant Jerome. Ymysg ei waith yr oedd Fflangelliad Sant Andreas. Roedd y gwaith yn rhan o ffresgo yng nghapel San Andrea yn eglwys San Gregorio, Rhufain.

Roedd calon Aleksa'n rasio mynd.

Be oedd y cliw? Astudiodd ei nodiadau. 'Yng nghartre'r hwnnw fflangellwyd gan Domenichino.' Ai cyfeirio Aleksa i Rufain oedd y cliw? 'Yng nghartre'r hwnnw fflangellwyd.' Lle oedd cartre Andrew?

Crafodd ei phen. Crychodd ei thalcen. Pwysodd ei gên ar ei dwrn.

Sant yr Alban oedd Andrew. Cafodd ei groeshoelio ar groes siâp 'X'. Oedd ganddo fo gysylltiad efo Newcastle?

Daeth Aleksa o hyd i stori Harry am erlid Nora o'r capel. 'Radag honno roedd hi'n ddeunaw oed. Doedd hi heb gyrraedd ei chwe deg, felly. O hyd yn ifanc heddiw.

Ysgydwodd Aleksa'i phen. Ochneidiodd. Bwriadai fynd i Newcastle, a dyna fo. Fan'no y byddai'n dod o hyd i gartre Sant Andreas. Fan'no y byddai'n dod o hyd i Nora Rees. Fan 'no y byddai pethau'n syrthio i'w lle.

Canodd ei ffôn.

Tyrchodd yn ei bag a dod o hyd iddo.

'Helô?'

'Aleksa? Alison sy 'ma.'

Alison Ifans. Roedd ei llais yn swnio'n ddifrifol. Be oedd hon isio?

'Helô, Alison.'

'Lle wyt ti? 'Nes i dy drio di adre.'

'Aros efo ffrind.'

'O, dyna ni.' Swniai Alison fel ei bod am wybod mwy.

'Be sy'n bod? Ydy Harry'n iawn?'

'Harry? O, mae Harry'n well. Mi ffoniodd o'r bore 'ma i roid ordors i Roy.'

'Da iawn. Be fedra i neud i chdi?'

'Fedri di ddŵad i mewn yn sydyn?'

'Ro'n i'n meddwl fy mod i wedi'n syspendio.'

'Wel, ia, ym, mae Roy'n bengaled ar gownt hynny. Rhyngtha chdi a fi, does ganddo fo ddim troed i sefyll arni. Fydd pethau'n iawn ar ddiwedd y dydd.'

'Gawn ni weld. Dwi'n mynd i weld yr undeb heddiw. Mae gyn i achos da, medda nhw.' Celwydd. Codi ofn ar y blydi cwmni. Undeb i gwmni fel croes i fampir.

'Wel, beth bynnag. Tyd i mewn rhyw ben.'

'Pam?'

'Mae 'na bost i chdi a . . . '

'A be?'

'Mae 'na stwff 'di ddanfon at un neu ddau o'r staff yma yn dy gylch di.'

Gwasgodd Aleksa'r ffôn nes i'w dyrnau droi'n wyn. Tynhaodd ei nerfau fel gwifrau trydan.

'Stwff? Pa fath o stwff?' Roedd hi'n cael trafferth nadu ei llais rhag crynu.

'Tyd i'r offis, Aleksa, a mi gei di weld.'

30.

ROEDD 'na wynt cadarn yn chwipio drwy'r dre. Roedd yr awyr yn lliw plwm. Roedd siopwyr a gweithwyr wedi eu lapio mewn cotiau a sgarffiau a hetiau. Roedd y gaea'n rhuo o'i guddfan yn y de pell. Roedd y gaea'n gandryll.

Rhyddhad oedd cyrraedd y swyddfa. Rhyddhad oedd gweld Ned yno'n ei gadair yn cnoi coes cyw iâr. Rhyddhad oedd gweld Siwan yn syllu arni dros sbectol hanner lleuad.

'Tywydd mawr,' meddai Siwan.

'Garw iawn,' meddai Aleksa yn pasio'r cownter a mynd am ddrws yr adran olygyddol.

Roedd llygaid pawb yn ei dilyn wrth iddi gerdded tuag at ddesg Alison. Be oedd y llygaid yn ddeud? Ni fedrai ddatrys eu neges. Llyncodd Aleksa. Roedd ei nerfau ar dân.

'I chdi,' meddai Alison gan roi pecyn trwchus i Aleksa. Roedd yr amlen a'i chynnwys yn drwm. Cysidrodd Aleksa'i hagor. Ond pam y dyla hi? Nid a hithau wedi ei hestroni. Stwffiodd yr amlen i'w bag.

'Tyd efo fi,' meddai Alison. Cydiodd mewn ffeil oddi ar ei desg. Arweiniodd Aleksa i'r stafell gyfarfod gyferbyn â swyddfa Harry. Roedd drws swyddfa Harry wedi cau.

'Ydy Roy ar ei orsedd?'

'Mae Roy yn y swyddfa,' meddai Alison, tôn o ddwrdio yn ei llais. 'Eistedd i lawr.'

Eisteddodd y ddwy ar ben y bwrdd hir.

Rhoddodd Alison y ffeil ar y bwrdd. Agorodd y ffeil. Tynnodd daflenni o'r ffeil. Cafodd Aleksa gip ar y taflenni. Rhewodd Aleksa. Cafodd drafferth anadlu.

'Mi gafodd Huw Lloyd, Chris Richards, Rob a Roy un o'r rhain drwy'r post y bore 'ma.'

Gafaelodd Aleksa yn un o'r taflenni rhwng bys a bawd. Fel tasa'r papur wedi ei blastro efo gwenwyn. Roedd ei chorn gwddw wedi cloi. Roedd hi'n flin. Roedd arni ofn. Teimlodd ei hun yn cochi.

Roedd pob taflen yr un peth. Ffotocopi o lun Aleksa a ddefnyddiwyd gan y *County Star* o dro i dro ar dop pob taflen. O dan y llun y geiriau yma wedi eu teipio mewn llythrennau bras:

ALEKSA JONES. SLWT! HWRAN! AST! YDACH CHI DDYNION Y SWYDDFA WEDI CAEL BLAS AR EI CHONT HI? SIŴR O FOD. YDACH CHI DDYNION Y SWYDDFA WEDI CAEL EICH TRIN GANDDI? SIŴR O FOD. YDI'R BITSH ALEKSA WEDI CHWARAE EFO'CH TEIMLADAU CHI? WEDI'CH TAFLU CHI O'R NEILLTU AR ÔL IDDI GAEL EI FFORDD? SIŴR O FOD. DOSBARTHWCH Y TAFLENNI 'MA O GWMPAS Y SWYDDFA. MI WNA I EU DOSBARTHU O GWMPAS Y DRE. RHAID RHYBUDDIO PAWB AM Y BITSH ALEKSA. SLWT! HWRAN! AST!

Cuddiodd Aleksa'i hwyneb yn ei dwylo. Teimlodd ei hun yn crebachu. Teimlodd y dagrau'n berwi yn ei llygaid. Teimlodd anobaith yn chwyddo yn ei stumog.

Rhoddodd Alison law ar fraich Aleksa a gofyn, 'Wyt ti'n iawn?'

Tynnodd ei dwylo o'i hwyneb. Roedd hi'n chwilio am eiriau. Ond yn methu dod o hyd i rai addas.

'Sgyn ti syniad pwy sy'n gyfrifol?'

Roedd gan Aleksa syniad da. Ond doedd hi ddim yn bendant. Meddyliodd am y bygythiadau dderbyniodd Dafydd Abbot tra oedd o'n ymchwilio i achos Glenda. Ond roedd hyn yn rhy gyhoeddus i'r bobol gyfrwys rheini.

'Oes,' meddai Aleksa. 'Ga i fynd â'r rhain?'

'Aros, aros,' meddai Alison yn ei nadu rhag cyffwrdd y taflenni. 'Dwi 'di cael gair efo Roy. Mae o am i ni alw'r heddlu.'

Meddyliodd Aleksa. Meddyliodd am Munro'n ymchwilio i hyn ac yn chwerthin am ei phen. Meddyliodd am Seth yn dilyn trywydd y llythyrau. Ac yng nghefn ei ben yr amheuaeth yn pigo. Y llais bach yn ei ben yn awgrymu mai SLWT! HWRAN! AST! oedd Aleksa go iawn.

Griddfanodd Aleksa. Ella fod y llythyrwr yn llygad ei le. Ella mai dyna oedd hi. Wedi'r cwbwl, roedd hi wedi chwarae ar deimladau Seth. Roedd hi wedi ei dwyllo. Roedd hi wedi deud celwydd.

Ac o'r llanast o emosiynau yn ei phen daeth llais bach tila i ddeud, *'Dwi 'mond 'di cysgu efo pump o ddynion yn fy myw.'*

'Be?' meddai Alison.

Sylweddolodd Aleksa ei bod hi wedi datgan ei meddyliau. 'Dim byd,' meddai'n frysiog. Casglodd y llythyrau at ei gilydd. Cydiodd yn y ffeil cyn i Alison fedru ei nadu. 'Dwi'm isio'r heddlu. Dwi'n gwybod pwy ddaru. Mi 'na i sortio hyn.'

Brasgamodd o'r swyddfa. Roedd llygaid pawb yn ei dilyn eto fyth. Ond y tro hwn medrai Aleksa ddarllen neges y llygaid. Yn enwedig rhai'r dynion.

31.

DYCHWELODD i dŷ Seth. Paciodd ei bag. Sgrifennodd neges yn diolch ac yn ymddiheuro ac yn deud i lle'r oedd hi wedi mynd. Gwnaeth goffi. Eisteddodd ar y soffa. Agorodd yr amlen ddanfonwyd i'r *County Star*.

Tynnodd Aleksa ffeil o'r amlen. Roedd y ffeil yn byrlymu o bapurau a dogfennau a lluniau. Ar glawr y ffeil roedd 'na rifau a dyddiadau o'r flwyddyn 1976. Ar glawr y ffeil roedd enw Glenda Rees.

Chwyddodd llygaid Aleksa. Syrthiodd ei gên. Daeth pwl o baranoia drosti.

Tyrchodd yn yr amlen. Roedd 'na ddarn o bapur yn llechu yno. Rhwygodd y darn papur o'r amlen. Darllenodd.

Aleksa, well i chi ddal gafael ar hon. Maen nhw wedi bod yn holi, dwi'n dallt, yn ei chylch hi. Fedra i ddim cadw'r bleiddiaid o'r drws yn hir. Byddwch yn ofalus. A fuasech chi mor garedig â chael gwared ar y llythyr 'ma, o leia? Elfed Hill.

Darllenodd y llythyr eilwaith. Rhwygodd y llythyr yn gyrbibion. Stwffiodd y cyrbibion i'w phoced.

Gadawodd y nodyn i Seth a goriadau'r tŷ ar fwrdd y gegin. Cariodd ei stwff i'r car. Syllodd ar y tŷ am foment. Taniodd y car a gyrru i ffwrdd. I gyfeiriad Elfed Hill.

Drwy gydol y daith roedd ei meddwl yn troi a throsi. Yr unig sŵn, sŵn y glaw a slapio'r weipars ar y ffenest.

Roedd o'n byw mewn cul-de-sac taclus filltir o ganol y dre.

Roedd dail crin wedi tywallt o'r coed uchel i garpedu'r palmentydd. Roedd y gerddi'n arddangos gofal. Roedd ceir crand yn adrodd straeon o lwyddiant.

Roedd ceir heddlu'n adrodd straeon o ddirmyg.

Stopiodd Aleksa'r injan. Rhewodd. Yn gwbwl stond tu ôl i'r olwyn. Heblaw am ei chalon, oedd ar ras.

Gwyliodd wrth i Elfed Hill gael ei arwain i un o'r ceir heddlu gan ddau ddyn dideimlad yr olwg. Roedd y dynion mewn siwtiau. Roeddan nhw'n drewi o gopars. Doeddan nhw ddim yn lleol.

Gwyliai cymdogion Hill o'u drysau a'u ffenestri. Roedd y glas yn anifeiliaid prin ar y stryd yma. Medrai Aleksa glywed y clebran yn geni.

Eisteddodd yn stond fel delw. Chwysodd. Ei llygaid yn unig yn symud i ddilyn y ceir heddlu wrth iddyn nhw weu o'r cul-de-sac.

Cydiodd yn ei ffôn. Oedodd. Meddyliodd.

Na. Dwisio mynd o'ma. Dwisio bod yn bell i ffwrdd. Dwisio lle i anadlu. Dwisio llonydd.

Taniodd y car a dengid.

Eisteddai mewn bwyty ar yr A55 ddim yn bell o'r troad am Gaer. Roedd ei stumog wedi ei setlo gan frechdan sosej. Roedd hi ar ei hail baned o de. Roedd y ffeil o'i blaen.

Llonydd oedd Aleksa'n ddymuno. Llonydd a stafell dawel i fynd ar goll yng nghymhlethdodau'r ffeil. Ond am y tro roedd hi wedi setlo ar dystiolaethau cwsmeriaid a landlord y Green Goose. Roeddan nhw'n taeru fod Stan Fisher yn feddw dwll yn y dafarn y noson pryd yr honnwyd iddo gael ei weld yn dwrdio efo Glenda wrth droed y goelcerth dros gan milltir i ffwrdd.

Roedd Abbot wedi honni nad oedd neb wedi tystiolaethu. Ond doedd o heb weld y ffeil. Ac fel y dudodd o, pwy fydda'n credu cwsmeriaid y Green Goose dros hogyn capel fel Gwynfor Treferyr?

Daeth Stan i mewn i'r dafarn, yn ôl y landlord, efo rholyn o garped ar ei ysgwydd. Wedi dwyn y carped. Gwerthu'r carped yn y Green Goose. Gwario'r enillion ar gwrw a chanabis.

Roeddan nhw'n taeru ei fod o yno. Ond doeddan nhw ddim i'w trystio'n ôl nodiadau oedd wedi eu sgriblo ar y dystiolaeth. Roedd gan y tri a enwyd restr werth chweil o droseddau i'w henwau. Gan gynnwys y landlord.

Daeth Aleksa o hyd i enw'r sarjant oedd wedi eu holi yng nghwmni Munro a Hill. Brian Carter.

Canodd ei ffôn. Neidiodd Aleksa. Syllodd ar y ffôn a gadael iddo ganu. Cyn cythru ynddo.

'Helô?'

'Aleksa? Lle'r wyt ti?'

Seth. Pryder yn ei lais.

'Ar 'y'n ffordd i Lerpwl.'

'Lerpwl? Pam uffar wyt ti'n mynd i Lerpwl?'

Edrychodd o'i chwmpas. Doedd 'na'r un o'r cwsmeriaid yn ei gwylio. Ond pwy oedd i ddeud nad oeddan nhw'n gwrando?

Gwyrodd. Sibrydodd. 'Dwi'm isio siarad ar y mobeil.'

Clywodd Seth yn griddfan. Yna dywedodd Seth, 'Mae Elfed Hill yn cael ei holi.'

'Gan bwy?'

'Mae Munro wedi rhoi ei droed fawr ynddi hi. Mi alwodd o ffôrs arall i mewn. Glas o Swydd Gaer. Blydi didrugaredd.'

'Ydyn nhw wedi dy holi di?'

'Maen nhw wedi 'natgymalu i, Aleksa. Ac maen nhw isio siarad efo chdithau hefyd.'

'Fi?' Daeth y gair o'i chorn gwddw fel gwich.

'Hidia befo. Dwyt ti ddim mewn trwbwl. Tydi'r ots gyn rhain am y wasg na'r cyhoedd. Isio hoelio copars maen nhw.'

'Be wyt ti wedi ddeud?'

'Dim gair o 'mhen. Jyst sôn fod aelodau o'r wasg wedi bod yn holi am y ffeil. Enwi neb. Maen nhw'n gwybod i mi neud cais i weld y ffeil, a dyna fo, dwi'n meddwl.'

'Welis i nhw'n arestio Hill.'

'Welis di nhw?'

'Es i draw i'w weld o. Dyna lle'r oeddan nhw.'

'Tydyn nhw heb ei arestio fo. Mae o ar i fyny cael y cyfle i siarad, dwi'n meddwl. Wedi disgwyl blynyddoedd i gael deud ei stori. Roedd o isio dŵad o'i wirfodd. Deud wrthyn nhw, medda'r hogia, ei fod well ganddo fo siarad yn y stesion.'

Roedd meddwl Aleksa wedi crwydro ac yn loetran dros syniad. 'Mae o'n gneud i chdi feddwl.'

'Aleksa? Gneud i chdi feddwl be?'

'I gychwyn roedd Munro'n gandryll am y busnes 'ma. Gneud i rywun feddwl ei fod o'n rhan o'r busnes dan din 'ma.'

'Be wyt ti'n ddeud?'

'Pam y bydda Munro'n galw ffôrs ddiarth i mewn? Ditectifs oedd yn benderfynol o dyllu ta waeth be fydda'n dŵad i'r fei.'

'Ffŵl ydy o.'

'Gneud i rywun feddwl. Mae 'na fwy i Munro.' Ochneidiodd. 'Gwranda, Seth. Diolch am neithiwr. Diolch am bob dim, a deud y gwir. Dwi 'di gadael nodyn efo'r goriadau.'

'Wyt ti'n swnio fel bo chdi'n mynd am byth.' Roedd 'na grac bach yn ei lais.

'Na . . . na, fydda i'n ôl.'

'Tyd acw peth cynta. Neu gwell byth, rho ganiad pan wyt ti'n cyrraedd Newcastle. Fan'no ti'n mynd, yntê? Ella medra i ddengid.'

'Ia. Mi ro i ganiad.' Roedd hi isio deud pa mor grêt fyddai cael cwmni Seth yn Newcastle. Pa mor grêt fyddai bod ar ei phen ei hun efo fo. Yn bell o bawb. Yn bell o bobman. Yn bell o'r hyn roedd hi wedi'i neud iddo fo. Yn bell o'r celwydd ac o'r gwir oedd yn mynnu cael ei ddatgan.

Ond roedd y pethau rheini'n ei dilyn hi lle bynnag roedd hi.

32.

ROEDD Brian Carter yn brif gwnstabl cynorthwyol Heddlu Glannau Merswy. Wedi dringo'r ysdol ers dyddiau Glenda Rees, meddyliodd Aleksa wrth ddringo yn y lifft yn adeilad yr heddlu.

Sgwn i ai ar draul Glenda Rees roedd o wedi dringo? Sgwn i a fu i Brian Carter gau ei geg a llechu'r gwir er ei les ei hun?

Roedd ysgrifenyddes Carter yn wraig ganol oed. Tasa 'na ryfel mi fyddai'r ysgrifenyddes ar flaen y gad. Byddai'r gelyn yn crynu yn eu sgidiau.

'Be'n union ydy natur eich ymweliad?'

Cymerodd Aleksa siawns. Dywedodd y gwir. Roedd y gwir yn blasu'n felys am unwaith.

Gwyrodd yr ysgrifenyddes ei phen a sgriblo ar ddyddiadur. Medrai Aleksa weld lliw pinc ei sgalp yn sbecian drwy'r gwallt du.

Cododd ei phen i syllu ar Aleksa. 'Tydi Mr Carter ddim ar gael tan ddydd Llun. Oes 'na rif ffôn lle medrwn ni gysylltu efo chi?'

Roedd Aleksa'n amheus. Roedd ei stumog yn crawni. Roedd ei choesau'n fregus. Byddai gwahoddiad i eistedd wedi bod yn braf. Rhoddodd rif ei mobeil i'r ysgrifenyddes.

'Un ar ddeg bore Llun,' meddai'r ysgrifenyddes.

'Bore Llun? Tydi o ddim ar gael heddiw?'

'Un ar ddeg bore Llun. Os y bydd o'n fodlon sgwrsio efo chi. Mae o'n brysur, Miss Jones.'

Ochneidiodd Aleksa'n swnllyd. 'Pryd y ca i gadarnhad o'i barodrwydd o i sgwrsio efo fi?' Fawr o ymdrech i guddiad ei diflastod.

Oedodd yr ysgrifenyddes cyn ateb. Syllu ar Aleksa fel athrawes oedd ar fin ceryddu plentyn drwg. 'Mi ro i ganiad i chi'r pnawn 'ma.'

Gadawodd adeilad yr heddlu. Aeth i'r dre. Parcio mewn maes parcio o'r enw Pall Mall. Cannoedd o geir. Gwnaeth nodyn o'r man lle'r oedd y Punto'n aros. Roedd hi bownd o anghofio. Dychmygai ei hun yn crwydro'r maes parcio am ddyddiau'n chwilio am y cerbyd bach.

Aeth i swyddfeydd y *Liverpool Daily Post and Echo*. Cadarnle sgwâr. Drysau gwydr crand. Lloria Lu. Gofynnodd Aleksa am y llyfrgell. Cafodd fathodyn seciwriti gan hen ddyn mewn lifrai Group 4. Cyfarfu'r llyfrgellydd ac arweiniodd honno Aleksa i'r swyddfeydd.

Daliodd ei gwynt. Roeddan nhw'n grand ac yn eang ac yn newydd. Roeddan nhw'n ymestyn am filltiroedd. Arwyddion yn crogi o'r to yn cyfeirio i'r adrannau gwahanol. A phobol yn eu cannoedd.

Meddyliodd faint o gyflog oedd gohebyddion yr *Echo* a'r *Post* yn ennill. Roedd hi ar dair mil ar ddeg y flwyddyn. Swmpus i ohebydd ar bapur wythnosol.

Roedd y llyfrgell ei hun yn fwy na swyddfa olygyddol y *County Star*. Esboniodd Aleksa'i phwrpas. Cafodd rwydd hynt y peiriant *microfiche*. Daeth o hyd i straeon oedd yn adrodd hynt a helyntion Stanley George Fisher. Daeth o hyd i straeon oedd yn adrodd ei ddiwedd. A'r cwest. Rheithfarn agored. Y crwner heb setlo ar achos ei farwolaeth. Gwnaeth Aleksa gopïau o'r straeon.

Roedd hi'n teimlo'n well rŵan ar ôl ei siomedigaeth yn adeilad yr heddlu. Roedd hi'n prysuro'i hun. Roedd hi'n dod ar draws mwy a mwy a mwy o wybodaeth. Roedd hi'n rhoi esgyrn ar y cnawd.

Canodd ei ffôn.

'Helô?'

'Aleksa Jones?' Llais dyn. Llais dyfn. Llais Sgowsar.
'Ym, ia. Pwy sy'n galw?'
'Brian Carter.'

33.

PRYNODD Carter bryd o fwyd iddi mewn tŷ bwyta crand yn Nociau Albert. Roedd hi'n ogleuo pysgod. Roedd hi'n ogleuo'r afon. Roedd hi'n ogleuo gobaith. Roedd hi'n glafoerio.

'Pam roeddach chi'n fodlon 'y nghyfarfod i, Mr Carter?'

Cododd ei aeliau i syllu arni wrth fforchio darn o eog i'w geg. Cnodd am chydig. Sychodd ei wefusau efo napcyn. Dywedodd, 'Glenda Rees. Enw o'r gorffennol. Ro'n i'n meddwl fod stori'r gryduras wedi ei chladdu. Ro'n i wedi anghofio amdani tan i mi glywed amdanoch chi. Mae amser yn dwyn pethau, Miss Jones.'

'Be ddoth i'ch meddwl chi pan glywsoch chi fod 'na rywun yn holi amdani hi wedi'r holl flynyddoedd 'ma?' Sipiodd Aleksa'i gwin. Roedd pawb arall glywodd enw Glenda Rees wedi gwingo.

'Mae achos Glenda Rees a Stan Fisher – gan gymryd eich bo chi yma i holi am Stanley – yn un o nifer dwi wedi ymwneud â nhw dros y blynyddoedd. Mae o'n un o'r rhai na chafodd eu setlo'n fy meddwl i.'

'Tydach chi'm yn credu i Stan Fisher ladd ei hun, felly?'

Bwytaodd Carter. Heb godi ei lygaid o'i blât dywedodd, 'Rheithfarn agored, medda'r crwner, a'i farn o'n sefyll, yn fy meddwl i.'

'Felly pam na ailagorwyd yr achos?'

Cododd Carter ei sgwyddau. 'Fel ddudis i, mae rhywun yn anghofio. Yn enwedig am gnaf fel Fisher. Mae 'na doreth o achosion sydd heb eu datrys dros y blynyddoedd, Miss Jones. Mae 'na ddwsinau o drueiniaid yn y bedd a'u teuluoedd nhw heb syniad o bwy oedd yn gyfrifol am ddifetha'u bywydau nhw. Mae 'na ddwsinau'n haeddu'r flaenoriaeth ar Stan Fisher. Welodd neb golli Stan.'

'Ond fasach chi'n fodlon ailagor yr achos heddiw? Tasa 'na dystiolaeth ffres yn dŵad i'r fei?'

Rhoddodd Carter ei gyllell a'i fforc ar y bwrdd. Gorffwysodd ei ên ar ei ddyrnau. Anadlodd yn ddyfn. 'Dwi ddim angen tystiolaeth ffres, Miss Jones. Mae 'na ddigon o dystiolaeth yn y ffeiliau gwreiddiol, os dwi'n cofio'n iawn, i ailagor yr ymchwiliad.'

Roedd Aleksa'n disgwyl 'ond'.

'Ond,' meddai Carter, 'mae 'na lot o wleidyddiaeth yn ymwneud ag ailagor nyth cacwn o'r fath. Drwy neud, mi fasan ni'n tanseilio cydweithwyr.'

'Ydy hynny'n bwysicach na'r gwir?'

'Na, na, Miss Jones. Ddudis i ddim na faswn i'n ailagor yr achos. Deud 'nes i fod problemau o neud. Tasan ni'n ymchwilio i achos rhyw hen wreigan, neu blentyn, mi fydda pethau'n haws. Ond sôn am ddihiryn, am leidr, am gythral da i ddim fuo'n lles i bawb weld ei gefn o, rydan ni. Sôn am Stan Fisher.'

Syllodd Aleksa ar Carter. Roedd o ar draws yr hanner cant 'ma. Gwallt arian. Llygaid gwyrdd. Croen lliw coffi. Dyn golygus. Dyn penderfynol. Dyn oedd isio gneud y peth iawn. Gobeithio.

'Dwi'm yn sôn am Stan Fisher,' meddai Aleksa. 'Sôn dwi am Glenda Rees.'

Roedd Carter yn ei hystyried. Culhaodd ei lygaid. Rhwbiodd ei ên. 'Be naeth i chi ddechrau tyrchio?'

Doedd ganddi ddim ateb. Doedd hi heb feddwl. Doedd hi erioed wedi gofyn 'Pam?'. Dim ond am mai dirgelwch ar ddiwrnod diflas oedd Glenda Rees. Dim ond am mai merch un ar bymtheg oed o dan goelcerth oedd Glenda Rees. Dim ond am mai hogan fach rhywun oedd Glenda Rees. Dim ond am fod gan Glenda Rees fam, a sut oedd mamau'n teimlo pan oedd eu plant nhw'n cael eu dwyn am byth?

Ysgydwodd Aleksa'i phen. 'Myrraeth.' Dechreuodd bigo ar ei bwyd. 'Be naethoch chi o Elfed Hill?'

'Hill? Uffar o dditectif. Pengaled. Penderfynol. Ofn pechu neb. Glywis i ei fod o'n gandryll pan gaewyd yr achos pen yma. Colli ei ben wedyn, medda nhw. Dwyn–'

'Ddaru o'm dwyn affliw o ddim, Mr Carter.'

'Naddo?'

'Naddo. Cael ei erlid ddaru Mr Hill. Dwi'n bendant o hynny.'

'Felly.' Gwenodd Carter. 'Yn bendant, ydach chi? Fydda'r Hill dwi'n ei gofio ddim yn falch iawn o'ch clŵad chi'n siarad felly. Ffeithiau, ffeithiau, ffeithiau oedd ei bethau fo.'

'Nid dyna ydy'ch pethau chi?'

Gwgodd Carter. Daeth lliw i'w fochau. Nodiodd.

Aeth Aleksa yn ei blaen. 'A tydi'r ffeithiau ddim yn awgrymu mai nid lladd ei hun ddaru Stan Fisher? Tydi'r ffeithiau ddim yn awgrymu nad oedd Fisher yn agos i Lys Hebron y noson y llofruddiwyd Glenda? Does 'na'm llygad-dystion sy'n taeru iddyn nhw weld Fisher yn y Green Goose y noson honno?'

Chwarddodd Carter yn ysgafn. 'Wedi gneud eich gwaith cartre, Miss Jones.'

'Wedi trio. Dwi'n cael marciau llawn?'

'Digon agos. Yn ôl be dwi'n ddallt, roedd 'na lygad-dyst yn taeru iddo fo weld Stan a Glenda'n dwrdio ar y comin hwnnw'r noson y lladdwyd hi.'

'Oedd, mi oedd 'na – hogyn capel, hogyn da.'

'A phwy fydda'n credu tri mân leidr cyn hogyn capel o gefn gwlad Cymru?'

'Chi?'

Roedd llygaid Carter arni eto. Yn astudio. Yn ceisio gweld sut y gweithiai ei meddwl. 'Na, nid fi. Roedd un o'r tystion yn rhannu fflat efo Fisher. Kenny Brookman. Roedd y ddau yng ngyddfau'i gilydd ran fwya. Fi ddaru holi Brookman. Roedd o wedi bod yn Llundain. Dŵad ar ei draws o yn y stesion yn Lime Street ddaru ni. Cyrraedd adra. Mi aeth o i Lundain y noson fuo Fisher farw.'

'Ydach chi'n meddwl mai Brookman oedd yn gyfrifol?'

'Na, na. Rhoswch. Doedd gan Brookman ddim syniad be oedd wedi digwydd. 'Nes i ofyn iddo fo'n blwmp ac yn blaen lle'r oedd Stanley ar noson y trydydd o Dachwedd. Ddudodd Brookman wrtha i mai yn y Green Goose oedd Stan. Mi aeth o i banig. Deud nad oedd ganddo fo ddim i'w wneud â dwyn y carped. "Gofynnwch i Stan," medda fo, "gofynnwch i Stan". Ofynis i iddo fo lle'r oedd Stan. Yn ôl Brookman mi fydda Fisher, tasa fo'n ein teimlo ni ar ei sodlau, yn mynd un ai i dŷ ei fam, i gartre ei gyn-wraig yn Toxteth, neu at y cariad 'ma yng ngogledd Cymru.'

'Sut y bu iddo fo gyfarfod Glenda?'

'Roedd teulu ei dad o'n dŵad o ogledd Cymru. Fydda fo'n mynd at ei daid, o dro i dro. Fuo hwnnw farw'n 1975. Rhaid 'i fod o wedi cyfarfod Glenda'r adeg honno.'

'A mi oedd Brookman yn meddwl mai fan'no oedd o, neu efo'i fam neu'i gyn-wraig?'

Nodiodd Carter. 'Doedd ganddo fo'm syniad fod Stan ar slab yn y gorfflan. Roedd Brookman yn un o'n sbeis bach i ar y stryd. Ro'n i wedi dysgu deud y gwahaniaeth rhwng ei wirionedd o a'i anwiredd o. Ro'n i'n credu Kenny Brookman.'

'Holoch chi fam Fisher, a'i gyn-wraig o?'

Edrychodd Carter arni fel tasa hi'n amau'i broffesiynoldeb. 'Do'n siŵr. Doeddan nhw rioed y rhai hawsa'n y byd i'w holi.'

'Ydyn nhw'n dal o gwmpas? Be am Brookman?'

'Fuo mam Stanley farw ddwy flynedd ar ôl ei mab. Doedd hi rioed y fam orau'n y byd, ond dyna fo . . . fel 'na gwelwch chi bethau.'

'Ydy'n bosib i mi gael cyfeiriadau?'

Ochneidiodd Carter. 'Ydy, siŵr o fod. Dim ond i chi ddeud

mai nid trwydda i na'r heddlu y cawsoch chi nhw. Mae 'na rai pobol . . . nawn nhw jyst ddim helpu'r heddlu hyd yn oed pan fydd un ohonyn nhw wedi diodde.'

'Ydach chi'n awgrymu eu bod nhw'n gwbod mwy?'

'Digon posib.' Crychodd ei dalcen. 'Mi ddudodd landlord y dafarn iddo fo weld rhywun yn y Green Goose ar noson y pumed. Wyneb diarth. Holi am Stan. Doedd o ddim yn nabod y dyn, ond mi oedd o'n drewi o gopar, yn ôl y landlord.' Chwarddodd Carter yn ysgafn. 'Mae gan y bobol 'ma ryw chweched synnwyr pan ddaw hi i'r heddlu. Beth bynnag, mi roddodd o ddisgrifiad i ni. Mi oedd o'n actio'n od, medda'r landlord. Cadw llygad barcud ar Stan drwy gydol y nos.'

'Oes ganddoch chi'r disgrifiad?'

Ysgydwodd ei ben. Syllodd arni. Roedd ei lygaid yn disgleirio. 'Yr unig beth dwi'n gofio ydy ei fod o'n gochyn, dyna ddywedodd y landlord.'

Nododd Aleksa hynny yn ei phen. Roedd hi ar bigau'r drain. Roedd hi isio gadael a mynd ati i chwilio a holi. Ond roedd hi am aros yma a dwyn mwy o wybodaeth gan y prif gwnstabl cynorthwyol.

Roedd Carter yn dal i syllu. Yna crwydrodd ei lygaid o gwmpas y tŷ bwyta. Roedd y lle'n hanner llawn. Adeilad cyfoes o ddur a gwydr. Dilynodd Aleksa'i edrychiad. Cyplau oedd y mwyafrif o'r cwsmeriaid. Roedd un bwrdd ac arno griw o wyth. Roeddan nhw'n chwerthin ac yn jocian.

Trodd Carter tuag ati. 'Sut mae Munro'r dyddiau yma?'

Roedd 'na rywbeth yn llais Carter. Rhywbeth yn pwnio. Rhywbeth yn awgrymu.

'Munro?' gofynnodd Aleksa. 'Dyn bach blin. Y Fferat.'

Chwarddodd Carter. 'Dyna oedd pawb yn ei ddeud. Roedd o'n uchelgeisiol, yr hen hogyn. Pa raddfa ydy o erbyn heddiw?'

'Prif uwch arolygydd. Mi newidiodd Munro'i stori, medda Hill.'

Chwythodd Carter anadl hir drwy'i ffroenau. Gwyrodd ei

ben. Astudiodd ei ddwylo. 'Mae pethau wedi newid ers dyddiau'r Munro ifanc, Miss Jones. Mae'r heddlu'n gyflogwr cyfartal y dyddiau yma.'

Crychodd Aleksa'i thrwyn.

'Ar yr wyneb, o leia, mae rhagfarnau wedi eu hanghofio,' meddai Carter. 'Mae croeso i bawb wisgo'r lifrai, beth bynnag eu lliw, beth bynnag eu ffydd, beth bynnag eu rhyw, beth bynnag eu . . . ffordd o fyw.'

Gwyrodd Aleksa'i phen i un ochor.

'Mae 'na ardaloedd o'r wlad, yn bendant, sy'n rhagfarnllyd hyd heddiw. 'Radag honno, wrth gwrs, chwarter canrif yn ôl . . . wel, roedd yn rhaid i rywun fod yn ofalus. Doedd 'na ddim croeso i rai pobol yn yr heddlu. Ac os oedd y bobol rheini'n uchelgeisiol, yn benderfynol, roedd gofyn iddyn nhw fod yn ofalus dros ben.'

Pwysodd Aleksa'i gên ar ei dwrn.

Bwriodd Carter olwg bellach o gwmpas y bwyty. 'Tasa rhywun felly'n cael eu dal yn, wel, ymwneud â'u ffordd o fyw, roedd 'na oblygiadau. Roedd posib iddyn nhw gael eu herlid o'r ffôrs. Roedd posib iddyn nhw gael eu blacmelio, Miss Jones. Roedd posib iddyn nhw gael eu gorfodi i ddeud, ac ella gneud, pethau oedd yn groes i'r graen. Roedd posib iddyn nhw gael eu defnyddio.'

'Mr Carter, ydy hyn i gyd yn cyfeirio at Malcolm Munro?'

'Yn bersonol, tydi fawr o wahaniaeth gen i efo pwy mae dyn, neu ddynes ran hynny, yn dewis rhannu ei wely. Cyn belled â bod y pwy bynnag hwnnw, neu honno, yn oedolyn.'

'Mae Malcolm Munro'n briod, Mr Carter. Mae ganddo fo blant.'

'Mae Malcolm Munro'n uchelgeisiol, Miss Jones. Mae ganddo fo gyfrinachau.'

34.

'MAE Malcolm Munro'n briod, Aleksa. Mae ganddo fo blant.'

Roedd hi'n gorwedd ar ei gwely mewn B&B. Roedd hi newydd gael cawod ac wedi lapio ei hun mewn tywel. Roedd ei chroen yn gynnes a'i gwallt yn damp. Roedd ei llaw ar ei chlun. Roeddan nhw'n sibrwd. Roedd sibrwd Seth wedi arwain ei llaw at ei chlun. Sibrwd Seth wedi atgyfodi atgofion: pan oeddan nhw'n canlyn. Pan oeddan nhw'n siarad fel hyn, yn isel. Pan oeddan nhw'n fudur. Pan oeddan nhw'n chwerthin. Pan oeddan nhw'n chwarae. Pan oeddan nhw'n deud wrth ei gilydd be oedd yn digwydd ar ben arall y lein. Pan oedd biliau ffôn yn anferthol. Pan oedd hi, neu fo, yn rhoi'r ffôn i lawr ac yn rhuthro i'r car ac yn gyrru fel Jehu ac yn ail-fyw'r siarad budur yn y cnawd.

Heno, wedi'r mân siarad – y gofyn 'sut wyt ti?', 'dwi'n iawn, lle wyt ti?', 'be fuost ti'n neud heddiw?' – yn hytrach na deud, 'Dwi bron yn noeth, Seth, a mi faswn i'n lecio tasa chdi yma i 'ngneud i'n gwbwl noeth', dyma hi'n deud, 'Mae Malcolm Munro'n hoyw'.

'Dyna ddudis i,' meddai Aleksa mewn ymateb i ddatganiad Seth fod Munro'n ŵr ac yn dad. 'Ond yn ôl Carter, mi gafodd o'i ddal yn nhoiledau maes parcio'r Fictoria efo'i drowsus rownd ei sodlau a'i geg am goc rhyw adeiladwr.' Dechreuodd Aleksa gilchwerthin. Mygodd y sŵn efo'i llaw.

'Ges di hwyl efo Mr Carter felly.' Roedd 'na nodyn o genfigen yn llais Seth.

Doedd hi ddim am droi'r nodyn yn symffoni. Byddai hynny'n annheg. ''Nes i'm chwerthin ar y pryd, Seth. Ond dwyt ti'm yn meddwl fod y senario'n hollol hurt? Munro ar ei liniau. Dychmyga.'

'Fasa well gen i beidio. Pryd y digwyddodd hyn?'

'"76. Dyna i chdi gyfleus.'

'Be wyt ti'n awgrymu?'

'Wyt ti'n cofio be ddudodd Hill? Fod Munro wedi newid ei gân, wedi gwrthod cefnogi'r ffeithiau oedd yn gwbwl blaen i Hill a dwsinau o dditectifs Lerpwl ar y pryd? Mae Carter yn honni mai cael ei flacmelio ddaru Munro. Cael ei orfodi i gytuno efo'r lein swyddogol.'

'Ac wyt ti'n deud na fuo i'r busnes 'ma'n y toiledau ddŵad i'r llys?'

'Fel y dudodd Mr Carter, roedd pethau'n wahanol 'radag honno. Pawb yn edrach ar ôl ei gilydd. Mae 'na fwy o gadw llygad y dyddiau yma. Ac mae pobol yn fwy amheus o blismyn, llysoedd yn llai tebyg o gredu pob gair mae plismyn yn ddeud.'

Tuchanodd Seth.

'Gneud dy jòb di'n anoddach, yn tydi cariad?' meddai Aleksa'n chwareus. Crafodd ei chlun.

'Braidd.'

'Be sy'n digwydd ffor'cw?'

'Gan ein bod ni'n sôn amdano fo, mae Munro wedi mynd i'w gragen ers i'r ymchwiliad 'ma ddechrau. Dwi'm 'di clŵad siw na miw oddi wrtho fo. Prin yr ydan ni 'di weld o dros y deuddydd dwytha 'ma.'

'Be am Hill?'

'Mi ddoth o i mewn, gafodd o ddeud ei ddeud.' Oedodd Seth. Gwrandawodd Aleksa ar sŵn ei dawelwch. 'A deud y gwir, mae hi fel bod Munro'n disgwyl yr anochel. Dwi'n dal ddim yn dallt pam y bydda fo'n galw'r sbeis i mewn tasa fo isio cadw rhywbeth o dan ei het.'

'Ella mai rhoi'r argraff o onestrwydd mae o.'

'Dwn i'm . . . beth bynnag, be arall ges di gen dy gariad

newydd?' Roedd 'na nodyn chwareus yno rŵan.

Dywedodd Aleksa wrtho fo. Dywedodd am Brookman. Dywedodd am y landlord. Dywedodd am gyn-wraig Stan Fisher. Dywedodd am fam Fisher. Dywedodd am deulu Fisher yng ngogledd Cymru. Dywedodd bob dim roedd hi'n ei gofio a mi oedd hi'n cofio pob dim.

'Bydda'n ofalus, reit?' meddai Seth. 'Tydi pobol fatha'r Brookman 'na ddim i'w trystio. Dwi'm yn lecio'r ffaith bo chdi yn fan'na ar ben dy hun.'

'Tyd ata fi, ta.' Mwythodd ei chlun.

'Fedra i ddim. Mae'r siwts o Fanceinion isio gair. Gad i mi wbod lle fyddi di'n Newcastle. Mi ddo i fyny ata chdi.'

Meddyliodd Aleksa am foment. Brathodd ei gwefus. Caeodd ei llygaid. Sugnodd anadl hir drwy'i ffroenau. Chwythodd ei enw allan. 'Seth . . . '

'Be?'

'Dim ots.'

35.

Dydd Sadwrn, Tachwedd 3

ROEDD y Seraffim yn byrlymu. 'E' ac Edward H yn ysbrydoliaeth. Goleuadau amryliw'n rhwygo'r düwch bob hyn a hyn.

Ac Aleksa'n ymlwybro'n noethlymun.

Y partïwyr yn ei phwnio wrth iddi gerdded drwy'r dyrfa. Y partïwyr yn poeri arni wrth iddi ddilyn llwybr drwy'r cyrff. Y partïwyr yn rhegi arni wrth iddi gamu tua'r goelcerth.

Wynebau cyfarwydd ymysg y partïwyr. Malcolm Munro. John Morgan. Elfed Hill. Sol Huws. Arwyn Jenkins. Ffion. I gyd yn ei hysio tua'r goelcerth.

Cawr o goelcerth. Yn yr awyr agored rŵan. Y Seraffim wedi diflannu. Y partïwyr yn baganiaid yn ysu am aberth.

Coelcerth o esgyrn. Coelcerth o benglogau. Roedd cyrff byw ymysg y sgerbydau darniog. Cyrff wedi eu clymu gan weddillion cyrff. Roedd y cyrff yn sgrechian ac yn stryffaglio ac yn erfyn rhyddid o'u carchar esgyrn.

Syllodd Aleksa i begwn y goelcerth: Guto Ffowc a'i freichiau wedi eu lledu fel Iesu Grist. Syllodd Aleksa i droed y goelcerth: merch noeth yn dwmpath.

Cododd y ferch noeth ei phen a syllu ar Aleksa. Syllodd Aleksa'n ôl a chael ei hun yn syllu i'r drych yn y Seraffim. Cael ei hun yn syllu ar yr hen edrychiad hwnnw: wedi ei asio a'i gerfio a'i weu.

Sgrechiodd yr edrychiad. Sgrechiodd Aleksa.

Rhwygwyd hi o'i breuddwyd gan fraw. Roedd hi'n chwys doman. Roedd hi'n fyr o anadl. Roedd hi'n ddryslyd. Roedd hi ar goll. Chwyrlïodd ei meddwl.

Lle dwi? Lle dwi?

A chofio lle'r oedd hi.

Edrychodd ar ei wats. Roedd hi'n hanner awr wedi saith. Craffodd tua'r ffenest. Awyr lliw sment. Llusgodd ei hun o'r gwely. Teimlo'n rhyfedd o drist am eiliad am nad oedd y Paffiwr cyfarwydd yn canu grwndi a rhwbio yn erbyn ei choesau. Meddyliodd am y Paffiwr. Meddyliodd am Ffion.

Be wyt ti wedi'i neud? gofynnodd iddi hi ei hun. Doedd ganddi ddim o'r ateb.

Plygodd o flaen ei hallor a deud ei gweddi.

Wedi cawod aeth Aleksa i lawr y grisiau. Oglau saim a sŵn ffrio. Bwytaodd dri darn o dost. Yfodd ddwy baned o goffi. Aeth i'w stafell. Paciodd. Aeth i lawr y grisiau a thalu'r bil.

Roedd hi'n hanner awr wedi wyth. Roedd Aleksa'n eistedd mewn traffig. Roedd cyrn ceir yn bloeddio. Roedd gyrwyr yn gweiddi. Roedd ambiwlans yn sgrechian.

Ffoniodd Aleksa fobeil Brian Carter. Rhoddodd gyfeiriadau Kenny Brookman a Stella Malone, Stella Fisher gynt, iddi hi.

'Ydach chi'n mynd i ailagor yr ymchwiliad i farwolaeth Stan Fisher?'

'Dwi'n ystyried, Miss Jones.'

Dywedodd Aleksa wrtho am yr hyn oedd yn digwydd yng ngorsaf Malcolm Munro.

Gofynnodd Carter yr un cwestiwn. 'Pam y bydda Munro'n gneud y ffasiwn beth?'

'Pam ofynnoch chi hynny?'

Tawelwch ben arall y ffôn. Yna, 'Dim ond meddwl, dyna i gyd.'

'Meddwl be, Mr Carter? Meddwl fod ganddo fo rywbeth i'w guddiad?'

Ddaru o ddim ateb. 'Byddwch yn ofalus. Dwi'm 'di cael dim i'w neud â Brookman ers blynyddoedd, ond mi oedd o'n un drwg.'

'Roeddach chi'n ei drystio fo.'

'Ddudis i mo hynny. Deud 'nes i 'mod i'n gwybod pryd oedd o'n deud y gwir a phryd oedd o'n deud celwydd.'

Parciodd ei char. Petrusodd. O'i chwmpas, carcasau cerbydau. O'i chwmpas, milwyr bychain. O'i chwmpas, concrit creulon.

Neidiodd Aleksa o'r car. Daeth tri o filwyr bychain ati hi. Roeddan nhw ar eu beics. Tua deg oed. Eu llygaid yn ei chrwydro.

'Dim yn saff gadael eich car yn fan'na,' meddai un stwmpyn. Roedd ei acen yn dew. Winciodd arni. 'Nawn ni gadw llygad arno fo.'

Ochneidiodd Aleksa. 'Faint 'dach chi isio am y fath wasanaeth?'

'Pum punt.'

'Pum punt?'

'Yr un.'

'Yr un? Dwy bunt.'

Trafododd y bechgyn. Dywedodd y stwmpyn, 'Pedair.'

'Dwy bunt pum deg.'

Trafododd y bechgyn. Cytunodd y bechgyn. Amgylchynodd y bechgyn ei char fel Indiaid Cochion o gwmpas eu gelyn.

Syllodd Aleksa o'i chwmpas. Roedd hi mewn jyngl. Dau dŵr llwyd yn ymestyn i'r nefoedd. Caeau concrit. Sbwriel yn fflio yn y gwynt. Roedd 'na faes chwarae. Roedd 'na blant yn gwichian chwarae. Eisteddai gwraig ganol oed ar fainc yn eu gwylio'n chwarae. Roedd ganddi wallt melyn a gwreiddiau du yn tyfu o'i sgalp.

Wynebodd Aleksa'r tŵr o'i blaen. Roedd Stella, cyn-wraig Stan, yn byw ar y pumed llawr. Edrychodd Aleksa o'i chwmpas. Syllodd yn ôl am y car. Doedd 'na ddim hanes o'r milwyr bychain.

Dringodd Aleksa'r grisiau. Roedd hi allan o wynt. Yn gorfod

sugno aer i'w sgyfaint. Yn gorfod sugno oglau piso a phydredd i'w ffroenau. Roedd graffiti'n gwaedu o'r waliau. Roedd nodwyddau a chaniau cwrw dan draed. Roedd gwylwyr ym mhobman yn smocio a syllu.

Daeth i'r pumed llawr. Syllodd allan dros y ddinas. Roedd niwl yn cuddio'r olygfa. Sugnodd Aleksa'r awyr iach. Cnociodd ar ddrws Stella Fisher gynt. Doedd 'na ddim ateb. Syrthiodd calon Aleksa. Cnociodd eto.

Daeth pen o'r fflat drws nesa. Wyneb melyn. Mwg sigarét yn fêl dros yr wyneb.

'Be 'dach chi isio?'

'Chwilio am Stella dwi,' meddai Aleksa.

'Aeth hi allan efo'r plant,' meddai'r hen wraig.

'Pryd fydd hi'n ôl?'

'Dwn i'm.' Daeth yr hen wraig o'r fflat. Gwyrodd dros y balconi. Crychodd ei thrwyn. 'Mae hi'n ôl. Dyna hi.' Pwyntiodd i'r ddaear.

Dilynodd Aleksa'r bys esgyrnog. Gwelodd y wraig gwallt melyn a gwreiddiau du yn smocio ar y fainc. Gwelodd y plant yn sgrialu o gwmpas y maes chwarae. Gwelodd y milwyr bychain wedi cryfhau eu rhifau o gwmpas ei char.

Aeth i lawr. Mwy o sgip yn ei chamau. Mwy o frys rhag ofn i Stella ddiflannu.

Pum munud yn ddiweddarach, allan o wynt: 'Stella?'

Edrychodd y wraig dros ei hysgwydd. Roedd ganddi fodrwy yn ei thrwyn. Roedd ei bochau'n borffor. Roedd ganddi datŵ calon ar ei dwrn. 'Pwy sydd isio hi?'

Cyflwynodd Aleksa'i hun. 'Ga i eistedd?'

'Gwlad rydd,' meddai Stella a throi'n ôl at y plant. Eisteddodd Aleksa. Rhyddhad yn gweu drwyddi. Ei choesau'n ddiolchgar am y gorffwys. Syllodd Aleksa ar y plant. Pethau bach. Pethau swnllyd. Rhedeg reiat. Rhegi a rheibio. Pump neu chwech ohonyn nhw'n sgrialu dros daclau'r maes chwarae fel morgrug.

'Rhai chi?' gofynnodd Aleksa.

'Tri ohonyn nhw. Jyst cadw llygad. Isio rywun gadw llygad. Perferts o gwmpas. Hogan fach wedi ei chipio'r wythnos dwytha.'

Teimlodd Aleksa'i stumog yn clymu. 'Ydy hi'n iawn?'

'Mi aeth criw o hogiau ar ei ôl o. Dal y diawl. Uffar o gweir iddo fo.' Ciledrychodd ar Aleksa. 'Rŵan mae'r hogiau'n y llys. Pa fath o fyd?'

Ysgydwodd Aleksa'i phen.

'Riportar 'dach chi felly? Isio stori am hynny 'dach chi? Am y perferts?'

'Dim cweit. Edrach i mewn i farwolaeth Stan dwi.'

Craffodd Stella. Gwgodd Stella. Sgyrnygodd Stella. 'Polîs 'dach chi?' Roedd 'na fin yn ei llais. Roedd 'na gryndod yn ei llais. Roedd ei chorff yn deud, 'mae gyn i ofn braidd'.

Ysgydwodd Aleksa'i phen. Dangosodd ei cherdyn. Esboniodd eto. 'Fuo 'na ferch ifanc farw–'

'Un o'i slags o, dwi'n cofio, honno yng ngogledd Cymru.'

'Dyna fo. Dwi'n trio dod o hyd i wybodaeth.'

'Pam 'dach chi'n holi?'

'Isio ffeindio be ddigwyddodd dwi.'

'Lladd ei hun ddaru Stan. Dyna ddudon nhw. Lladd ei hun ar ôl . . .' Oedodd Stella. Trodd ei phen rhag i Aleksa weld. Cymerodd Stella hances o boced ei chôt. Chwythodd ei thrwyn. Trodd i wynebu Aleksa. Roedd ei llygaid yn goch. 'Ar ôl i'r hogan farw.'

'Dwi'm yn credu hynny. Mae 'na bobol eraill sydd ddim yn credu hynny.'

'Doeddan nhw ddim isio gwybod ar y pryd.' Roedd na chwerwder yn llais Stella.

'Dwi isio gwybod.'

Syllodd Stella i fyw llygaid Aleksa. Gwelodd Aleksa obaith yno. Gwelodd Aleksa ddiolch yno. Gwelodd Aleksa erfyn yno.

'Ydach chi o ddifri? Os nad ydach chi o ddifri, mi gewch chi ei heglu hi.'

'Dwi o ddifri.' Roedd calon Aleksa'n curo. Roedd chwys oer ar ei gwegil. Teimlai fel anturiaethwr oedd wedi cael hanes map oedd yn arwain i wlad goll.

Safodd Stella. Galwodd ar ei phlant. Sgrechiodd enw tua'r fflatiau. Daeth gwraig at falconi'r ail lawr. Trodd Stella at Aleksa. 'Jyst aros i Kristen ddŵad i lawr i gadw llygad ar y plant.' Anadlodd yn ddyfn. Ei llygaid yn drilio i feddyliau Aleksa. 'Dwi 'di aros chwarter canrif. Newch chi mo ngadael i lawr, na newch?'

Roedd y fflat yn dwt. Popeth yn ei le. Dwrdiodd Aleksa'i hun am gredu'r gwrthwyneb. Roedd lluniau plant gwên deg ym mhobman. Roedd gan Stella wyth o blant efo tri gŵr. Yr hyna – mab Stan – yn saith ar hugain. Y fenga yn dair oed.

Eisteddai Aleksa mewn cadair freichiau'n yfed te. Roedd y plant yn rhedeg o'i chwmpas fel paganiaid o gwmpas bedwen Fai.

Eisteddai Stella gyferbyn ar y soffa. Roedd hi'n anwybyddu'r plant. Wedi arfer efo'r anhrefn. Meddyliodd Aleksa am y plentyn na chafodd fod. Daeth trymder drosti'n don. Sut fam fyddai hi wedi bod? Gwyddai Aleksa'r ateb. Dyna un rheswm pam y bu iddi hi wneud yr hyn ddaru hi.

'Dwy ar bymtheg o'n i'n priodi Stan,' meddai Stella. 'Fynta'n ddeunaw. Hen un drwg oedd o rioed. Lladrata. Mercheta. Gaethon ni ysgariad ddwy flynedd yn ddiweddarach, ond mi fydda fo'n dal i ddŵad yma. Ro'n i'n meddwl y byd ohono fo. Mi fydda fo'n dŵad yma am loches neu bres pan âi o i dwll.'

'A mi oeddach chi'n fodlon helpu.'

Edrychiad brwnt gan Stella. 'Fo oedd tad 'y mhlentyn i. Mae hynny'n cyfri. I mi. A mi wn i un peth yn bendant. Fydda Stan ddim yn giaidd efo merch. Roedd o'n caru merched.' Ebychodd Stella a gwenu'n drist. 'Dyna fuo'r broblem rioed . . . methu cael digon arnyn nhw.'

'Roeddach chi'n gwbod am Glenda Rees?'

'Ro'n i'n gwbod am y cwbwl lot. Mi fydda Stan yn dŵad yma i ddeud wrtha fi am ei gariad newydd, ei lefran ddiweddara. Pan oeddan ni'n briod mi fydda fo'n arfer cyfadde. Finnau'n colli 'mhen. Sgrechian a rhegi ar y diawl. Hwnnw'n swnian fatha babi, gofyn maddeuant, finna'n maddau. Welwch chi rwbath o'i le ar hynny?'

Ysgydwodd Aleksa ei phen. Yn gwybod na fydda hi byth yn maddau. Yn gwybod iddi beidio maddau llai na'r pethau faddeuodd Stella. 'Be ddigwyddodd, Stella? Pan fuo Stan farw?'

Edrychodd Stella o gwmpas ei fflat fel tasa hi mewn lle diarth. 'Cnoc ar y drws. Dau dditectif. "Be mae o wedi'i neud rŵan?" medda finnau. Jyst chwilio amdano fo roeddan nhw. Doedd gen i'm clem lle'r oedd o.'

'Pwy oeddan nhw, y ditectifs? Ydach chi'n cofio?'

'Un o'ch hogiau chi oedd un ohonyn nhw. Cymro.'

Hill? Munro? Pa un, meddyliodd Aleksa. Roedd y ddau wedi dod i Lerpwl.

'Mae un ohonyn nhw ar y teledu ac yn yr *Echo* bob munud. Dyn pwysig rŵan.'

'Brian Carter?' gofynnodd Aleksa.

'Carter. Ia. Roedd o byth a beunydd ar ôl Stan. Byth a beunydd ar ôl Kenny.'

'Kenny? Kenny Brookman?'

Nodiodd Stella.

'Ydach chi'n nabod Kenny Brookman?'

Chwarddodd Stella. 'Siŵr Dduw 'y mod i. Fo oedd y'n ail ŵr i.'

Roedd ceg Aleksa'n sych am eiliad. Yna gofynnodd, 'Be oedd y ditectifs isio efo Stan?'

'Dwn i'm. Roeddan nhw'n gwrtais. Ddaethon nhw ddim i mewn. Fydda Stan yn deud, "Paid â gadael i'r diawlad ddŵad i'r tŷ". Nid fel y llall.'

'Y llall?'

Syllodd Stella arni. Roedd hi'n astudio Aleksa. Roedd hi'n amheus. 'Fedra i'ch trystio chi? Cha i ddim trafferth?'

'Ddim gen i, Stella.'

Anadlodd Stella. Atgoffai Aleksa o rywun oedd ar fin wynebu'r crogwr. Yn paratoi ei hun ar gyfer uffern. 'Mi ddoth Mr Carter a'ch un chi yma noson ar ôl tân gwyllt. Roedd y llall yma drannoeth.'

'Be oedd o isio?'

'Stan. Isio Stan. Mi oedd hi'n hwyr a'r plant yn eu gwlâu. Roedd o'n wên deg i gyd ar y dechrau. Mi roddodd o gardyn i mi. Cyflwyno'i hun yn neis neis a ballu. Doeddwn i ddim yn ei gredu o.'

Ysai Aleksa am ofyn enw'r dieithryn. Ond gwyddai fod hynny i ddod. Er hynny roedd hi ar bigau'r drain. Y cyffro'n gneud iddi wingo yn y gadair.

Aeth Stella'n ei blaen. 'Ond mi ddechreuodd o wylltio. Roedd o'n nerfus, yn edrach o'i gwmpas fel tasa fo ofn i rywun ei weld o. Ddudis i nad oedd Stan yma. Ond mi wthiodd y copar fi o'r neilltu. Rhuthro i'r fflat, finnau'n sgrechian arno fo. Mi ddeffrodd o'r plant, gweiddi ar Stan, "Lle wyt ti'r basdad? Lle wyt ti?". Ond doedd Stan ddim yma. Mi drodd o arna i, wedyn. Deud fod Stan wedi lladd hogan fach. Deud ei fod o mewn trwbwl, uffar o drwbwl. Deud ei fod o'n haeddu cael ei grogi.'

Oedodd Stella. Rhwbio'r tatŵ.

'Mi rybuddiodd o fi i beidio â deud wrth neb. Neu mi fydda fo'n ôl. "A beth bynnag," medda fo, "pwy fasa'n dy gredu di drosta i?". Roeddwn i wedi dychryn. Roedd y plant wedi dychryn. Mi orfododd o i mi ddeud lle'r oedd Stan yn byw.' Dechreuodd ysgwyd ei phen. Dechreuodd grio. 'Roeddwn i am iddo fo fynd, 'dach chi'n gweld. Roeddwn i isio llonydd. Wedi cael llond bol ar hyn. Mi ddudis i wrtho fo. Cyn iddo fo fynd mi drodd o rownd a deud, "Dim gair o dy ben, yr ast, neu mi a' i at y *social services* a mynd â'r basdads bach 'ma oddi arna chdi a dy roid di'n jêl am helpu llofrudd. Fedra i neud pethau i fyny os oes rhaid". Be fedrwn i neud? Be fasach chi wedi'i neud?'

Ysgydwodd Aleksa'i phen. 'Pwy oedd o, Stella?'

Cododd Stella. Sychodd ei dagrau. Aeth at seidfwrdd. Agorodd gwpwrdd a thyrchio. 'Dwi 'di gadw fo. Yr holl flynyddoedd 'ma. Jyst rhag ofn. Dwi'n gwbod fod y dyn wedi deud celwydd wrtha i. Trio cymryd arno ei fod o'n rywun arall i gychwyn. Ond mi oedd o'n drewi o gopar. A ro'n i'n meddwl taswn i'n cadw'r cerdyn, ella y bydda fo'n helpu rhywdro. Jyst rhag ofn.'

Cafodd afael ar focs sgidiau. Tyllodd drwy'r myrraeth oedd yn y bocs. Dod o hyd i'r hyn roedd hi'n chwilio amdano. A'i roi i Aleksa. Cymerodd Aleksa'r cerdyn fel tasa fo'n chwilboeth. Syllodd ar yr enw. Rhewodd ei gwaed.

'Jyst rhag ofn,' meddai Stella eto, 'i rywun ddŵad rywdro. A mi ddaethoch chi yn y diwedd, yn do.'

36.

'YDACH chi'n barod i ailagor yr ymchwiliad?'

Roedd Aleksa wedi ffonio Brian Carter. Cytunodd i'w chyfarfod yn yr orsaf heddlu. Roedd o wedi bod yn chwarae golff. Roedd Aleksa'n hefru.

'Mae Stella'n fodlon gneud datganiad o'r newydd. Mae Kenny Brookman hefyd. Mae gynnoch chi ddisgrifiad Brookman o'r dyn welodd o'n y dafarn. Mae o'n cyfateb efo disgrifiad Stella. Mi fedrwch chi ailagor yr ymchwiliad, Mr Carter. Mi fedrwch chi–'

Daliodd ei ddwylo i fyny i atal y llif. 'Ara deg, ara deg. Os ydy Stella'n barod i neud datganiad, mi fydd yn rhaid iddi ddŵad i mewn. Ond pam heddiw? Pam aros chwarter canrif cyn deud y gwir?'

'Mi oedd ganddi ofn, Mr Carter. Mi ddaru o'i bygwth hi a bygwth ei phlant. Roeddach chi'n codi ofn ar bobol 'radag honno.'

Daeth rhyw edrychiad o hiraeth i'w lygaid. Yna dychwelodd y penderfyniad. 'Mi drefnwn ni gyfweliad efo Stella. A be am Brookman?'

'Brookman yr un peth. Fo oedd ail ŵr Stella. Mae o'n dal i weld y plant. Tydi o heb fod mewn trafferth efo'r heddlu ers pymtheg mlynedd, medda fo.'

Tuchanodd Carter. 'Tydi'r bobol 'ma ddim yn newid, Miss Jones.'

'Ta waeth. Roeddach chi'n ei gredu o yn 1976, pam ddim heddiw? Dwi'n siŵr y medrwch chi wahaniaethu rhwng be sy'n wir a be sy ddim.'

Astudiodd Carter Aleksa. Crychodd ei dalcen. Culhaodd ei lygaid. 'A mi gewch chithau'ch stori.'

'Dim eto. Mae mater Glenda Rees i'w setlo.'

'Rydach chi ar ryw fath o grwsâd, yn dydach.'

'Dim ond isio gneud y peth iawn, dyna i gyd.'

'Ac atgyfodi'r hen friwiau 'ma i gyd ydy gneud y peth iawn, ia?'

'Ddaru rhywun ladd hogan un ar bymtheg oed a'i gadael hi fel darn o sbwriel dan goelcerth. Mae pwy bynnag ddaru â'i draed yn rhydd.'

'A heb droseddu 'mhellach. Mi fydda rhai pobol yn deud mai'r peth gorau i neud ydy derbyn yr hyn benderfynwyd ar y pryd. Stan Fisher oedd yn gyfrifol a mi laddodd o'i hun o ganlyniad.'

'Ddaru rhywun ladd Stan Fisher hefyd.' Ciledrychodd ar y cerdyn busnes gafodd hi gan Stella. Roedd o ar y ddesg o flaen Carter. 'Ella mai damwain oedd hynny, dwn i'm. Ella mai dod yma i chwilio am lofrudd ddaru'n cyfaill ni, colli ei ben a gweithredu rhyw fath o gyfiawnder cowboi. Ella mai dod yma i roi'r bai ar Stan ddaru o, fel rhan o gynllun i sbario pwy bynnag laddodd Glenda go iawn.'

Gwenodd Carter. 'Mi ydach chi'n awgrymu rhyw gydgynllwyn cymhleth ar y naw, Miss Jones.'

Cododd ei sgwyddau. Safodd a diolch i Carter am ei gymorth. 'Ga i fynd â hwn?' gofynnodd gan gyfeirio at y cerdyn busnes.

'Rhaid i ni ddal gafael ynddo fo, mae gyn i ofn. Fedra i neud copi i chi.'

'Be am i chi gadw copi a finna fynd â'r gwreiddiol?'

Ysgydwodd ei ben a gwenu.

Astudiodd Aleksa'r cerdyn busnes a darllen yr enw arno fo ben ucha'n isa. Enw Dafydd Abbot.

37.

FFONIODD Aleksa Seth. Hefrodd Aleksa. Cynhyrfodd Aleksa. Esboniodd Aleksa. Gofynnodd Aleksa iddo fo ddanfon llun. Cafodd Seth fraw. Cafodd Seth bwl o amau. Cafodd Seth lond clust. Cytunodd Seth ddanfon llun i'w chyfeiriad e-bost.

'Cyn gynted ag y medra i,' meddai Seth. 'Iawn, ocê, heddiw, rŵan.'

'Mi fydd 'na dditectif yn cysylltu efo chdi, Ditectif Siwperintendent Melanie Denslow. Dwi 'di chyfarfod hi. Mae hi'n reit benderfynol. Gas ganddi blismyn budur.'

'Falch gyn i glywed. A gwranda, paid â chysylltu efo Dafydd Abbot.'

'Iawn,' meddai Aleksa.

Cysylltodd Aleksa efo Dafydd Abbot.

Roedd hi'n gynnil. Esboniodd yn fras. Ychydig fanylion am sut y bu iddi ddod o hyd i gyn-wraig Stan Fisher. Dim byd am y cerdyn busnes. Ceisiodd synhwyro ymateb dros y ffôn. Broliodd Abbot hi. Dywedodd y byddai Harry'n browd ohoni hi. Cyrliodd Aleksa'i gwefus. Rhegodd iddi hi ei hun.

'Fuoch chi'n Lerpwl erioed?'

'I Goodison Park o dro i dro.'

'Ddaru chi rioed gyfarfod Stella?'

'Rargian, naddo. Sgyn i'm cywilydd cyfadde'ch bo chi wedi gneud joban well o beth coblyn na 'nes i. Da iawn, Aleksa.'

Doedd Aleksa ddim yn siŵr sut y dylai deimlo.

Daeth o hyd i gaffi rhyngrwyd. Agorodd ei he-bost. Gwnaeth sŵn dathlu. Trodd llygaid tuag ati. Roedd neges fer gan Seth. Yng nghornel dde'r neges roedd bocs. Yn y bocs roedd delwedd disg. Enw'r ffeil oedd LLUN.JPG. Rhwbiodd Aleksa'i dwylo. Cliciodd ar y ffeil. Agorodd y llun efo cyflymdra malwen. Y gwallt coch. Y talcen brychog. Yr aeliau trwchus. Y trwyn smwt. Y mwstás Mecsicanaidd. Y wên ffals. Y dyn ei hun.

38.

ROEDDAN nhw yn fflat Stella. Roedd y plant yn angylion. Roedd eu llygaid yn llydan. Roedd Stella'n gyndyn. Roedd Kenny Brookman yn amheus. Roedd Aleksa ar bigau'r drain.

'Ai hwn ydy'r dyn ddaeth i'r cyfeiriad yma ar noson y seithfed o Dachwedd, 1976?' gofynnodd Melanie Denslow. Roedd hi yn ei phedwar degau. Roedd ei siwt yn siarp. Roedd ei thrwyn yn finiog. Roedd ei llygaid yn lasoer. Roedd ei llais yn llyfn.

Edrychodd Stella ar y llun. Edrychodd ar Aleksa. Edrychodd ar Kenny. Trodd Kenny oddi wrthi. Edrychodd ar y llun eto. Edrychodd y Ditectif Sarjant Anthony Neil ar ei wats. Sgyrnygodd Aleksa ar y Ditectif Sarjant Anthony Neil.

'Ydach chi am y'n erlyn i?' gofynnodd Stella. 'A' i i drwbwl?'

'Dim os ddudwch chi'r gwir, Mrs McDonald,' meddai Denslow.

Mrs McDonald, meddyliodd Aleksa. Roedd Stella wedi cael sawl cyfenw. Doedd hi'm yn hapus efo'r un ohonyn nhw. Dal i chwilio am yr un iawn.

Astudiodd Stella'r llun. Roedd ei llygaid yn gul. Roedd ei thalcen wedi crychu. Roedd ei hedrychiad yn awgrymu: dwi'n gwybod pwy ydy o.

Nodiodd Stella. Clensiodd Aleksa'i dyrnau.

'Fo 'di'r dyn,' meddai Stella. 'Fo ddoth yma'n chwilio am Stan. Fo roddodd y cerdyn i mi. Fo ddaru 'mygwth i'r noson honno.' Roedd ei llais fel llais rhywun oedd yn cyfadde trosedd. 'Fo oedd Dafydd Abbot.' Dywedodd 'Daffid'. Ddaru Aleksa ddim mynd i'r drafferth o'i chywiro. Roedd Stella'n anghywir, beth bynnag.

Nid llun Dafydd Abbot ddangoswyd iddi. Nid Dafydd Abbot fuo yma chwarter canrif ynghynt yn chwilio am Stan Fisher. Ond pam y defnyddiodd y dyn yn y llun gerdyn busnes Dafydd Abbot?

39.

DAMIA, damia, damia. Rownd mewn cylch. Wedi ymlâdd. Hel ei phac. Troi'n ôl. M53, A55, nadroedd du o ddiflastod. Ac Aleksa'n brwydro'r blinder. Yn brwydro i gadw'i llygaid rhag cau. Yn llenwi ei meddyliau efo cymhlethdodau. Yn stryffaglio drwy'r mieri oedd yn goelcerth dros gorff a chyfrinach Glenda Rees.

Parciodd tu allan i'r tŷ. Anadlodd yn ddyfn ac yn hir. Cliriodd ei phen. Teimlai'n frau fel papur.

Diolch byth. Roedd Ffion allan. Nos Sadwrn yn y Seraffim. Cafodd Aleksa groeso gan y Paffiwr. Roedd y Paffiwr yn gweu rownd ei choesau. Mwythodd Aleksa'r Paffiwr. Cafodd sgwrs mewn siarad babi efo'r Paffiwr. Roedd hi'n methu'r Paffiwr. Roedd hi'n methu Ffion. Ond roedd hi'n rhy hwyr. Roedd pob dim wedi newid. A doeddan nhw ddim yn debyg o newid yn ôl.

Yfodd goffi. Bwytaodd dost. Bwydodd y Paffiwr. Cafodd fàth. Sgrifennodd nodyn i Ffion. Cysidrodd ei geiriau. Cysidrodd esbonio. Cysidrodd ymddiheuro. Chwe darn o bapur yn y fasged sbwriel. Y seithfed drafft: 'Wedi picio draw rhag ofn i chdi feddwl. Sori am bob dim, Aleksa.'

Paciodd chydig mwy o ddillad. Siwtiau gwaith. Dillad isa. Sgidiau. Mwy o'r allor.

Canodd ei ffôn. Alison Ifans.

'Wyt ti am ddŵad i mewn ddydd Llun?'

'Oes 'na groeso i mi?'

'Paid â bod yn wirion, Aleksa, wrth gwrs bod 'na. Mae Roy isio gair. Pethau wedi eu setlo.'

'Mae pethau'n bell o gael eu setlo, Alison. Dwi'n cymryd gwyliau'r wythnos nesa.'

'Be?'

'Mae gyn i hawl. Mae gyn i wythnos yn weddill. Rho fi lawr yn y llyfr.'

'Byr rybudd braidd.'

'Byr rybudd braidd oedd penderfyniad Roy, yntê? Dyna ydy barn yr undeb, beth bynnag. Wela i di mewn wythnos.'

Roedd hi'n teimlo'n well. Roedd hi'n teimlo'n lân. Roedd hi'n teimlo'n effro. Eisteddodd ar y soffa efo'r ffeil ddanfonodd Elfed Hill ati hi. Roedd 'na sawl twll a chornel heb eu darganfod. Agorodd ei cheg. Ystwythodd. Roedd ei hamrannau'n pwyso tunnell. Roedd hi'n hanner awr wedi wyth.

Canodd y ffôn. Neidiodd Aleksa o'i chwsg. Roedd cynnwys y ffeil wedi gwasgaru. Edrychodd ar y cloc. Roedd hi wedi cael teirawr o gwsg. Estynnodd am y ffôn o'i bag.

'Helô?'

'Aleksa, lle'r wyt ti?'

Seth. Hwrê.

'Adra. Ar hyn o bryd.'

'Adra?'

Parablodd Aleksa. Soniodd am gadarnhad Stella. Roedd Seth yn trio torri ar ei thraws. Chafodd o ddim. Dim ag Aleksa'n parablu. Tan iddo fo ddeud:

'Aleksa, cau dy geg am funud bach.'

Caeodd ei cheg.

'Diolch,' meddai Seth, braidd yn sarhaus. 'Wn i hyn i gyd. Mae'r ddynes Denslow 'ma wedi bod. Hen gnawes ydy hi. Yn ein trin ni fatha hics. Mi wyt ti, ar y llaw arall, yn seren yn eu ffurfafen.'

Roedd llais Aleksa wedi diflannu.

'Mi oeddan nhw'n bwriadu dŵad yma i'w holi o,' meddai Seth.

Daeth Aleksa o hyd i'w llais. 'Be . . . be mae o wedi ddeud?'

'Tydi o'm wedi deud 'run gair. Does 'na'm hanes ohono fo, Aleksa. Mae'i wraig o'n deud iddo fo adael am ddeg y bore 'ma i chwarae golff.'

Ydy dynion pwysig i gyd yn chwarae golff? meddyliodd Aleksa.

Aeth Seth yn ei flaen. 'Ddaru o'm cyrraedd. Maen nhw wedi dŵad o hyd i'w gar o.'

40.

Dydd Sul, Tachwedd 4

CLOC y car yn deud 1.35 a.m. Y fagddu'n rhuo. Y lleuad yn llonydd yn llygad y storm. Y car yn glyd tra bod y byd tu allan yn cael curfa. Coed yn plygu. Llechi'n chwipio o doeau'r tai. Gwifrau trydan yn hymian eu dychryn. Gwartheg a defaid yn llochesu yng nghysgodion cloddiau. Ac Aleksa'n oer yng ngwres car Seth.

'Rhaid ei fod o'n cael ei flacmêlio. Rhaid ei fod o wedi cael llond bol. Wyt ti'n meddwl mai fo ddaru? Rhywun yn ei orchymyn o i wneud?'

'I wneud be?' gofynnodd Seth. Roedd o'n syllu'n syth ymlaen. Roedd goleuadau'r car yn taflu rubanau llachar i'r düwch.

'Tyd laen, Seth. Lladd Stan Fisher, yntê.'

'Ond Aleksa, cerdyn busnes Dafydd Abbot oedd gan Stella.'

'Ond Seth, dim Dafydd Abbot ruthrodd i'w thŷ hi a'i bygwth hi.'

'Wyt ti'n sicr o hynny?'

'Be sy haru chdi?'

'Mae 'mòs i wedi lladd ei hun, dyna be sy haru fi.'

Caeodd Aleksa'i cheg. Pwdodd. Teimlodd rêl ffŵl.

Dros grib y bryn roedd 'na fynydd o olau yn codi. Fel tasa 'na long ofod estron wedi glanio yno. Roedd y goleuadau'n dawnsio ac yn chwyrlïo. Roeddan nhw'n gneud dydd o nos mewn un rhan fach o'r byd.

Wrth i'r car wyro dros yr allt gwelodd Aleksa gylch o gerbydau'r gwasanaethau brys. Dau gar heddlu. Ambiwlans.

Roedd 'na hefyd Toyota Lexus glas a Mitsubishi Shogun. Ac yng nghanol y cylch, Nissan Primera'r Ditectif Brif Uwch Arolygydd Malcolm Munro.

Parciodd Seth tu ôl i'r Lexus. 'Aros di'n y car,' meddai wrth Aleksa. Aeth oerfel drwyddi pan agorodd o'r drws. Teimlodd y gwynt yn cythru amdani. Caeodd Seth y drws ar sŵn y storm. Brasgamodd i'r cylch.

Tynnodd Aleksa'r cap gwlân dros ei gwallt. Lapiodd y gôt yn dynn amdani. Aeth Aleksa o'r car yn slei bach. Roedd 'na oglau petrol yn y gwynt. Canodd ei ffôn yn ei phoced. Tyrchodd amdano. Y gwynt yn ei herbyn.

'Helô?'

Roedd y lein yn dawel.

'Helô?'

Yn gwbwl dawel.

Ysgydwodd y ffôn. Ysgydwodd ei phen. Pwysodd y symbol * a deialu 1-4-7. Ymddangosodd y geiriau RHIF DDIM AR GAEL ar sgrin y ffôn. Twt-twtiodd Aleksa a rhoi'r ffôn yn ôl yn ei phoced.

Ceisiodd wrando ar y sgwrs yn y cylch. Roedd Seth yn siarad efo Denslow a dyn tal mewn cap fflat. Rhaid bod Denslow o ddifri. Wedi rasio o Lerpwl. Roedd gan y dyn tal gês. Fel cês doctor. Roedd 'na ddigonedd o nodio ac o ysgwyd pen. Ond roedd y gwynt yn dwyn y geiriau. Llamodd y dyn tal tua'r Shogun. Aeth i mewn i'r cerbyd. Gwelodd Aleksa ddotyn bach oren yn fflachio o'r tu mewn i'r Shogun. Yna dreifiodd y dyn tal i ffwrdd efo'i sigarét rhwng ei wefusau.

Ciledrychodd Aleksa dros bennau Denslow a Seth. Medrai weld y Primera. Roedd drws y dreifar yn agored. Roedd 'na ffurf dywyll yn sedd y dreifar. Siâp dynol. Daeth datguddiad iddi. Corff marw go iawn. Nid fel stori bapur newydd. Nid fel Glenda Rees. Teimlodd ei stumog yn corddi. Trodd rownd. Cyfogodd. Chwipiwyd strimyn o boer o'i gweflau gan y storm. A gwyrdroi yn yr awyr i'w tharo ar ei boch.

Roedd hi'n rhwbio'r poer o'i boch pan ddaeth Seth ati. Ystumiodd iddyn nhw fynd i'r car. Gwelodd Aleksa'r paramedics yn llusgo Munro o'r Primera. Syllodd ar Seth.

'Gen i go' deud wrtha chdi am aros yn y car.' Edrychodd arni. 'Wyt ti'n llwyd. Wyt ti'n teimlo'n iawn?'

Gwenodd Aleksa. Nodiodd.

'Munro druan,' meddai Seth, ei lygaid yn troi tua'r corff yn cael ei gludo drwy'r storm. 'Wedi tagu ei hun ar y ffiwms, debyg.'

'Oedd 'na nodyn?'

Trywanodd Seth edrychiad i'w chyfwr. 'Be? Yn cyfadde pob dim? I chdi gael dy stori?'

'I ni gael y gwir, Seth. I ni gael gwybod be ddigwyddodd i Glenda Rees. Tydi hynny ddim yn bwysig i chdi?'

'Dwn i'm.' Taniodd y car. 'Methu dallt dwi pam wyt ti efo cymaint o ddiddordeb yn yr hogan. Be naeth i chdi fynd ati mor ddygn, Aleksa?'

Meddyliodd Aleksa am ei rhesymau. Mam yn colli plentyn. Teimlodd drymder yn ei brest. Teimlodd wacter yn ei gwaelodion. Teimlodd euogrwydd fel croes ar ei sgwyddau.

Doedd ei llais ond megis sibrwd. 'Stori.'

Tuchanodd Seth. Dreifiodd y car o'r cae lle y daethpwyd o hyd i gerbyd Munro.

'Wyt ti am i mi fynd?' gofynnodd Aleksa.

'Nacdw siŵr. Mae hi'n braf dy gael di o gwmpas eto. Chdi a dy firi.' Gwenodd Seth i ddweud fod pob dim yn iawn.

Ond roedd pethau'n bell o fod yn iawn.

Roedd hi'n gorwedd ar y gwely yn stafell sbâr Seth. Roedd pob dim yn ei le. Roedd y stafell fel cartre. Roedd cynnwys ffeil Elfed Hill yn driphlith draphlith ar y gwely. Aleksa'n pendroni drostyn nhw.

Canodd ei ffôn.

Pwy fydda'n ffonio am dri y bore?

'Helô?'

Roedd y lein yn dawel.

'Helô, oes 'na rywun yna?'

Yn gwbwl dawel.

Crychodd Aleksa'i thrwyn. Syllodd ar y ffôn. Ceisiodd gael y rhif fel y tro o'r blaen. RHIF DDIM AR GAEL. Ysgydwodd ei phen. Taflu'r ffôn ar y gwely. Dychwelyd at y ffeil. Fawr ddim nad oedd hi'n wybod yn barod. Oni bai am gyfweliadau. Un efo Nora Rees. A llinellau mawr duon wedi eu peintio dros y teip mewn mannau. Daliodd Aleksa'r darn papur i'r golau i drio darllen y geiriau o dan y du.

Ochneidiodd. Twt-twtiodd. Rhegodd. Methodd.

Roedd 'na gyfweliad efo Richard Morris-James, prifathro Glenda. Talu teyrnged iddi. Disgybl sylwgar. Trafferthion yn y cartre. Pryderon ynghylch lles Glenda. Ond doedd hi byth yn gofyn dim. Dim ond mynd ati'n ddygn efo'r gwaith ysgol. Roedd 'na gyfweliadau efo cymdogion. Wilma Evans yn eu mysg. Deud y rhan fwyaf o'r hyn ddywedodd yr hen wraig pan aeth Aleksa i'w gweld. Siw Smith hefyd. 'Run hen glecs.

Daeth Aleksa o hyd i ddwy amlen. Yn un roedd 'na lun ysgol o Glenda. Y llun ryddhawyd i'r wasg. Astudiodd Aleksa'r llun. Dechreuodd rywbeth bwnio'i meddwl. Ond gwthiwyd hynny o'r neilltu gan gwmwl o dristwch. Teimlodd Aleksa'r dagrau'n chwyddo yn ei llygaid. Roedd Glenda'n dlws. Roedd hi'n gwenu. Roedd hi'n cuddio pa bynnag boen roedd hi'n gario. Ni fedrai Aleksa gredu i'r ferch yma gael ei maeddu yn yr un ffordd ag y maeddwyd ei mam. Cofiodd eiriau Siw Smith.

'Ugian am y ddwy efo'i gilydd.'

Clecs, meddyliodd Aleksa. Teimlai'n flin bod enw Glenda'n cael ei ddifrodi. Teimlai gyfrifoldeb am y ferch. Gwrthodai gredu hel straeon Siw Smith. Hel straeon pentre mewnblyg oedd â dim byd gwell i neud.

Agorodd Aleksa'r amlen arall. Roedd hi'n ymddangos yn

wag. Syllodd i'r amlen. Roedd 'na rywbeth yn y gwaelod. Tebyg i lun. Neu ran o lun. Stwffiodd ei bysedd i'r amlen. Dal y llun rhwng pen dau fys.

Canodd y ffôn. Neidiodd Aleksa. Taflodd y llun ar draws y gwely. Rhegodd. Estynnodd am y ffôn.

'Helô?'

Fel o'r blaen.

'Pwy sy 'na?'

Tawelwch – NA! Rhywbeth. Crafu. Statig. Yn bell i lawr y lein.

'Pwy sy 'na? Dwi'n gwbod fod 'na rywun yna.'

Ac o'r pellter un gair. Fel tasa'r llais wedi ei lapio mewn drain.

'Bitsh.'

Teimlai Aleksa fel tasa hi wedi ei chladdu mewn bedd o rew. Cliciodd ei chorn gwddw wrth iddi drio siarad. Dim geiriau.

Dim ond geiriau'r llais drain yn dwyn addewid o ben arall y lein.

'Mae hi wedi darfod arna chdi'r bitsh.'

41.

ROEDD hi ym mreichiau Seth. Roedd hi'n baldorddi. Roedd hi'n crio. Roedd hi'n crynu.

Cysurodd Seth hi. Rhwbio'i chefn. Mwytho'i gwallt.

'Rho'r gorau i hyn, Aleksa, bendith tad. Yli arna chdi. Dwi'm isio dy weld di fel hyn.'

Llaciodd Aleksa'i hun o'i freichiau. Rhwbiodd ei llygaid a sniffio. Ysgydwodd ei phen yn benderfynol. 'Fydd pob dim yn iawn. Dim ond trio 'nychryn i maen nhw. Ac wyt ti'n siŵr o ddŵad o hyd iddyn nhw, yn dwyt?'

Ochneidiodd Seth. Llithrodd Aleksa oddi wrtho ac eistedd ar y soffa.

'Lle mae dy ffôn di?'

'Fyny grisiau.'

'Dos i'w nôl o, ta. Mi drïwn ni gael y rhif ohono fo.'

Roedd hi'n nerfau drwyddi. Yn sefyll tu allan i ddrws y stafell sbâr. Fel tasa hi ar fin croesi rhiniog tŷ bwgan. Roedd y ffôn yno. A'r llais drain.

Sugnodd anadl i'w sgyfaint a gwthio'r drws ar agor. Aeth pinnau mân drwyddi. Rhuthrodd am y ffôn. Cythrodd ynddo. Cydiodd cornel ei llygad yn rhywbeth ac oedodd.

Y llun o'r amlen. Roedd hi wedi ei daflu dan fraw.

Cododd y ffôn oddi ar y llawr a gwyro tua'r llun.

Lledaenodd ei llygaid. Agorodd ei cheg. Rowliodd ei stumog.

Pornograffi.

Cofiodd eiriau Hill: *'Mae 'na ddarn o lun. Llun ffiaidd. Gei di weld os oes gen ti'r stumog.'*

Llun du a gwyn. Wedi ei rwygo ar ei draws. Yr hanner ucha ar goll. Yr hanner yn nwylo Aleksa'n dangos hyn:

Pedwar dyn yn noeth o'u boliau i lawr. Pedwar pâr o goesau yn flewog ac yn esgyrnog. Ond am y pâr ar y chwith oedd fel dwy dderwen. Trowsusau yn byllau o gwmpas fferau a sgidiau trwm. Pedair pidlen lipa ar ddangos i'r byd. Yn eistedd wrth draed y dynion roedd merch ifanc. Gwallt du tonnog. Llygaid fel wyneb dau gloc. Gwefusau fel tasan nhw wedi eu gorfodi ar ffurf gwên. Roedd hi'n gwisgo côt drwchus a sgarff am ei gwddw. Roedd hi tua'r deunaw oed 'ma. Roedd hi'r un ffunud â Glenda Rees.

'Nora.' Daeth yr enw fel rhyw hisiad o gefn gwddw Aleksa.

Ymddangosai fel eu bod nhw'n eistedd mewn cae. Ond rhwng coesau'r dynion medrai Aleksa weld awyr. A gorwel ysgythrog.

Ddaru hi ddim deud wrth Seth. Byddai wedi trio'i nadu rhag mynd. Byddai Seth yn gandryll tasa fo wedi gweld y llun.

Roedd hi'n hanner awr wedi pedwar. Cripiodd o'r tŷ. Gyrrodd i'r swyddfa. Roedd hi fel y bedd. Y cyfrifiaduron yn hymian. Cysgodion yn dawnsio. Daeth Aleksa o hyd i'r ffrâm yn yr un lle ag o'r blaen. Gwelodd y llun yn y gornel. Brathodd ei gwefus. Tynnodd y gwydr o'r ffrâm a dwyn y llun. Cripiodd o'r swyddfa fel lleidr. Dyna beth oedd hi.

Rhoddodd y golau tu mewn y car ymlaen. Roedd y llun o'r ffrâm wedi ei dorri'n daclus ar ei draws. Dim ond o'u boliau i fyny roedd y dynion i'w gweld. Pedwar o hogia ifanc iachus wrthi'n trechu'r Wyddfa.

Harry Davies yn ail o'r dde. Pwy oedd hwnna ar y pen, nesa at Harry?

Caeodd Aleksa'i llygaid. Daeth darlun o'r dynion i'w phen. Agorodd ei llygaid ac astudio'r llun. Dyna fo. Y dyn ar y dde. Gwallt du trwchus yn teneuo. Aeliau fel, fel be? Ia, fel dwy neidr gantroed. Arwyn Jenkins.

Be am y ddau ar y chwith? Hwnnw nesa at Harry? Meddyliodd Aleksa. Crychodd ei thalcen. Elfyn Morgan, o bosib?

A'r pedwerydd? Behemoth o ddyn, yntê. Sol Huws, yntê. Gwnaeth Aleksa ddwrn fel pêl-droediwr oedd newydd sgorio. Estynnodd hanner gwaelod y llun o'i bag. A gosod y ddau hanner efo'i gilydd. Roedd y gwaelod wedi ei rwygo i ffwrdd a'r top wedi ei dacluso. Rhan o'r llun ar goll yn y golygu. Y rhan o'r abdomenau i dop y cluniau. Y lwynau wedi eu llarpio. Cyfiawnder artistig, o leia, meddyliodd Aleksa wrth i ddelwedd y bedair pidlen neud iddi sgytio drwyddi.

Pe tasa'r llarpio artistig 'ma wedi cael unrhyw effaith go iawn, fel rhyw fath o fwdw, byddai hynny wedi sbario cymaint o drybini.

Astudiodd y llun eto. Pwy oedd y pedwerydd dyn? Elfyn Morgan, bownd o fod. Oedd 'na debygrwydd rhyngtho a'r mab? Oedd 'na debygrwydd teuluol yno? Meddyliodd Aleksa am Ffion. Meddyliodd y dylai ei ffonio. Cofiodd i Seth fynd â'r ffôn. Ac roedd hi bron yn bump y bore.

Dallwyd hi am eiliad gan oleuadau car y tu ôl iddi'n fflachio'n y drych.

Rhuodd injan.

Andros o ergyd.

Y car yn cael ei hyrddio.

Aleksa'n saethu mlaen.

Ei brest yn waldio'r olwyn.

Y gwynt ohoni.

Ei thalcen yn cracio'r gwydr.

Fflach o boen.

Sêr yn chwyrlïo.

Y byd yn ddu.

42.

BREUDDWYDIO ei bod yn cael ei llusgo gerfydd ei gwallt. Breuddwydio ei bod yn codi oddi ar y ddaear. Breuddwydio ei bod mewn lle cyfyng. Breuddwydio ei bod yn hedfan. Breuddwydio ei bod yn erfyn stopio'r dirgrynu diddiwedd. Breuddwydio ei bod yn cael ei chario. Breuddwydio ei bod yn griddfan. Breuddwydio ei bod yn begian. Breuddwydio ei bod yn mygu. Breuddwydio ei bod yn cael ei chyffwrdd. Breuddwydio ei bod yn gwingo. Breuddwydio ei bod yn glymau. Breuddwydio ei bod yn strancio.

Saethodd llygaid Aleksa ar agor. Chwipiodd mellten o boen drwy'i phen. Cythrwyd yn ei hanadl.

Roedd hi'n dywyll. Blinciodd. Roedd hi'n ddall. Ceisiodd weiddi. Roedd ei gwefusau'n gwrthod agor. Roedd 'na rywbeth yn eu glynu ar gau. Pwysau dros ei cheg. Stryffagliodd. Ei breichiau tu ôl i'w chefn. Ei choesau'n stiff. Ceisiodd eu sythu. Gwingodd wrth i'w sgwyddau dynhau. Roedd y rhaff am ei garddyrnau wedi ei gysylltu i'r rhaff am ei fferau.

Roedd hi'n glymau.

Meddyliodd am y Derwydd. Harry Houdini Cymru. Meddyliodd am y triciau. Rhy hwyr. Chafodd hi ddim o'r cyfle i'w profi.

Rowliodd. Griddfanodd. Crynodd.

Roedd hi'n fferru. Sugnodd aer drwy'i thrwyn. Oglau llwydaidd yn ei ffroenau. Gwasgodd ei llygaid ar gau. Eu hagor yn llygaid llo. Blincio. Blincio. Blincio. Düwch am eiliad. A'i llygaid yn addasu. Ffurfiau o'i chwmpas. Eiliad o ryddhad mewn byd o ddychryn. Doedd hi ddim yn ddall.

Am y tro.

Astudiodd ei hamgylchedd. Stafell? Ffenest yn y to. Awyr ddu. Neb yn ei gweld. Onglau o'i chwmpas. Cypyrddau? Corneli? Roedd hi'n gorwedd ar wely. Teimlai'r fatras. Clywai wichian y fatras wrth iddi stryffaglio. Eiliad o ryddhad mewn byd o ddychryn. Roedd hi'n fyw.

Ar hyn o bryd.

Aeth ias drwyddi. Daeth y freuddwyd i'w melltithio efo'i delweddau. Rhywun yn ei mwytho. Rhywun yn ei chyffwrdd. Ond roedd hi'n dal yn ei dillad. Be oedd hynny'n olygu? Ella fod rhywun wedi tynnu amdani. Ac wedyn ei gwisgo? Na. Roedd hi'n iawn. Roedd hi'n gwybod. Eiliad o ryddhad mewn byd o ddychryn. Doedd hi heb gael ei threisio.

Eto.

Ei meddwl yn gwibio. Pwy ddaru hyn i mi? Y llais drain. Meddyliodd am Seth. Gweddïodd y byddai'n ymchwilio i'r alwad. Gweddïodd y byddai'n gneud hynny cyn iddi fod yn rhy hwyr.

Pwy ddaru hyn i mi?

Y dynion laddodd Glenda?

Y dynion feichiogodd Nora?

Y dynion yn y capel?

Y dynion yn y llun?

Harry? Na na na. Dim Harry. Mae Harry'n helpu drwy Clara. Clara'r croesair. Clara'r cliwiau. Dim Harry. Na na na.

John Morgan? Aelod Seneddol? Byth byth byth. Ffrind o fath. Tad ffrind gorau. Cyn-ffrind gorau. Ond Aelod Seneddol wedi'r cwbwl. Enw da i'w gynnal. Na na na.

Sol Huws. Ia, Sol Huws, y behemoth o ffarmwr. Y ffarmwr oedd yn curo'i wraig. Y ffarmwr fynnodd i'w fab ara deg ddeud celwydd i groeshoelio Stan. Croeshoelio Stan? Ond pam? Munro laddodd Stan, bownd o fod. Munro oedd yn chwilio amdano fo. Yn bygwth wrth Stella fod Stan yn haeddu crogi. Munro a Sol? A Harry? A John?

Ac Arwyn Jenkins. Cristion pybyr. Fyddai'n croesawu Crist efo coed palmwydd. Fyddai'n croeshoelio Crist heb dorri chwys.

Munro a Sol? A Harry? A John? A Jenkins?

Y pedwerydd dyn? Elfyn Morgan? Wedi marw. Tad John Morgan. Pechodau'r tad.

Roedd hi'n chwys doman. Roedd ei stumog yn corddi. Roedd ei meddwl yn chwyrlïo. Dechreuodd riddfan. Dechreuodd grio. Sgrechiodd yn fud. Stranciodd yn erbyn ei chlymau.

Hyn i gyd er mwyn merch yr oedd pawb am ei hanghofio. Pam na fedra *hi* anghofio? Pam na fedra *hi* droi cefn? Gadael i bethau drwg gysgu. Gadael i hen friwiau fadru. Gadael i amser ddwyn ddoe.

Dechreuodd swnian. Meddyliodd am Seth. Gwelodd Seth. Ond ddim yn y cnawd. Byth eto. Marw efo'i phechod.

Agorwyd drws.

Rhewodd Aleksa.

Cysgod yn symud.

Y drws yn cau.

Llais tawel.

'Wyt ti'n iawn, Aleksa?'

Aleksa'n crynu. Aleksa'n methu anadlu. Aleksa'n benysgafn. Aleksa'n gwasgu ei chluniau at ei gilydd.

Pwysau ar y gwely. Y cysgod wrth ei hochor. Oglau bwyd. Oglau tybaco. Oglau Joop.

'Wyt ti'n andros o ddel.'

Llaw yn ymlwybro i fyny ei chlun. Gwingodd Aleksa. Cwynodd drwy'r tâp ar draws ei cheg. Tynnwyd y llaw i ffwrdd. Gwelodd fraich yn ymestyn. Clywodd glic.

Caeodd ei llygaid i'r golau gwan. Blinciodd. Blinciodd eto. A syllu arno. Yn gwenu arni. Yn cynnig powlen iddi.

'Rhaid i ni neud yn saff bo chdi'n byta'n iawn. Cawl, mae gyn i ofn. Mi neith am y tro.'

Stranciodd Aleksa fel anifail gwyllt. Y straen yn fflamgoch yn ei breichiau a'i choesau. Neidiodd ei charcharwr ar ei draed. Dechreuodd Aleksa sgrechian drwy wefusau caeedig. Dechreuodd Aleksa regi'r diawl. Gorlifodd y ffyrnigrwydd drosti fel lafa.

'Be sy haru chdi'r globan wirion? Paid. Paid â strancio. Mi fydd pob dim yn iawn. Mi 'na i edrach ar dy ôl di.'

Ond roedd hi wedi colli ei phen. Roedd hi'n gandryll. Yr ofn yno o hyd ond wedi esgor ar gynddeiriogrwydd.

Strancio a phoeri a rhegi.

Anifail gwyllt wedi ei chadwyno. Anifail gwyllt rhy beryg o beth coblyn i'w rhyddhau. Anifail gwyllt â'i llygaid hela wedi eu bachu yn Daniel.

'Os wyt ti am fod felly, chei di'm brecwast,' meddai Daniel.

Roedd Aleksa wedi llonyddu. Roedd hi allan o wynt. Roedd ei chyhyrau ar dân. Eisteddai Daniel ar focs rhyw deirllath o'r fatras. Roedd o'n bwyta'r cawl. Yr oglau'n nofio i ffroenau Aleksa.

Edrychodd o'i chwmpas. Y lle'n llawn bocsys a chypyrddau a geriach.

'Yr atig. Mam a Dad yn iwsio'r lle fel storfa,' meddai Daniel.

Roedd ofn Aleksa wedi lleddfu rhyw gymaint. Hithau wedi rhag-weld Armagedon iddi ei hun. Hithau wedi dychmygu'r dynion rheini i gyd yn trafod ei dyfodol a phenderfynu nad oedd ganddi ddyfodol. Hithau wedi gweld ei harteithio a'i lladd wrth law rhywun oedd â lladd yn ei waed.

Hithau'n garcharor i fachgen ysgol oedd yn ei charu hi'n fwy nag oedd yn iach.

Cododd yr ofn ei ben drachefn. Roedd Daniel yn wallgo. Roedd Daniel yn benderfynol. Roedd Daniel yn beryg bywyd.

'Tydyn nhw byth yn dŵad yma,' meddai Daniel, ei lygaid yn crwydro'r atig. 'Tydyn nhw byth yma *i* ddŵad yma, a deud y gwir. Y ddau'n galifantio. Dad efo'i fusnes, yn teithio hyd a lled y wlad.' Syllodd ar Aleksa a chodi ei aeliau'n awgrymog. 'Efo'i ysgrifenyddes, cofia di. Peth handi. Ond dim yn haeddu rhannu'r un byd â chdi, Aleksa. Peth bach goman ydy Hayley. Ond mi wyt ti'n angel. Jyst bo chdi'n actio'n goman weithiau.'

Ysgydwodd ei ben. Crychodd ei drwyn.

'A Mam wedyn,' meddai Daniel. 'Fuo hi'n fawr o fam, a deud y gwir. Gweithio oriau mawr. Rhedeg busnes ei hun. Byth yma. Lle mam ydy efo'i phlant, dwi'n meddwl. Be wyt ti'n feddwl? Pan fyddan ni efo'n gilydd, mi fyddai'n disgwyl i chdi roi'r gorau i weithio. Edrach ar ôl y plant. Faint o blant fasa chdi'n lecio, Aleksa? Pedwar neu bump i dy gadw di'n brysur?'

Roedd llygaid Aleksa'n teimlo fel tasa nhw ar fin neidio o'i phen. Roedd Daniel yn parablu'n freuddwydiol. Yn crwydro'i lygaid o gwmpas yr atig dywyll. Yn adrodd araith roedd o wedi ei hadrodd gant a mil o weithiau yn ei ben. Yn creu ei ddyfodol perffaith.

'Dwi'n gwbod fod pethau wedi dechrau'n sâl, chdi a fi. Ond mi ddaw pethau, sti. Mi ddo i i dy ddallt di. Dwi'n gwbod mai yn yr ysgol dwi, ond mi dwi'n bwriadu rhoi'r gorau i'r lefel A, dod o hyd i joban. Fedra i'n cynnal ni wedyn. Chdi a fi. Mi ddoi dithau i 'ngharu innau, Aleksa. Aleksa. Aleksa. Dwi'n lecio sŵn dy enw di. Aleksa. Aleksa. Aleksa.'

Roedd o'n rowlio'i henw ar ei dafod. Teimlai Aleksa fel ei bod yn cael ei maeddu. Teimlai'n fudur. Teimlai fel iddi gael ei halogi.

'Aleksa. Aleksa. Mae o'n dechrau'n feddal – Al-e. Ac wedyn yn mynd yn galed yn y canol – ks. A meddalu wedyn – aaaaaa. Al-e-ks-aaaaa. Al-e-ks-aaaaa. Al-e-ks-aaaaa. Fel chdi. Yn feddal i gychwyn, fel yn y Seraffim, yn feddal ac yn gariadus. Wedyn yn galed ac yn greulon fel yr wyt ti ar hyn o bryd. Ond cyn bo hir, meddalu eto. A gweld y gwir. Sylweddoli faint dwi'n dy garu di ac yna 'ngharu fi'n ôl. Ges i sgwrs efo Ffion hefyd. Clŵad i chi gael ffrae.'

Roedd hi'n benwan. Roedd hi isio chwydu.

'Mi ddudodd hi lot amdana chdi. Roddodd hi rif dy fobeil di imi hefyd, chwarae teg. Gobeithio na 'nes i dy ddychryn di'n ormodol. Mi oeddwn i'n flin, ti'n gweld. Chdithau'n cyboli efo'r dyn 'na. Hwnnw roddodd fabi yn dy fol di.'

Dechreuodd Aleksa grynu. Dechreuodd Aleksa fygu. Ei chorn gwddw'n llawn. Ei llygaid yn dyfrio.

'Dwi 'di gadael iddo fo wybod be ddigwyddodd i'r babi. Wedi cael madael ar y diawl, go iawn. Mae'r gwir yn beth anhygoel . . . '

Gwelodd Daniel yn neidio amdani. Ei ddwylo wrth ei hwyneb. Yn rhwygo'r tâp o'i cheg. Chwip o boen. Aer ffres yn llenwi ei cheg. Llond corn gwddw o chŵd yn byrlymu o'i gwefusau. Yn tasgu dros drowsus Daniel.

Camodd Daniel yn ôl. Syllu mewn syndod ar y llanast.

Tynnodd Aleksa awyr iach i'w sgyfaint. Ogleuodd ei chŵd. Roedd ei nerfau'n llosgi. Roedd ei chorff dan straen. Roedd ei llais yn frwnt. Ond yn benderfynol cael deud ei deud.

'Basdad!' Ei holl egni mewn un gair.

Cyn i'r byd wywo a diflannu i bydew llewyg.

43.

DAETH ati ei hun. Y boen yn parhau. Ond ei chorff yn rhyfedd o lac. Yn rhyfedd o ystwyth. Symudodd ei breichiau. Ufuddhaodd ei breichiau. Symudodd ei choesau. Ufuddhaodd ei choesau.

Neidiodd ar ei heistedd. Yn rhy sydyn. Ei phen yn troi fel meri-go-rownd. Y byd â'i ben ucha'n isa. Cyn i bob dim setlo. A golau dydd yn pelydru drwy'r ffenest yn y to i gynnau ei thrybini.

Roedd ei dwylo mewn cyffion. Lle uffar gafodd Daniel gyffion? Roedd 'na goler am ei gwddw. Roedd cadwyn yn arwain o'r goler i fachyn yn y to. Ysgydwodd Aleksa'r gadwyn. Ratlodd y gadwyn.

Ar y llawr pren wrth ymyl y fatras roedd 'na hambwrdd. Ar yr hambwrdd roedd 'na jŵg o ddŵr a gwydr. Roedd 'na botel o asbrin. Roedd 'na frechdan. Cythrodd Aleksa am y frechdan efo'i dwylo cyffiedig. Rheibiodd y frechdan. Cig a salad yn gneud iddi lafoerio. Y bara braidd yn sych ond fel mêl i stumog wag.

Bwytaodd. Meddyliodd. Astudiodd ei hargyfwng. Syllodd tua'r to. Roedd y bachyn rhyw lathen o'r ffenest. Ymddangosai'n gadarn. Fel ei fod yn rhan o bren y nenfwd. Fel ei fod wedi ei eni o'r styllod. Ac wedi gwrthod gadael y groth.

Gwrandawodd Aleksa. Tawelwch. Sŵn car bob hyn a hyn. Dim sŵn Daniel. Edrychodd ar ei wats. Hanner awr wedi un ar ddeg. Lle'r oedd y diawl? Ysgol Sul? Bu bron iddi chwerthin yn wallgo bost. Aeth ias fyny ei hasgwrn cefn. Blydi hogyn ysgol.

Meddyliodd am Seth. Meddyliodd am y gwir. Ysgydwodd

ei phen i wasgaru'r briwiau.

Neidiodd ar ei thraed. Syllodd i fyny. Ratlodd y gadwyn. Edrychodd o'i chwmpas. Ymestynnodd Aleksa'i choes am y bocs lle bu Daniel yn eistedd yn ystod ei bregeth. Bachodd flaen ei hesgid o gwmpas y bocs. Sgyrnygodd Aleksa. Tynnodd ei choes tuag ati. Llithrodd ei hesgid. Rhegodd.

Eisteddodd. Anadlodd. Meddyliodd.

Ciciodd ei hesgid i ffwrdd. Ymestynnodd am y bocs eto. Bachodd ymyl y bocs rhwng bys a bawd ei throed. Brathodd ei gwefus. Ei chorff yn cwyno. Teimlodd wewyr yng nghyhyrau ei chluniau. Tynnodd y bocs tuag ati. Y bocs yn crafu'r llawr llychlyd. Dal i dynnu. Y pren yn torri i'r croen rhwng bys a bawd ei throed. Brathu drwy'r boen. A'r bocs yn cyrraedd.

Ymlaciodd Aleksa. Talodd deyrnged iddi hi ei hun. Cymerodd eiliad. Cyn astudio'r bocs. Styllod pren solat. Digon solat i gynnal ei naw stôn a chydig. Safodd ar y bocs. Ratlodd y gadwyn. Mesurodd y gadwyn efo'i llygaid. Doedd hi ddim am grogi ei hun. Roedd y gadwyn yn ddigon hir.

Profodd nerth y bocs. Naid fach. Brathu ei gwefus. Cau ei llygaid. Y styllod yn sigo. Ond yn dal.

Edrychodd am i fyny. Anadlodd yn ddwfn. Oglau llwydaidd. Oglau ei chwys. Teimlai'n wan. Ei chorff yn fregus. Ond roedd yn rhaid iddi drio. Hyd yn oed os mai methu oedd ei ffawd.

Cydiodd yn y gadwyn. Plyciodd y gadwyn. Ratlodd y gadwyn. Arhosodd y bachyn lle'r oedd o. Plyciodd eto. Mwy o nerth. Ratlodd y gadwyn. Arhosodd y bachyn lle'r oedd o. Chwythodd Aleksa. Plyciodd y gadwyn. Andros o blwc. Ratlodd y gadwyn. Arhosodd y bachyn lle'r oedd o.

'Tasa chdi wedi talu mwy o sylw yn y gwersi ymarfer corff, fydda 'na'm byd haws,' meddai wrthi ei hun. 'Ond na, Aleksa Jones, oedd well gyn ti siarad hogiau na dringo rhaffau.'

Dechreuodd ddringo. Tynnu ei hun i fyny'r gadwyn. Ei garddyrnau'n cwyno. Ei breichiau fel papur. Ei sgyfaint ar dân.

Un llaw. Uwchben y llall. Uwchben y llall. Uwchben y llall.

Dyna chdi, hogan.

Bron yna.

Y bachyn yn sigo.

Y pren yn hollti.

Yn glawio ysgyrion.

Yn dal gafael ar yr hyn oedd wedi ei eni ohono.

Un llaw uwchben y llall. Y straen yn annioddefol. Ei chyhyrau'n protestio. Ei nerfau'n bradychu'r achos.

Y bachyn yn plygu.

Y pren yn torri.

Yn glawio ysgyrion.

Un llaw . . .

Daeth y waedd o'i dyfnder. Gwaedd o anobaith.

Wrth iddi weld y bachyn yn diwreiddio.

Wrth iddi weld y nenfwd yn cracio.

A sgrech wrth iddi syrthio. Traed yn gynta. Malurio'r bocs. Rhwygo croen ei choesau. Y bachyn yn waldio'i thalcen briwedig.

Baglodd Aleksa yn ei hôl. Hyrddio yn erbyn y fatras. Ei thraed i fyny. Cicio pren i bobman.

Sŵn traed. Yn rhuthro i fyny'r grisiau. Y drws yn agor. Daniel. Ofn yn chwyddo'i lygaid.

'Ast wirion.'

Rhuthrodd tuag ati.

Udodd Aleksa. Daeth egni sbâr o rywle.

Ysgubo'i breichiau. Crymanu'r gadwyn. Chwipio'r bachyn.

Daniel yn grafangau ac yn ddannedd. Llamu tuag ati.

Y gadwyn yn ratlo.

Y bachyn yn fflangellu.

Daniel yn gwingo. Daniel yn sgrechian. Daniel yn tynnu.

Plyciwyd Aleksa oddi ar y fatras. Sgrechiodd Daniel. Crafodd ar y bachyn. Ond roedd y bachyn wedi ei blannu.

Stranciodd Daniel. Ratlodd y gadwyn. Daliodd Aleksa'i

gafael. Troellodd Daniel. Ratlodd y gadwyn. Neidiodd Aleksa ar ei thraed.

Ysgubo'i breichiau. Crymanu'r gadwyn. Chwipio'r bachyn.

Gwichiodd Daniel. Rhwygwyd y bachyn o fôn ei fraich. Saethodd Aleksa am y drws. Taflodd ei hun drwy'r drws. Rhwygwyd y gwynt ohoni. Plymiodd. Cythrodd am yr ysgol bren. Methodd yr ysgol bren. Glaniodd ar ei thraed. Llifodd y boen fel ton o'i fferau i'w phen. Syrthiodd yn erbyn y wal. Rowliodd.

Clywodd sgrechian Daniel. Ffyrnigrwydd wedi trechu'r boen. 'ALEKSA!'

Fel yn gynharach. Tair sillaf. Hithau'n galed o hyd fel y 'ks' yn y canol.

Edrychodd o'i chwmpas. Lluniau ar y pared. Papur wal blodeuog. Carped trwchus. Tŷ bach twt. Grisiau.

Stryffagliodd ar ei thraed. Ei fferau'n cwyno. Gwingodd Aleksa. Gwadodd y boen. Sgrechiodd i ddychryn y boen. Baglodd ei ffordd i lawr y grisiau. Dagrau'n llifo.

'ALEKSA!'

Daniel ar ei chynffon.

Yng ngwaelod y grisiau. Stafell fyw. Byd perffaith. Byd llawn pres. Byd digariad.

Chwiliodd am ddrws.

'Daniel! Be yn y byd?'

Trodd Aleksa tua'r llais. Oedi. Pob dim yn stopio.

Syllodd y ddwy ar ei gilydd.

Gwraig ganol oed mewn siwt fusnes â'i gwallt brown yn ei le. Gwraig ifanc mewn cadwynau a'i gwallt aur ar chwâl.

'Daniel?' Roedd 'na ddryswch yn llais y wraig.

'Helpwch fi.' Roedd 'na erfyn yn llais Aleksa.

Daniel ar ei hysgwydd.

Llamodd Aleksa am y wraig. Cuddiodd tu ôl i'r wraig. Syrthiodd ar ei phengliniau a chiledrych rownd coesau'r wraig.

Safodd Daniel yn stond. Roedd o'n crudo bôn ei fraich.

Roedd y crys a'r croen wedi eu rhwygo. Roedd 'na waed yn chwistrellu drwy'i fysedd.

'Daniel.' Roedd 'na ofn yn llais y wraig.

'Helpwch fi.' Roedd 'na benderfyniad yn llais Aleksa.

Dechreuodd Daniel udo fel anifail mewn trap. Syrthiodd ar ei liniau.

'Daniel.' Roedd y byd ar ben yn llais y wraig.

44.

'OES 'na olwg arna fi?'

'Wyt ti'n ddigon o ryfeddod.' Doedd 'na fawr o galon yn y geiriau. Doedd o heb edrach arni am fwy nag oedd raid. Roedd o'n gwyro'i lygaid i ffwrdd. Yn caniatáu iddyn nhw deithio'r ward.

Brathodd Aleksa'i gwefus. 'Be ddigwyddith i Daniel?'

'Mae o wedi ei gyhuddo'n barod o dy herwgipio di. O dy gadw di yn erbyn dy ewyllys. A llith o bethau eraill, bownd o fod.'

'Ei fam o ffoniodd yr heddlu?'

Nodiodd Seth.

'Peth digalon i fam orfod gneud.'

Nodiodd Seth eto.

'Ddaru hi'm meddwl ddwywaith cyn gneud?'

'Falch o gael madael ohono fo.' Taflodd edrychiad poenus i'w chyfwr. 'Mae o'n deud ei fod o'n dy garu di, Aleksa. Chdithau'n ei garu o.'

Ysgydwodd ei phen orau galla hi yn erbyn y boen. 'Un snog yn y Seraffim, a mae o isio fy mhriodi i.'

'Deunaw oed ydy o.'

'Do'n i'm yn gwbod hynny ar y pryd.'

''Nes di ddim meddwl? Wyt ti jyst yn stwffio dy dafod lawr corn gwddw rhywun-rywun y dyddiau yma?'

Roedd y geiriau'n brifo'n fwy na'r cleisiau a'r briwiau i gyd. 'Seth. Jyst ar y pwl, fi a Ffion. Dipyn o hwyl. Dwi . . . dwi'n hogan sengl, rŵan. Paid â deud wrtha i nad wyt ti heb . . . '

'Neb.'

190

'Be?'

'Neb, Aleksa. Neb ers i ni . . . '

'Be am y Sara 'na?'

'Cwpwl o ddêts. Sws ar foch. Dim byd mwy. 'Nes di gysgu efo fo?'

'Seth!' Roedd hi isio deud: meindia dy fusnes. 'Dyna wyt ti'n feddwl ohona i?'

'Dwi'm yn gwbod bellach.' Safodd ar ei draed. Trodd ei gefn. Roedd cleifion ac ymwelwyr yn ciledrych arno fo. 'Pam na ddudis di wrtha i?'

Caeodd Aleksa'i llygaid. O na fyddai'r gwely'n agor ac yn ei llyncu. Iddi gael diflannu o'r byd 'ma. Iddi beidio â gorfod wynebu Seth. Iddi gael gwadu'r gwir.

'Mi faswn i wedi aros, Aleksa.' Trodd i'w hwynebu. Roedd 'na straen ar ei wyneb. 'Dwi'm yn gwbod be ddigwyddodd. Jyst rhyw ffrae fach wirion. Mae pobol yn dwrdio felly bob dydd. Tydyn nhw ddim yn . . . ddim yn taflu rhywbeth gwerth chweil o'r neilltu.'

'Gwerth chweil? Oedd o'n werth chweil?'

Gwyrodd ei ben a deud yn dawel, 'Oedd. Wyt ti'n gwbod ei fod o. Mae'r fodrwy'n dal gyn i. Gostiodd hi ffortiwn.' Syllodd arni. 'Be fasa chdi wedi ddeud?'

'Mi wyt ti'n gwbod yn iawn.'

'Na, dwi ddim. Dwi'n gwbod dim byd amdana chdi bellach, Aleksa. Ddois di'n ôl, gofyn am y'n help i efo'r busnes Glenda Rees 'ma. Finna'n meddwl dy fod ti isio ailgynnau pethau.'

'Seth . . . ' Ceisiodd eistedd ar i fyny. Ond roedd y boen yn ei sgwyddau'n annioddefol.

''Nes di'n iwsio fi, yn do?' Seth yn poeri'r geiriau. Fel tasa nhw'n llosgi ei dafod.

'Naddo.'

'Oedda chdi'n bwriadu deud wrtha i ryw ben?'

'Rhyw ben.'

'Pryd, felly? Pryd yn union?'

Roedd llygaid pawb yn dwyn edrychiadau bob hyn a hyn. Gwingodd Aleksa. Roedd hi isio deud wrth Seth am dawelu. Ond doedd ganddi ddim o'r hawl i ddeud dim wrth Seth bellach.

Plygodd Seth tuag ati. Pwyso'i ddwylo ar y gwely. Dryswch yn ei lygaid. 'Aleksa, mi 'nes di'r hyn nes di. Ar sail ffrae dila. Heb drafod efo fi. Mi oedd gyn i *hawl*, Aleksa. Mi oedd gyn i *hawl*.'

Roedd hynny'n ormod iddi. Crudodd ei hwyneb yn ei dwylo. Crynodd. Criodd. Disgwyliodd am law gysurus. Ni ddaeth llaw gysurus. Na llais i ddeud wrthi am stopio. I ddeud fod pob dim yn iawn.

Ciledrychodd arno drwy ei bysedd. Roedd o'n eistedd. Rhedodd ei law drwy ei wallt. Anadlodd yn ddwfn ac yn hir.

'Reit,' meddai Seth. 'Rhaid i mi ofyn un neu ddau o gwestiynau i chdi ar gownt y digwyddiad 'ma.'

Llithrodd ei dwylo i lawr ei hwyneb. 'Be? Dyna fo?'

'Dyna fo, ia.'

'Sut ddaru o ddeud wrtha chdi, Seth?'

'Be di'r ots?'

'Jyst meddwl o'n i.'

'Ges i nodyn drwy'r drws. Un hirwyntog. Deud ei fod o wedi sgwrsio efo Ffion.'

'Blydi Ffion.'

'Paid â beio pobol erill, Aleksa. Beth bynnag, mi oedd hynny'n ddigon i mi ddechrau meddwl fod 'na chwilen yn ei ben o. Ac wedyn mi ddaethon nhw o hyd i dy gar di tu allan i swyddfa'r *County Star*. Difrod i'r cefn. Doedd 'na'm byd i gysylltu'r Daniel 'ma efo'r difrod na dy ddiflaniad di. Doeddan ni ddim yn bendant os oeddat ti wedi diflannu.'

'Lle mae'r car rŵan?'

'Yng nghompownd y stesion. Fyddwn ni'n ei gadw fo ar gyfer fforensigs. Roedd 'na baent aur arno fo. Yr un lliw â char Daniel.'

'Mi oedd gynno fo gar?'

'Mami a Dadi'n gyfoethog. Sbwylio'u hunig blentyn i'w gadw fo rhag bod o dan draed. Wel, mae 'na ddifrod ar y car. Lle ddaru o hitio d'un di. Mae'r cwmni ffôn wedi cadarnhau mai o fobeil Daniel y gwnaethpwyd y galwadau 'na neithiwr.'

'Ga i fy mag yn ôl? Roedd o yn y sedd flaen.'

Crychodd Seth ei drwyn. 'Bag? Doedd 'na'm bag. Doedd 'na'm byd.'

Teimlodd Aleksa'r byd yn cau amdani. Chwys oer yn ei cheseiliau. Pryfed mân yn cripian dros ei gwegil. 'Seth, mae 'na stwff yn y bag 'na . . . roedd gyn i luniau . . . llun . . . wedi ei rwygo'n ddau . . . llun . . . wel, y dynion ar yr Wyddfa. Efo Nora.'

'Pa ddynion?'

Esboniodd Aleksa. Y geiriau'n byrlymu.

Ysgydwodd Seth ei ben. 'Rhaid bod rhywun wedi torri i mewn i'r car.'

Gobeithio, meddyliodd Aleksa. 'Pwy riportiodd mai 'nghar i oedd o?'

'Harry Davies.'

45.

ASTUDIODD Aleksa'i hun yn y drych. Roedd 'na glais maint pêl golff ar ei thalcen. Briw ac ynddo bum pwyth. Roedd 'na sachau glo o dan ei llygaid. Roedd hi'n welw fel carreg fedd. A'r hen edrychiad hwnnw'n fwy amlwg nag erioed. Yn syllu'n ôl ac yn condemnio.

Brysiodd o'r ysbyty ar ôl i Seth ei holi. Brwydrodd farn doctoriaid a nyrsys. Cafodd dacsi i dŷ Seth. Doedd o ddim yno. Paciodd ei stwff. Gadawodd nodyn yn ymddiheuro. Ond doedd y gair bach hwnnw ddim yn ddigon. Cyfeiriodd y tacsi i'r tŷ. Doedd Ffion ddim yno. Cinio Sul efo'i mam a'i thad? Be fyddai'n cael ei drafod?

Cafodd Aleksa fàth hir. Twtiodd ei hun. Purodd ei hun. Ond doedd yr holl sgwrio byth am gael gwared ar yr euogrwydd.

Canodd y ffôn i lawr grisiau.

Camodd yn fregus tua'r canu. Roedd ei hesgyrn fel esgyrn hen wraig.

'Helô?'

'Aleksa, wyt ti adra. Ffonio Ffion i holi amdana chdi o'n i. Sut wyt ti, mechan i?'

Llyncodd Aleksa. 'Dwi'n iawn, Harry. Sut wyt ti?'

'Digon o sioe, digon o sioe. Ewadd, peth ofnadwy i ddigwydd. Isio crogi'r diawl.'

'Ym, diolch am ffonio'r heddlu. Sut . . . ym . . . yn dre oedda chdi?'

'Digwydd picio i mewn i'r offis ddaru fi. Ar y Sul, hefyd, dyna i chdi ddigalon. Gweld pa fath o lanast mae Roy wedi neud. Tydi'r blydi doctoriaid 'cau gadael i mi fynd yn ôl. Dyna hi, felly. O leia mi ga i lafur cariad Roy wsnos yn gynnar.' Chwarddodd.

Y ffrâm, meddyliodd Aleksa. A'r llun. Roedd ei gwddw'n sych. Llyncodd. Roedd ei bochau'n boeth. Caeodd ei llygaid gan obeithio cael madael ar y ddelwedd o Harry a'i ffrindiau ar y mynydd.

'Harry?'

'Ia?'

Llyncodd. 'Doedd 'na'm bag yn y car, nag oedd?'

'Bag? Ewadd, na, dim i mi gofio. Rhwbath wedi'i ddwyn, Aleksa? Be ddwynwyd?'

'O, dim byd mawr.'

'Ddudis di wrth yr heddlu?'

'Do, ond ta waeth.'

'Na, welis i'm hanes o fag. Jyst y car. Nabod o fel d'un di. Llanast ar y bympar cefn. Andros o glec, mae'n rhaid. Na, na ... dim bag.'

Gwasgodd Aleksa'r ffôn. Roedd Harry'n ei drysu. Oedd o'n gyfaill neu'n elyn? Roedd o'n hanner noeth ar y mynydd efo Nora a'r lleill. Roedd o wedi annog Dafydd Abbot i ymchwilio i'r achos. Roedd o'n ei chynorthwyo hi drwy Clara.

'Gwranda,' meddai Harry, 'dwi'n dallt fod Roy wedi mynd dros ben llestri. Dwi 'di cael gair efo fo ac mae o'n fodlon anghofio'r cwbwl. Ffŵl gwirion iddo fo.'

'O, iawn, diolch Harry.'

'Yli, well i mi fynd. Clara'n cwyno fod y cinio'n oeri. Falch clŵad dy fod ti'n well. Edrach di ar d'ôl dy hun, hogan.'

Oedd 'na fygythiad yn y llais? Oedd 'na gysur yn y llais?

'Ga i air efo Clara?' meddai Aleksa cyn iddo fo fynd.

'Ewadd. Ga i ofyn pam?'

'Ww, cyfrinach. Parti gadael a ballu – wps, dyna fi wedi agor fy ngheg fawr.' Roedd hi'n croesi ei bysedd. Roedd hi'n gweddïo na fyddai'n gweld drwy ei hysgafnder.

Chwarddodd Harry. Deud rhywbeth fyddai'n ddoniol dan

amgylchiadau gwahanol. A daeth Clara at y ffôn.

'Aleksa sydd yma.'

Roedd 'na eiliad wag. Cyn i Clara ddeud, 'Aleksa. Ddrwg gyn i glywed. Peth ofnadwy i ddigwydd. Ydach chi'n iawn?'

'Dwi'n iawn, diolch am ofyn.'

'Harry isio ffonio i holi amdanach chi.'

'Chwarae teg.'

Eiliad arall o dawelwch.

'Be fedra i neud i chi, Aleksa?'

'Gawn ni gyfarfod? Rŵan?'

Roeddan nhw mewn stafelloedd te taclus yng nghanol y dre. Planhigion plastig. Cerddoriaeth glasurol yn gefndir. Sgons a bara brith a dewis o de. Roedd Clara Davies yn disgleirio. Teimlai Aleksa'n hyll yn ei chwmni. Efo'i chleisiau a'i briwiau a'i blerwch.

'Pam roesoch chi'r cliwiau 'na i mi?'

Roedd wyneb Clara'n stond.

'Pam ddim jyst bod yn blwmp ac yn blaen?'

'Ydach chi wedi'u datrys nhw?'

'Do.'

'Pam nad ydach chi'n mynd ati, felly?'

'Dwi'm yn dallt, Clara. Pam?'

Ysgydwodd Clara Davies ei phen. 'Ddim yn dallt? Mae 'na rai ohonan ni'n mynd drwy fywyd heb ddallt, Aleksa.'

'Ddrwg gyn i, dal ddim yn dallt.'

Ochneidiodd Clara. Cymerodd friwsion bara brith rhwng ei bys a'i bawd a'u gosod ar flaen ei thafod. Cnodd y briwsion yn sidêt.

'Pam bod Harry'n helpu? Ydy Harry'n helpu?'

Ochneidiodd Clara eto. Roedd hi'n dal i gnoi.

'Pam bod Harry ar yr Wyddfa efo Sol Huws, Arwyn Jenkins, Elfyn Morgan – dwi'n meddwl – a Nora Rees?' Gwyddai Aleksa ei bod hi'n gwrido. Roedd 'na andros o wres yn ei bochau.

Roedd Clara wedi stopio cnoi. Roedd Clara wedi stopio anadlu. Roedd Clara'n syllu i fyw llygaid Aleksa.

Roedd Aleksa'n synhwyro fod 'na doreth o emosiynau'n berwi dan fasg parchus Clara Davies.

'Ddaethoch chi o hyd i'r llun, felly?' meddai'r wraig.

'Gafodd o'i gyhoeddi yn y papur. Ei hanner o. Ddois i o hyd i'r hanner arall yn y ffeil.'

'A, y ffeil goll.'

Rhegodd Aleksa'i hun a'i cheg fawr, a gofyn, 'Ydach chi wedi gweld y llun? Y llun cyfa?'

'Naddo.' Atebodd Clara'n bendant. Fel tasa hi ddim am drafod y llun a'i gynnwys ymhellach. Roedd Aleksa'n teimlo'n sicr fod Clara wedi gweld y pornograffi ar y mynydd. Ond mi fedrai hi ddallt pam nad oedd y wraig am drafod y ddelwedd.

Dywedodd Clara, 'Mae'ch papur newydd chi wedi rhedeg stori am y ffeil goll. Am yr ymchwiliad allanol. Am Malcolm Munro'n lladd ei hun yn y rhifyn nesa, bownd o fod.'

'Pa ran mae Munro wedi chwarae yn hyn? Be 'dach chi'n wbod, Clara? Pwy laddodd Glenda Rees? Pwy oedd ei thad hi?'

Culhaodd llygaid Clara. Roedd 'na boen yno'n rhywle. Ai cael ei hatgoffa am y llun oedd wedi atgyfodi'r briwiau? Pigodd Clara fwy o friwsion a'u bwydo i'w cheg. Safodd yn sydyn. Tynnodd ei chôt o gefn y gadair a'i lapio am ei sgwyddau. Taflodd bapur decpunt ar y bwrdd.

'Pa un o'r pump, Aleksa? Pa un o'r pump?'

46.

PUMP? Pump? Be oedd Clara'n olygu? Oedd hi'n cyfri Nora Rees? Oedd hi'n awgrymu mai Nora fwrdrodd ei merch?

Roedd Aleksa'n y tŷ. Roedd hi'n crafu pen. Roedd hi wedi llogi car. Roedd hi'n mynd i Newcastle doed a ddelo. Eisteddai'r bag wedi ei bacio wrth ei sawdl fel ci ufudd. Roedd ffeil Elfed Hill ganddi. Ond roedd y llun ar goll. Roedd ei llyfr nodiadau ar goll. Gobeithiai Aleksa mai rhyw dwpsyn o leidr oedd wedi cymryd mantais o gyflwr y car. Gobaith oedd yr unig beth oedd ganddi'n weddill.

Daeth Ffion i'r stafell fyw. Syllodd y ddwy ar ei gilydd fel dau gowboi ar stryd lychlyd.

Aleksa oedd gynta am ei gwn. 'Pam rois di'n rhif i iddo fo?'

Aeth Ffion yn llipa. Syrthiodd ar y soffa. 'Do'n i'm yn . . . sori, Aleksa . . . wyt ti'n iawn?'

'Dwi'n iawn.'

'Do'n i'm yn disgwyl iddo fo . . . wedi gwylltio o'n i . . . blin efo chdi.'

'Pam?'

Edrychodd Ffion arni. Anobaith yn ei llygaid. 'Wyt ti'n trio maeddu enw Dad a Taid. Mae Dad wedi deud wrtha fi. Wyt ti'n trio deud mai nhw laddodd yr hogan 'na.'

Eisteddodd Aleksa. 'Na, dwi ddim. Ond dwi am ddod o hyd i bwy bynnag naeth.'

'Dim Dad, mae o wedi deud, wedi gaddo. Na Taid chwaith.'

'Ddaru dy daid gau'r achos, Ffi. Ddaru o anwybyddu'r ffeithiau. Pam y bydda fo'n gneud hynny?'

Neidiodd Ffion ar ei thraed. Troi ei chefn. Ysgwyd ei phen.

Cloi dwylo dros ei chlustiau. 'Paid . . . na . . . jyst paid.'

Aeth Aleksa ati hi. Rhoi dwylo ar ei sgwyddau. Plyciodd Ffion ei hun o'i gafael.

'Isio ffeindio allan pam y buo fo neud hynny dwi.'

'Gad iddo fo fod. Mae o wedi marw. Be di'r ots?'

'Gafodd yr hogan fach 'na ei lladd, Ffi.'

'Slwt oedd hi,' meddai Ffion yn troelli fel top i wynebu Aleksa.

'Beth bynnag oedd hi, mae hi'n haeddu cyfiawnder.'

'Ha! Cyfiawnder. Be wyddo chdi am gyfiawnder?'

'Wyddost ti fod Daniel wedi sôn wrth Seth am yr erthyliad?'

Syllodd Ffion arni. Sigodd sgwyddau Ffion.

'Ydy hynny'n golygu fod Seth wedi cael cyfiawnder?' meddai Aleksa.

'Bosib,' meddai Ffion. 'Do'n i'm yn gwbod y bydda fo'n deud. Jyst parablu o'n i. Isio dy frifo di.'

'Wel, mi 'nes di hynny, a bosib 'y mod i'n haeddu'r cwbwl lot.'

'Mi wyt ti, Aleksa. Wyt ti'n trio 'mrifo i, a brifo Dad, a Taid.'

'Na, dwi ddim.'

'Wyt, mi wyt ti. Roedd Taid yn iawn. Roedd 'na lygad-dyst wedi gweld, be oedd ei henw hi . . . '

'Glenda . . . '

'Hi, ia, efo rhyw ddyn, ei chariad hi, ar y comin–'

'Mae 'na lygad-dystion eraill yn deud i'r gwrthwyneb, Ffion. Mae'r heddlu yn Lerpwl wedi ailagor yr achos i farwolaeth cariad Glenda. Mi gafodd o'i lofruddio. A phwy bynnag ddaru wedi rhoi'r argraff mai lladd ei hun naeth o. Mi oedd Malcolm Munro, pennaeth CID yn dre, yn Lerpwl yn chwilio am Stan Fisher y noson fuo fo farw. Am chwarter i ddau bore 'ma ro'n i mewn cae yng nghanol storm yn gwylio dynion ambiwlans yn cario corff Munro o'i gar.'

'Be . . . be ddigwyddodd?'

'Wedi lladd ei hun.'

'Pam?'

Ysgydwodd Aleksa'i phen. 'Sgwn i?'

'A be sgyn hyn i neud efo Taid?'

'Dy daid oedd bòs Munro.'

Roedd Ffion yn gwadu. Roedd hi'n ysgwyd ei phen o ochor i ochor. Ei gwallt yn sgrialu. Ei llygaid yn socian. 'Tydi hynny'n meddwl dim.'

'Digon posib.'

Roedd Ffion yn swnian. Roedd Ffion yn swnio'n anobeithiol. 'Roedd 'na lygad-dyst.'

Oedd, meddyliodd Aleksa. Gwynfor Huws. Gwynfor Treferyr. Hogyn pedair ar ddeg oedd yn ffansïo Glenda Rees. Hogyn capel oedd ofn dwrn ei dad yn fwy na dial Duw. Hogyn ara deg oedd yn–

Cofiodd Aleksa rywbeth. Cythrodd yn ei chôt. Rhuthrodd o'r tŷ. Gadael Ffion i ddatrys ei dryswch. Naid i'r car a mynd am ddrinc.

47.

Y CEFFYL COCH. Tafarn ffarmwrs. Oglau ffarmwrs. Oglau tybaco. Sŵn chwerthin. Fel brefu teirw.

Cerddodd Aleksa drwy'r drws. Roedd 'na giwed o gwmpas bwrdd yn y gornel. Roedd 'na gwmwl o fwg uwch eu pennau. Roedd 'na syniadau anghynnes yn eu llygaid. Chwibanodd un arni. Anwybyddodd Aleksa'r ffarmwrs. Crwydrodd ei llygaid y dafarn.

Lluniau ar y pared pren. Hen luniau o'r dre. Tudalennau blaen y *County Star* o'r oes o'r blaen. Lluniau hen ffarmwrs yn foliog ac yn falch. Lluniau diweddarach o dîm pêl-droed pump pob ochor yn foliog ac yn falch.

Uwchben y bar roedd 'na resiad o gardiau post. Rhai'n fudur. Rhai'n rhamantus. Rhai'n llwydo. Sbaen. Ffrainc. Awstralia. Yr Eidal. Ar silff uwchben y bar roedd 'na giw hir o dancardiau.

O'r tu allan clywodd Aleksa glecian tân gwyllt. Chwarter canrif yn ôl y buo Glenda Rees farw. Ei gadael yn noeth wrth droed coelcerth.

Heibio'r bar gwelodd Aleksa ddau hogyn swmpus yn chwarae pŵl. Llygadodd un o'r hogia Aleksa a wincio. Aeth Aleksa at y bar. Prynu sudd oren iddi hi ei hun. Ciledrach yn slei o'i chwmpas. Teimlo llygaid. Clywed sibrwd. Gweld be oedd yn y meddyliau amrwd.

'Helô 'na.'

Trodd Aleksa. Roedd 'na ddyn ifanc yn gwenu arni. Roedd ganddo wallt melyn. Roedd o'n drewi o smôcs a sebon. Roedd o'n ddigon trwsiadus. Gwelodd Aleksa'i afal freuant yn siglo i fyny ac i lawr. Gwelodd Aleksa'i dafod yn dod allan i lychu ei wefusau.

'Ga i brynu drinc i chdi?'

Gwenodd Aleksa. Pam maen nhw'n gofyn hynny gan weld fod 'na ddrinc yno'n barod? Dangosodd Aleksa'i diod iddo fo.

Nodiodd y llanc. Ciledrychodd ar ei fêts yn y gornel. Hysiodd rheini'r hogyn fel tasa nhw'n hysio ci defaid.

'Mae o'n swil,' galwodd un.

'Hefin dwi,' meddai'r llanc.

'Helô, Hefin.'

'Noson allan efo'r hogiau. Sesiwn Sul. Clirio'r meddwl ar ôl nos Sadwrn.'

Nodiodd Aleksa. Dechreuodd lowcio'i diod. Lle'r oedd Gwynfor Treferyr pan oedd rhywun isio Gwynfor Treferyr? Cofiodd Aleksa ei eiriau:

'Welis i hi a'r Sgowsar yn dwrdio. Welis i'r Sgowsar yn rhoi swadan iddi hi. Welis i hynny o'r lôn. Ro'n i'n deud y gwir. Dwi'n deud wrthyn nhw bob nos yn y Ceffyl Coch.'

Lle'r wyt ti, Gwynfor Treferyr? Bob nos, wir.

'Wyt ti'n un o'r dre?'

Chwarae teg i Hefin am fod yn ddygn. Tasa hi yn y Seraffim byddai Hefin wedi gneud y tro. Roedd o'n ddel. Ac yn fan'no doedd 'na'm rhaid gwrando arnyn nhw'n ffwndro. Sŵn yn boddi'r malu cachu. Sŵn yn sathru ar eu ffaeleddau. Sŵn yn affrodisiac digonol.

Ac wedi clymu tafodau, troi cefn. Gadael iddo fo. Gaddo ffonio. Mynd am adra. Deffro efo'r Paffiwr. Daeth lwmp i'w gwddw. Dyna ddigwyddodd efo Daniel. Be fyddai Hefin yn neud? Ei herlid hi ar ei dractor? Ei chloi hi yn y cwt moch? Ei bwydo hi o'r cafn? Gwnaeth gwallgofrwydd y sefyllfa iddi grio chwerthin.

'Be sy?' gofynnodd Hefin. 'Wyt ti'n iawn?'

'Dwi'n iawn. Ddrwg gyn i. Disgwyl rhywun . . . '

Crwydrodd llygaid Aleksa tua'r gornel. Roedd Gwynfor yn

sgwrsio efo'r ddau chwaraewr pŵl. O lle doth o? Gwyrodd Aleksa'i phen. Toiled dynion yn y gornel.

'Gwynfor.'

Trodd Gwynfor.

'Gwynfor Treferyr?' meddai Hefin. 'Blydi hel.'

Roedd llygaid Gwynfor yn faint dau leuad llawn. Roedd ei gyfeillion yn ei bwnio. Yn ei annog.

Camodd Aleksa tuag ato. Anwybyddodd yr herio ddaeth o'r bwrdd yn y gornel: 'Gwynfor Treferyr wedi cael cariad!', 'Dwyt ti'm yn fyrjin bellach, Treferyr!', 'Ydy dy dad wedi gweld hi?', 'Peth handi!', 'Gwell siâp arni na'r heffar 'na!'

'Gwynfor? Wyt ti'n 'y nghofio i?' Gwenodd Aleksa.

Nodiodd Gwynfor. Ei lygaid yn sugno Aleksa. Ei lygaid yn cadarnhau realiti'r sefyllfa.

'Dwi isio sgwrs. Gawn ni fynd o 'ma?'

Wrth iddyn nhw adael roedd 'na fwy o dynnu coes. Sylwadau amheus ar gownt perthynas Gwynfor efo anifeiliaid ffarm. Sylwadau amheus ar gownt ei ddiffyg llwyddiant efo'r rhyw deg. Sylwadau amheus ar gownt menig rwber a chotsan heffar Hereford.

Trodd Aleksa at y criw yn y gornel. Tynnodd Aleksa wyneb awgrymog. Daliodd ei dwylo droedfedd ar wahân. Chwyddodd llygaid y ffarmwrs. Chwyddodd eu diffygrwydd yng ngwyneb maint honedig Gwynfor Treferyr.

Aethant i'r Goron Driphlyg. Tafarn dawel ar stryd gul. Dyn efo gitâr acwstig yn gweu baledi yn ei denor crynedig. Cwsmeriaid hŷn. Capiau fflat. Mwstashis trwchus. Straeon rhyfel. Oes wedi ei cholli.

'Diolch yn fawr iawn am y peint,' meddai Gwynfor.

'Croeso'n tad.' Rhoddodd Aleksa'i llaw yn ei phoced yn slei bach. Clywodd y clic.

'Hogiau'n tynnu coes yn ofnadwy. Hen bethau cas ydyn nhw.' Sipiodd ei chwerw. Llyfodd ei wefus. Ogleuai Aleksa'r cwrw. Codai gyfog arni. Cymerodd lwnc o'i sudd oren.

'Ydyn nhw'n tynnu dy goes di drwy'r amser?'

'Drwy'r amser.'

'Pam?'

Gwridodd Gwynfor. Crychodd ei drwyn. 'Maen nhw'n deud bo fi methu cael cariad. Ond dwi wedi cael cariad. Lot o gariadon.'

'Bownd o fod.' Pa mor hir fyddai Aleksa'n gorfod chwarae'r gêm? 'Oedd Glenda'n un o dy gariadon di?'

Lapiodd Gwynfor ei freichiau swmpus am ei frest. Brathodd ei wefus. Roedd ei dalcen yn glymau. 'Dim go iawn. Doedd hi 'cau gadael i mi fod yn gariad go iawn.'

'Cariad go iawn?'

'Ia, wyddoch chi.' Cilchwarddodd yn nerfus. 'Mynd ati. Fatha'r anifeiliaid.'

'O, dwi'n gweld. Toedd hi 'cau gadael i chdi.'

'Na. Roedd Glenda'n hogan dda.'

'Oedd.' Diolchodd Aleksa i'r duwiau. Doedd hi'n poeni 'run dim mai diniweidrwydd Gwynfor Treferyr gadarnhaodd yr hyn roedd hi wedi mynnu ei gredu ers y cychwyn. 'Oedd ganddi hi gariadon eraill? Cariadon go iawn?'

'Na. Ond mi gafodd hi gariad o Lerpwl.'

'Do,' meddai Aleksa. 'Stan, ia?'

'Dwn i'm. Doedd 'na neb yn ei lecio fo. Boi drwg. Ddaru o ddwyn pethau o dai pobol a ballu.'

'Gafodd o'i arestio?'

'Na. Dad a'r rheini'n deud y basa nhw'n ei sortio fo.'

'Ei sortio fo? Pwy ddudodd hynny?'

Cododd Gwynfor ei sgwyddau. 'Ffrindiau Dad. Roeddan nhw'n dŵad draw weithiau. Mynd i'r stafell gefn. Lot o chwerthin. Lot o feddwi. Roedd 'na ddynes yn dŵad draw. I weini, medda Dad. Gneud bwyd a ballu.'

'Pwy oedd y ddynas, Gwynfor?'

Ciledrychodd ar Aleksa. 'Mam Glenda. Nora. Nora fudur.'

'Ond nid Glenda.'

Ysgydwodd Gwynfor ei ben. 'Roedd Glenda'n hogan dda. Roedd hi'n lân.'

'Ac wyt ti'n cofio pwy oedd y dynion? Pwy oedd ffrindiau dy dad?'

Tynnodd wyneb dryslyd. Chwiliodd ei feddwl brau. 'Plisman oedd un, Mr Morgan.'

Sugnodd Aleksa aer i'w ffroenau. Gwasgodd ei hewinedd i'w chledrau.

'Mr Jenkins capel, hefyd.'

Teimlai Aleksa'i hun yn crynu.

'Tri dyn arall, hogyn Mr Morgan, dwi'n meddwl.'

Brathodd yr euogrwydd. Ffion druan.

'A dau arall. Dwn i'm. Tua'r un oed â Dad.'

Daeth rhywbeth i brocio meddwl Aleksa.

'Tri dyn arall ddudo chdi? Wyt ti'n siŵr?'

'Tri,' meddai Gwynfor gan nodio. Yfodd o'i beint.

Tri? Roedd hynny'n gneud chwech. Pedwar yn y llun. A geiriau Clara: pa un o'r pump? Oedd Harry'n un o'r ddau na fedrai Gwynfor eu nabod? Os felly, pwy oedd y llall? Oedd Gwynfor wedi drysu?

'Dwyt ti ddim yn gwbod pwy oedd y dynion erill? Glywis di dy dad yn iwsio eu henwau nhw? Mae hyn yn andros o bwysig.'

'Dwi'm yn cofio.'

'Ond wyt ti'n bendant mai chwech o ddynion oedd yno?'

'Dad a'i ffrindiau, Mr Morgan, hogyn Mr Morgan, Mr Jenkins capel, a'r ddau arall. Dau frawd, ella.'

'Be?' Daeth y gair allan fel gwich.

'Weithiau ro'n i'n clŵad Dad yn deud, "Ydy'r ddau frawd am 'i gneud hi'n sioe deuluol heno?" A wedyn pawb yn chwerthin. Gweiddi hwrê. A'r ddynes, Nora fudur, yn swnian eto.'

Dau frawd? Pwy oedd y ddau frawd? Pwy oedd y pumed?

Pwy ddiawl oedd y chweched? Munro, siŵr o fod. Ond doedd o ddim yn y llun. Ac mi oedd o'n rhy ifanc. Mae'n rhaid fod Clara'n cyfeirio at Nora fel y pumed. Rhaid, rhaid. Hi oedd y pumed yn y llun. Eto'r cwestiwn: ai Nora laddodd Glenda? Ond pam y byddai mam yn gneud y ffasiwn beth?

Ac fel mellten o iselder, sylweddolodd Aleksa fod mamau'n medru gneud y ffasiwn beth yn hawdd.

Roedd pen Aleksa'n brifo. Roedd o'n gorlifo efo gwybodaeth. Yr wybodaeth heb ei thwtio a'i rhoi yn ei lle. Llanast yn ei meddwl. Llanast angen ei drefnu a'i storio.

'Un cwestiwn andros o bwysig, Gwynfor. Ac wyt ti'n gaddo deud y gwir? Fydd hyn rhyngtha chdi a fi. Geith neb arall byth, byth wbod.'

Syllodd arni'n amheus.

'Welis di Glenda a'i chariad o Lerpwl ar y comin y noson honno?'

Gwyrodd ei ben. Astudiodd ei beint. Cysidrodd ei enaid. 'Mi ddudodd Dad . . . '

'Tydi dy dad ddim yma. Ddoith dy dad byth i wbod. Cris croes tân poeth,' meddai Aleksa'n llyfu pen ei bys a ffurfio croes ar ei gwddw.

'Dad a Mr Morgan a Mr Jenkins capel ddudodd wrtha i am ddeud hynny. Ddudodd Mr Jenkins capel y bydda Duw'n falch ohona i am fy mod i'n achub enaid Glenda a danfon y dyn drwg o Lerpwl at y Diafol. Newch chi'm deud, na newch?'

Ysgydwodd Aleksa'i phen. Roedd ei meddwl ar grwydr. 'Na, Gwynfor. Dim gair.'

'Dwi'm ofn Duw na'r Diafol. Dim ond Dad sy'n 'y nychryn i rŵan. Dad a'i ffrindiau.'

48.

ROEDD ganddi gur yn ei phen. Fel bod ceffylau gwyllt yn rhedeg ras yn ei hymennydd. Rhoddodd ei phen mewn feis rhwng ei dwylo. Sgyrnygodd. Cymerodd ddwy Anadin. Eu llyncu nhw'n sych. Y blas chwerw'n gneud iddi dynnu wyneb.

Roedd hi'n naw o'r gloch. Roedd hi'n tresio bwrw. Edrychodd ar ei ffôn-ar-fenthyg. Roedd ei hun hi gan yr heddlu o hyd. Fel arfer byddai wedi ffonio Seth i rannu'r datguddiad. Ond doedd hynny ddim yn opsiwn bellach. Roedd Seth wedi mynd. Fel y lleill. Neb yn ei thrystio. Hithau'n trystio neb.

Tynnodd y recordydd bach o'i phoced. Weindio'r casét i'r dechrau. Pwyso'r botwm chwarae. Ochenaid o ryddhad wrth i lais craciog Gwynfor Treferyr adrodd ei stori.

Meddyliodd am y dynion yn y llun.

Sol Huws, Harry Davies, Arwyn Jenkins. Ac Elfyn Morgan. Roedd hi wedi penderfynu mai Elfyn Morgan oedd y dyn ar y pen.

Meddyliodd am y dynion yn Nhreferyr.

Sol eto. Elfyn eto. Jenkins eto. Mab Elfyn, John. A'r ddau frawd. A oedd Harry yn eu mysg? Ai'r ddau heb enw oedd y ddau frawd? Harry a'i frawd? Neu ai brawd un o'r lleill oedd y chweched?

Meddyliodd am Nora Rees.

Y pumed yn y llun. Pa un o'r pump? A'r cwestiwn yn aros: ai Nora fwrdrodd Glenda?

Un ffordd i ateb y cwestiwn.

Dod o hyd i Nora. Gofyn i Nora.

Taniodd Aleksa'r injan.

49.

Dydd Llun, Tachwedd 5
GYRRODD nes i'w breichiau droi'n blwm. Gyrrodd nes i'w phen ffrwydro bron. Gyrrodd nes i'w llygaid fynnu cau.

Roedd hi bron yn un o'r gloch y bore. Oriau mân noson Guto Ffowc. Cafodd stafell yn y Royal Station Hotel. Roedd 'na fflag Cymru'n crogi uwchben drws y gwesty mewn rhes efo fflagiau Lloegr, yr Alban, a fflag yr Undeb. Rhyfedd gweld arwydd o Gymru yn Newcastle.

Roedd y strydoedd yn tagu o bobol. Cadwynau ohonyn nhw'n llifo o fariau a chlybiau. Nadroedd ohonyn nhw'n aros eu tro i ddal tacsi. Nos Sul fel pob noson arall.

Teimlai Aleksa'n wan. Teimlai'n sychedig. Teimlai'n llwglyd. Yfodd ddau wydraid o sudd oren ym mar y gwesty. Doedd ganddi ddim awydd alcohol. Bwytaodd rôl ham oedd wedi sigo wrth aros drwy'r dydd am gwsmer.

Llusgodd ei hun i'w stafell. Bu bron iddi syrthio i gysgu ar y grisiau. Roedd ei chorff yn llipa. Roedd ei meddwl yn troelli. Ochenaid o ryddhad pan gyrhaeddodd hi'r stafell. Mwy o gamp na dringo Everest – neu'r Wyddfa. Caeodd y drws. Stripiodd. Swatiodd. Cysgodd.

Golau dydd. Sŵn traffig. Daeth Aleksa o'i breuddwydion. Braw o'i chael ei hun mewn lle diarth. Setlo pan gofiodd lle'r oedd hi. Ystwythodd. Roedd ei chorff yn stiff. Roedd ei sgwyddau a'i choesau'n brifo. Roedd ei phen yn dyrnu. Cymerodd ddwy Anadin. Aeth i'r gawod.

Adfywiodd y dŵr cynnes Aleksa. Cynlluniodd ei diwrnod.

Byddai'n rhaid iddi ddod o hyd i gartre San Andreas. Roedd hi'n tybio bod Nora Rees yn derbyn gofal preswyl o fath. Dyna oedd Siw Smith wedi'i awgrymu. Dyna oedd Wilma Evans wedi'i awgrymu. Pryder Aleksa oedd cyflwr meddwl Nora. A fyddai'r wraig yn medru sgwrsio'n gall? Ella ei bod hi wedi colli ei phen. Roedd hi'n amlwg iddi fyw bywyd diflas. Ella fod ei meddwl wedi cloi'r atgofion rheini o'r neilltu.

Meddyliodd Aleksa am yr hyn ddywedodd Gwynfor. Awgrymu fod Nora'n cael ei defnyddio gan y dynion. Crynodd drwyddi er fod y gawod yn gynnes.

Brecwast o wy wedi ei sgramblo ar dost. Dwy baned o de. Dyn canol oed mewn siwt ddrud yn wincio a gwenu arni. Cododd o'i gadair efo'r FT dan ei gesail. Rowliodd Aleksa'i llygaid. Daeth y dyn at ei bwrdd. Cyflwynodd ei hun.

'Welis i chi yn y bar neithiwr. Ydach chi ar ben eich hun?' gofynnodd y dyn.

'Nac 'dw. Mae 'nghariad i'n cyrraedd bore 'ma.'

'O, dyna ni. Dim drwg mewn gofyn. Mae o'n un lwcus.'

Meddyliodd Aleksa. Ni allai beidio. Y demtasiwn i dynnu coes yn ormod: 'Nid fo,' meddai. 'Hi.'

Sythodd y dyn. Chwyddodd ei lygaid. Gwridodd. Tynnodd wyneb. Nodiodd. Rowliodd yr FT rhwng ei ddyrnau. Aeth yn ôl at ei frecwast.

Aleksa ddrwg. Chwarae ar ei ragfarnau. Chwarae ar ei ffantasïau. Chwarae ar ei nerfau. Ysgydwodd ei phen a gwenu iddi hi ei hun. Sut fyddai cymdeithas wedi ei thrin hi yn nyddiau'r Nora Rees ifanc?

Cafodd hyd i rif ffôn cartre preswyl o'r enw *St Andrew's Rest* yn y copi o'r *Yellow Pages* oedd yn ei stafell. Roedd y cartre ar y cei. Holodd y forwyn ddaeth i gnocio ar y drws am ddeg o'r gloch sut oedd cyrraedd y cei.

Roedd yr haul yn wyn llachar mewn awyr lwyd. Roedd y gwynt o Fôr y Gogledd yn brathu. Ond o leia doedd y glaw heb ei dilyn i'r gogledd-ddwyrain. Roedd 'na ddyn yn begera ar stepan drws y gwesty. Rhoddodd Aleksa bunt iddo.

Roedd y ddinas yn byrlymu. Pobol yn gweu. Traffig yn llifo. Sŵn lleisiau. Sŵn cerbydau. Diwrnod gwaith yn deffro.

Safodd Aleksa ac edrach o'i chwmpas. Teimlai'n golledig. Teimlai'n ddiogel. Teimlai'n bell o bawb a phopeth. Fydda 'na neb yn dod o hyd iddi yma. Roedd hi'n hawdd mynd ar goll mewn dinas. Roedd hi'n hawdd cuddiad mewn dinas. Ai dyna oedd Nora Rees wedi trio'i neud?

Deg munud ar droed yn dilyn cyfarwyddiadau'r forwyn a llyfryn o fapiau strydoedd Newcastle. O fewn dim roedd sŵn yr afon yn ei chlustiau. Ymlwybrodd ar hyd y cei yn syllu ar draws ddrych y Tyne i gyfeiriad Gateshead. Roedd y cei yn gymysgfa o'r hen a'r newydd. Fflatiau drudfawr yr olwg. Clybiau trendi. Brics coch oes Fictoria yn dal eu tir ymysg y gwydr a'r dur.

Arhosodd Aleksa tu allan i balas o wydr o'r enw The Pitcher and Piano. Eisteddodd ar fainc a gadael i wynt yr afon ruthro drosti. Crwydrodd ei llygaid i fyny ac i lawr y Tyne.

Astudiodd ei nodiadau.

Lle mae pontydd yn croesi amser. O Bont Aeliws a daflwyd ar draws y dŵr gan y Rhufeiniaid yn 120 OC i gysylltu eu milwyr ar ddwy ochor y Tyne. I Bont Llygad y Mileniwm agorwyd yn swyddogol ond ychydig fisoedd ynghynt i wincio ar gychod oedd yn hwylio i fyny'r afon. Syllodd ar fwa enwog Pont y Tyne a thu hwnt i honno y Bont Lefel Uchel agorwyd gan Fictoria yn 1849. Yn yr awyr fyglyd gwelodd Aleksa ffurfiau pontydd eraill. Pontydd yn croesi amser. Aleksa'n croesi amser.

Anadlodd. Roedd cyffro'n ei brathu. Teimlai'n nerfus. O fewn cyrraedd i'r gwir. Bron yn medru cyffwrdd yr ateb.

Edrychodd ar y map o strydoedd Newcastle. Prin chwarter milltir i ffwrdd oedd cartre preswyl St Andrew's Rest. Safodd a dilyn ei thrwyn. Fel tasa ddoe yn ei harwain. Fel tasa Glenda

Rees yn ei thywys.

Roedd y cartre'n sgwâr o frics coch. Llechai mewn cuddfan o goed. Cerddodd Aleksa i fyny'r llwybr. Roedd ei choesau'n fregus. Roedd 'na gymaint i'w ennill. Roedd 'na gymaint i'w golli.

Canodd y gloch ac aros. O'r tu mewn i'r adeilad clywai gerddoriaeth glasurol. Clywai sŵn teledu. Clywai leisiau. Ogleuai fwyd.

Agorwyd y drws gan wraig oedd wedi trio dwyn amser. Roedd ei gwallt yn fyr ac yn lliw rhwd o botel. Roedd llinellau'i bywyd yn dangos drwy'r paent ar ei hwyneb. Roedd hi'n syth ac yn stond fel caer yn atal gelynion rhag croesi'r rhiniog. Crwydrodd llygaid y wraig i fyny ac i lawr Aleksa.

Tagodd Aleksa. 'Bore da, chwilio ydw i am Mrs Leonora Rees. Dwi'n hen ffrind i'r teulu. Dwi'n credu iddi fyw yma.'

Sigodd sgwyddau'r wraig. Diflannodd y cadernid. 'Roeddan nhw'n deud y byddech chi'n dod,' meddai yn Gymraeg.

Syrthiodd gên Aleksa. Bu bron iddi faglu'n ei hôl. 'Esgusodwch fi?'

'Chi ydy Aleksa Jones, dwi'n cymryd?'

Nodiodd Aleksa. Chwiliodd ei meddwl. Pwy oedd y ddynes 'ma? 'Pwy 'dach chi? Pwy ddudodd amdana fi?'

'Y gwragedd, Miss Jones.'

'Y gwragedd? Pwy 'dach chi?'

'Ann Jackson. Fi ydy perchennog St Andrew's Rest. Roeddan nhw wedi rhybuddio y bydda rhywun yn dŵad rhywdro. A dyma chi.'

Ann Jackson? 'Mae'n ddrwg gyn i, dwi'm yn . . . '

Gwenodd y wraig yn drist. Ochneidiodd. 'Annie Huws, Treferyr. Cyn-fag dyrnu Sol Huws. Well i chi ddŵad i mewn, Miss Jones.'

50.

'LLOCHES i wragedd oedd yma pan gyrhaeddis i.' Roedd Ann Jackson yn syllu dros yr ardd swmpus yng nghefn y cartre. Roeddan nhw yn swyddfa'r wraig yn yfed te. Byddai brandi wedi bod yn fwy llesol i nerfau Aleksa.

Trodd Ann ac eistedd tu ôl i'w desg.

'Pan welis i chi gynta, ro'n i'n meddwl mai dŵad yma am loches oeddach chi. Ydach chi'n un ohonan ni, Miss Jones?' Taflodd Ann ei gên i gyfeiriad Aleksa i awgrymu'r briwiau a'r cleisiau oedd yn gwywo'n o lew, ym marn Aleksa.

Cyffyrddodd Aleksa yn olion ei hanafiadau. 'Dwi'n iawn. Bob dim wedi setlo rŵan. Dim be feddyliwch chi.'

Roedd Ann wedi dengid yma ym Mai 1976. Wedi cyfarfod a phriodi dyn lleol o'r enw Alan Jackson. Y ddau wedi prynu'r lloches.

'Roeddan ni o hyd yn derbyn gwragedd oedd yn cael eu curo. Ond roedd Alan yn ddyn busnes. Fedar rhywun ddim byw ar elusen. Felly, mi ddechreuon ni gynnig lle i'r henoed. Merched, ran fwya. Mi fuo Alan farw ddwy flynedd yn ôl. Dwi wedi rhedeg y lle ar fy mhen fy hun ers hynny. Dwi'n ddigon o oed i fod yn un o'r preswylwyr erbyn hyn.'

'Pryd y doth Nora yma?'

'Yn fuan wedi marwolaeth Glenda druan.'

'Ond pam? Dwi'm yn dallt.'

Crwydrodd llygaid Ann o gwmpas y swyddfa daclus. Roedd 'na silff lyfrau ar un pared yn drwch o nofelau rhamant. Roedd 'na luniau ar y pared gyferbyn. Lluniau o Ann efo dyn tal pen moel oedd yn gwisgo gwên gynnes. Alan Jackson, tybiodd Aleksa. Roedd 'na lun du a gwyn o fachgen ifanc. Roedd ei lygaid yn llydan. Roedd ei wyneb yn bryderus. Roedd ei wallt yn drwchus o ddu. Gwynfor? meddyliodd Aleksa. Roedd llygaid Ann ar y llun hwnnw.

'Peth ofnadwy ydy colli plentyn. Y peth gwaetha'n y byd, Miss Jones. Sgynnoch chi blant?'

Gwyrodd Aleksa'i llygaid. Ysgydwodd ei phen.

Aeth Ann yn ei blaen. 'Roedd Nora druan wedi colli'i phen. Pethau'n mynd o ddrwg i waeth a chofiwch chi, roedd pethau'n ddigon drwg yn y lle cynta. Roedd pobol wedi cael llond bol arni hi. Yn ei beio hi am farwolaeth Glenda. Ei ffordd o fyw, medda nhw, wedi bygwth y plentyn. Roedd rhai pobol wedi bod yn trio erlid Nora o Lys Hebron, o'r ardal, ers blynyddoedd. Roedd marwolaeth Glenda'n esgus, yn gyfle.'

'Oedd hi mewn peryg?'

Cododd Ann ei sgwyddau. 'Roedd Nora'r gryduras mewn peryg bob munud o'i hoes.'

'Welis i Gwynfor,' meddai Aleksa.

Crychodd talcen Ann. Daeth emosiwn i'w hwyneb. Gwelodd Aleksa'r boen na all amser ei ddwyn. Tuchanodd Ann. Sniffiodd. Cydiodd mewn hances bapur o focs ar y ddesg. Sychodd ei thrwyn.

'Mi ddudodd o wrtha i am . . . ' Oedodd Aleksa. Chwiliodd am eiriau addas. 'Am nosweithiau'r dynion. Sol, Arwyn Jenkins, Elfyn Morgan, John Morgan, y ddau arall.'

'Does gen i fawr o go' o John,' meddai Ann. 'Ro'n i wedi hel pac bryd hynny. Ond mi oeddan nhw'n cael eu partïon. Yn defnyddio Nora. Yn ei cham-drin hi.'

'Ac yn ei thalu hi?'

'Tydi pres yn fawr o gysur o dan y fath amgylchiadau, Miss Jones.'

'Oedd Harry Davies yno?'

Daeth rhyw chwerthiniad trist o gorn gwddw Ann. 'Harry Davies. Dwn i'm sut y bu i Clara aros efo fo'r holl flynyddoedd 'ma. Dwn i'm sut y bu i 'run o'r gwragedd aros efo 'run o'r diawlad.' Roedd 'na chwerwder yn ei llais. 'Dynion felly oeddan nhw. Dwi'n ddigon call i beidio â pharddu'r holl ryw, Miss Jones, ond nhw . . . nhw . . . nid dyrnau ydy'r unig beth sy'n dod â gwragedd i le fel hyn. Mae 'na rai pethau'n waeth na hynny, Miss Jones. Mae 'na rai pethau'n ddychrynllyd.'

Tynnodd Ann wyneb fel tasa hi wedi oglau rhywbeth ffiaidd. Roedd 'na dawelwch. Gadawodd Aleksa i'r tawelwch fod. Gwyddai nad oedd Ann wedi darfod. Doedd hi ddim am dorri ar ei thraws.

'Roeddan nhw'n meddwl eu bod nhw o bwys, Miss Jones. Roeddan nhw'n meddwl mai nhw oedd yn rhedeg y byd. Y cwbwl lot yn teimlo fod ganddyn nhw hawl i ddeud a gneud beth bynnag oedd yn mynd â'u ffansi. A Harry yn y canol. Yn rhedeg y sioe. A thasa 'na rywun yn ei groesi o, neu'n croesi'r criw, roedd y brawd cythral 'na ar ei ysgwydd o i setlo cownt.'

'Brawd?' meddai Aleksa heb feddwl. Y brawd y soniodd Gwynfor amdano. Brawd Harry. 'Brawd Harry?'

Edrychodd Ann arni'n syn. 'Ia, Edward Glyn. Cawr o ddyn. Roedd o ddeng mlynedd yn hŷn na Harry. Wedi ei eni a'i fagu'n Llundain tan yn bedair ar ddeg. Y teulu wedi dod i Gymru pan oedd Harry'n ddim o beth.'

Roedd meddwl Aleksa ar ras. 'Edward Glyn?' meddai gan chwarae'r enw newydd ar ei thafod. 'Glywis i rioed am Edward Glyn.'

'A deud y gwir dwi'n gwbod fawr mwy na hynny. Dwi 'di bod o Lys Hebron ers bron i ddeng mlynedd ar hugain, bellach. Heb glywed gair gan neb tan i Clara gysylltu efo fi chydig ddyddiau'n ôl a sôn fod 'na rywun yn tyrchio. Sôn amdana chi.'

'Ydy'r Edward Glyn 'ma'n fyw?'

Ysgydwodd Ann ei phen. 'Fel y dudis i, dwi'n gwbod dim.'

Daeth mellten i feddwl Aleksa. 'Mae 'na lun. Llun o Sol ac Arwyn Jenkins a Harry ac Elfyn Morgan ar yr Wyddfa efo Nora.'

Crychodd trwyn Ann. Y drewdod 'na eto. Ysgydwodd ei phen. 'Mi dynnwyd o yn 1959.'

'Do, dyna chi.' Roedd calon Aleksa'n gyrru mynd. Melltithiodd pwy bynnag oedd wedi mynd â'r llun o'i char. Mi fydda hi wedi medru uno'r ddau ddarn. Roedd hi am syllu arno fo yn ei gyfanrwydd. Am weld wynebau hy'r dynion. Am weld wyneb ofnus Nora.

'Yn fan'no y beichiogwyd Nora. Yn fan'no y crëwyd Glenda,' meddai Ann.

'Mi ddudodd Clara wrtha i, "Pa un o'r pump?". Roedd 'na bump yn y llun. Y dynion a Nora.'

'Clara a'i chliwiau. Meddwl ei bod hi gymaint clyfrach na phawb arall.'

'Ond lle'r oedd yr Edward Glyn 'ma, felly?'

Edrychodd Ann yn ddryslyd. Ysgydwodd ei phen.

Datganodd Aleksa'r fellten: 'Fo dynnodd y llun.' Pwysodd Aleksa yn ei blaen. Cydiodd yn y ddesg. 'Fo oedd tu ôl i'r camera. "Pa un o'r pump?" – Edward Glyn oedd y pumed, nid Nora.'

'Wrth gwrs. Mae hynny'n sefyll i reswm. Roedd yn rhaid i Edward fod yno.'

'Am ei fod o'n un o'r hogiau.'

'Wel, ia, Miss Jones, hynny. Ond hefyd, Edward Glyn ydy tad Glenda.'

'Y fo? Yn bendant? Ond be am y nosweithiau rheini yn Nhreferyr?'

Caeodd Ann ei llygaid. Brwsio'r atgof o'r neilltu. Agor ei llygaid a deud, 'Tan eni Glenda, Edward oedd yr unig un a gâi gyffwrdd yn Nora. Dim ond ar ôl i'r hogan fach gael ei geni y dechreuodd hi werthu ei hun i'r lleill. Roeddan nhw i gyd yno, wrth gwrs, y diwrnod hwnnw. I gyd yn hysio Edward yn ei flaen, i gyd yn chwerthin am ei phen hi. Ar ôl geni Glenda roedd yn rhaid i Nora gadw'r hogan fach. Mi gytunodd y dynion dalu iddi am . . . ei gwasanaeth.' Daeth y drewdod 'na i ffroenau Ann eto.

Roedd gwddw Aleksa'n sych. Meddyliodd am Nora'n cael ei rheibio ar y mynydd. Meddyliodd am y dynion yn chwerthin am ei phen. Meddyliodd am Harry yn rhan o'r sioe. Gwingodd.

'Ydach chi'n gwbod pwy laddodd Glenda?'

Oedodd Ann cyn deud, 'Nac 'dw. Ges i alwad ffôn gan Clara'n deud be oedd wedi digwydd. Mi oedd hi am ddanfon Nora yma. Roeddwn i'n gyndyn i gychwyn, hen atgofion a ballu. Ond wedi meddwl, doedd Nora'n ddim gwahanol i mi. Gwraig arall yn cael ei cham-drin. Doedd gen i ddim dewis, a deud y gwir.'

'Ydy hi yma?' Roedd llais Aleksa'n dawel. Fel tasa hi'n trafod rhywbeth bregus. Rhywbeth fyddai'n darnio ar dafod finiog.

'Ydy. Dyna pam y daethoch chi, yntê?'

'Ga i ei gweld hi?'

Safodd Ann. 'Dowch.'

51.

ROEDD hi'n welw. Yn esgyrn i gyd. Mi fydda awel wedi ei malu. Ond roedd 'na dân yn ei llygaid. Ffyrnigrwydd? Gobaith? Hyder? Ni fedrai Aleksa ddyfalu'n union.

'Helô, Miss Rees,' meddai Aleksa.

Roedd Nora Rees yn eistedd mewn cadair bren yn wynebu'r ffenest yn ei stafell. Roedd hi'n edrach dros ei hysgwydd ar y newydd-ddyfodiad.

'Nora, Aleksa Jones ydy'r wraig ifanc yma,' meddai Ann. 'Mae hi am siarad efo chi. Mae hi wedi dŵad o bell i ofyn ar gownt Glenda.'

Daeth hisiad o gorn gwddw Nora a throdd ei golwg tua'r ffenest.

'Miss Rees, dwi yma i drio fy ngorau glas i helpu,' meddai Aleksa.

Eisteddodd Nora'n stond.

Ysgydwodd Ann ei phen. 'Tydi hi'm wedi deud gair am Glenda ers chwarter canrif. Ers iddi ddŵad yma. Rhaid i chi gofio hynny, Miss Jones.'

A dyma Nora'n deud: 'Fedar neb helpu bellach. Doedd 'na neb isio helpu 'radag honno. Pam heddiw?'

Roedd ei llais yn llyfn. Llais gwraig oedd flynyddoedd yn fengach na'r sgerbwd a eisteddai yn y gadair.

'Dwi isio helpu.' Cymerodd Aleksa gam tuag at Nora. Edrychodd dros ei hysgwydd ar Ann a nodio. Oedodd Ann. Roedd 'na bryder yn ei hwyneb. Amheuaeth ar gownt doethineb hyn. Daliodd Aleksa'i llygaid. A dyma Ann yn troi a gadael y stafell gan gau'r drws yn ysgafn ar ei hôl.

Ochneidiodd Aleksa. Syllodd ar y wraig yn y gadair. Ar ei phen ei hun o'r diwedd efo mam Glenda Rees.

'Ga i eistedd?' Aeth Aleksa at y gwely.

Chwifiodd Nora law i'w chyfeiriad. Eisteddodd Aleksa. Gwichiodd y gwely. Medrai ogleuo'r sebon ar groen Nora.

'Wedi dŵad i holi 'dach chi? Holwch.' Roedd llygaid Nora wedi eu glynu ar y byd tu hwnt i'r ffenest. Ond tybiai Aleksa nad oedd yn gweld dim ond wyneb ei merch.

'Isio gwbod am Glenda dwi.'

'Be amdani hi?'

'Mae'n ddrwg gyn i am yr hyn ddigwyddodd. Fedra i'm dechrau dychmygu pa mor–'

'Peidiwch â trio felly.'

'Ond dwi *wedi* trafferthu, Miss Rees. Dyna 'mhroblem i.'

Wynebodd Nora hi. Sylwodd Aleksa fod yr wyneb yn hŷn o beth coblyn na'r chwe deg o flynyddoedd oedd wedi eu croesi. Roedd y blynyddoedd wedi llarpio Nora Rees.

'Miss Rees,' meddai'r wraig. 'Neb wedi 'ngalw fi'r ffasiwn beth o'r blaen.'

'Be 'dach chi am i mi'ch galw chi?'

'Miss Rees . . . dwi'n lecio Miss Rees . . . galwch fi'n Miss Rees.'

Gwenodd Aleksa a nodio. 'Miss Rees amdani.'

'Ddaeth 'na neb i holi am Glenda o'r blaen. Pam 'dach chi wedi dŵad?'

'Dwi isio dod o hyd i'r hyn ddigwyddodd, Miss Rees. Dwi isio dod o hyd i'r gwir. Er mwyn Glenda. Ac er eich mwyn chi.'

'Hŷ!' Trodd ei llygaid tua'r ffenest eto. 'Peidiwch â malu awyr efo fi, 'mechan i. Fedra i weld malu awyr o bell.'

Teimlai Aleksa'i hun yn gwrido. Dwrdiodd ei hun. Roedd hyn fel cerdded rhaff oedd yn cysylltu dau glogwyn. Un llithriad ac i lawr â hi. Roedd Aleksa'n trio meithrin ei meddwl i dderbyn mai'r hen wreigan dila'r olwg yma oedd pwnc llosg Llys Hebron am flynyddoedd. Nora oedd y sgarlad yn eu llwydni.

'O'r gorau,' meddai Aleksa, 'dim mwy o falu awyr. Siarad plaen.'

'Go dda. Well gyn i siarad plaen.'

'Pwy oedd tad Glenda?'

Chwipiodd Nora edrychiad i'w chyfwr. 'Ewadd, dyna ydy siarad plaen, Miss Jones.'

Edrychodd y ddwy ar ei gilydd. Y naill yn profi'r llall. Llygaid pwy fydda'n gwyro gynta? Wyrodd llygaid yr un o'r ddwy.

'Mi rydach chi'n chwilio am y gwir, felly?'

'Dwi'n benderfynol,' meddai Aleksa.

'Sgyn bobol fawr i ddeud wrth y gwir. Mae'n well gynnyn nhw sgubo'r wyneb. Codi briwsion a trio gneud torth. Yn hytrach na phrynu'r dorth yn y lle cynta. Maen nhw ofn y gwir, Miss Jones. Oes arnoch chi ofn y gwir?'

'Dwi 'di dŵad yma'n bwrpasol i gael y gwir.'

'Y gwir amdani, felly.'

Roedd 'na siarad mân. Roedd 'na lenwi bylchau.

Roedd Nora'n amheus pan glywodd hi mai riportar yn gweithio i Harry Davies oedd Aleksa. Dywedodd Aleksa ei bod hi'n ymwybodol o ran Harry Davies. Clensiodd Nora ei dannedd. Crychodd ei thalcen. Roedd Aleksa'n meddwl bod y wraig am grio. Roedd ganddi berffaith hawl i grio. Synnai Aleksa nad oedd y dagrau wedi powlio eisoes.

Soniodd Nora am Glenda. Roedd ei llais a'i meddyliau'n crwydro drwy fywyd byr ei merch.

'Roedd hi'n meddwl ei bod hi'n caru'r Stan diawl 'na,' meddai Nora. 'Hogan wirion oedd hi'n meddwl y ffasiwn beth a hithau 'mond yn un ar bymtheg. Mae'n rhaid i chi fyw dipyn cyn dechrau meddwl am bethau felly. A hyd yn oed wedyn, a chitha'n meddwl eich bod chi wedi ffeindio'r *un* hwnnw, dim ond eich gadael chi lawr wnaiff y diawl.'

Anadlodd Nora. Syllodd drwy'r ffenest. 'Roedd Glenda'n

sôn am adael Llys Hebron. Am fynd i Lundain efo Stan. I chwilio am y palmentydd aur rheini. Fuo chi'n Llundain rioed?'

'Ddwywaith,' meddai Aleksa.

'Palmentydd aur, wir. Does 'na'm byd yno ond strydoedd llwch. Dinas o gyrff ydy Llundain. Cyrff y rheini aeth yno i chwilio am fywyd gwell. Fan'no ges i 'ngeni, yn Llundain.'

Daeth rhyw sbarc i feddwl Aleksa.

'Morwyn oedd mam. Un o Lys Hebron yn wreiddiol. Slafio drwy gydol ei hoes. Chwysu ar ran y crach oedd yn trin gennod fatha hi fel tail ar eu sgidiau. Roedd 'na gwilydd mawr, 'radag honno, fel yn 'y nyddiau i, mewn bod yn fam ddibriod. Welis i rioed 'mo 'nhad tan o'n i'n un ar bymtheg. Mam wedi marw o'r diciâu. Finna heb neb.'

Llyncodd Aleksa. 'Pwy oedd eich tad chi?'

'Wyddoch chi'r peth cynta ddaru o i mi ar 'y nghyfarfod i, Miss Jones?'

Ysgydwodd Aleksa'i phen. Beth bynnag ddaru tad Nora i'w ferch, roedd Aleksa'n bendant ei fod o'n rhywbeth anghynnes.

'Gneud panad a brechdan i mi.'

Ymlaciodd y tensiwn oedd wedi clymu stumog Aleksa.

A dyma Nora'n deud: 'Ac yna 'nhreisio i.'

Dychwelodd y tensiwn yn saith gwaith gwaeth.

Doedd 'na ddim chwerwder na chasineb yn llais Nora. Dim ond rhyw dristwch anochel.

'Cyfreithiwr oedd o,' meddai Nora. 'Un o Gymry Llundain. Ei deulu o o'r dre. Dyna sut y gwyddai o am Mam yn y lle cynta.'

Roedd 'na rywbeth yn gwawrio ym meddwl Aleksa fel Dydd y Farn. Rhywbeth dychrynllyd. Rhywbeth oedd yn ei hysgwyd a'i chorddi a'i maeddu ond iddi feddwl am y peth.

'Pwy oedd tad Glenda?' Prin y medrai Aleksa ymwthio'i llais o'i chorn gwddw.

'Edward Glyn,' meddai Nora.

'Brawd Harry.'

'Brawd Harry.'

'Gafodd Harry a'i frawd eu geni'n Llundain.'

Trodd Nora'i phen i gyfeiriad Aleksa. 'Ydach chi'n gwbod hynny, felly?'

Nodiodd Aleksa. Ni fedrai siarad.

Crwydrodd llygaid Nora tua'r ffenest eto. 'Dwi'n hanner chwaer i'r ddau.'

52.

SGYTIWYD Aleksa i'w seiliau.

Roedd Harry wedi rheibio'i hanner chwaer. Roedd Harry wedi caniatáu i eraill reibio'i hanner chwaer. Roedd Harry wedi hysio'i frawd wrth i hwnnw reibio'i hanner chwaer.

Roedd y byd yn bendramwnwgl.

Harry Davies. Pawb yn meddwl y byd ohono fo. Pawb efo gair da i ddeud amdano fo. Yr Harry hwnnw oedd wedi cymryd Aleksa, a sawl un arall, o dan ei adain. Wedi tywys eu gyrfaoedd drwy gaeau rhyfel newyddiaduraeth. Heb awgrym o'r ysfa oedd yn ei gythru. Heb awgrym o ddim byd mwy na chonsýrn proffesiynol. Heb awgrym o'r gyfrinach a lechai ym mhydew ei galon.

'Pwy ydy Edward Glyn?' Byrlymodd y geiriau. Roedd Aleksa bron wedi colli gafael ar ei lleferydd.

'Edward Glyn? Brawd Harry. Ydy o'n fyw o hyd?'

'Dwn i'm,' meddai Aleksa. 'Ddois i ddim ar ei draws o, dim i mi wbod.'

'Edward Glyn. Diogyn. Cnaf. Lleidr.'

'Treisiwr.'

Edrychodd Nora arni. 'Heddiw, o bosib. 'Radag hynny? Pwy fasa'n credu hogan fatha fi? Cofiwch eu bod nhw'n talu i mi.'

'Talu i'ch cam-drin chi.' Roedd y ffyrnigrwydd yn berwi yn Aleksa. Roedd ei chroen yn boeth. Roedd hi'n chwysu'r casineb. 'Be fedrwch chi ddeud wrtha i amdano fo?'

'Dyn mawr. Dyn brwnt. Barod efo'i ddyrnau. Pres yn ei boced o. Dwn i'm o lle dôth y pres. Welis i rioed mohono fo'n torri chwys ar ddiwrnod gwaith. Roeddan nhw'n deud iddo fo gwffio'n Corea. Ei heglu hi am Siapan, chwedl eraill. Y fyddin ar ei sowdwl o, hwnnw un cam ar y blaen drwy'r amser. Pobol eraill yn taeru iddo fo fynd i'r America'n hogyn ifanc a dŵad yn ôl i Gymru ar ôl gneud ei ffortiwn.' Ysgydwodd Nora ei phen. 'Os y buo fo neud y ffasiwn beth, roddodd o'r un geiniog goch i Glenda.'

'Lle'r oedd o ddwytha? Cyn i chi ddŵad yma?'

'O gwmpas ei bethau fel arfer. Dwn i'm.'

'Mae 'na lun. Ar y mynydd.'

Nodiodd Nora. Cau ei llygaid.

'Ddrwg gyn i,' meddai Aleksa. Roedd hi wedi atgoffa Nora o'r diwrnod yr hadwyd Glenda. Roedd geni'r hogan yn felltith ac yn fendith i'r wraig yma.

'Hitiwch befo. Dwi'n iawn. Oes, mae 'na lun. Hen lun budur.'

'Edward Glyn dynnodd y llun.'

Cadarnhaodd Nora hynny, a gofyn: 'Welsoch chi'r llun?'

Oedodd Aleksa. Dywedodd: 'Do.'

Trodd Nora ati hi. Cododd o'i chadair a chroesi at gwpwrdd isel. Roedd hi'n ysgafndroed. Dim ond ar y tu allan yr oedd hi'n hen, meddyliodd Aleksa. Ar draws y chwe deg oed 'ma roedd hi. A doedd gwraig chwe deg oed ddim yn hen mewn byd o bobol oedd yn gyson groesi eu cant. Pitïodd Aleksa hi. Roedd gan Nora Rees flynyddoedd o ddioddef yn ei disgwyl.

Daeth Nora'n ôl at ei chadair efo bocs gwnïo a phatrwm blodau arno. Eisteddodd. Agorodd y bocs. Tynnodd luniau o'r bocs a'u gosod ar ei glin. Lluniau o Glenda mewn fframiau. Lluniau o Glenda a hithau. Rhoddodd un i Aleksa.

'Pam nad ydach chi'n arddangos y lluniau?' holodd Aleksa. Astudiodd y llun. Y llun oedd yn ffeil Hill. Y llun oedd y byd wedi ei weld yn y papurau newydd. Craffodd Aleksa arno. Roedd 'na rywbeth yn pwnio'i meddwl. Roedd 'na rywbeth yn mynnu sylw. Rhywbeth am y llun . . .

Torrodd Nora ar draws ei meddyliau.

'Dwi'n eu gweld nhw'n ddyddiol,' meddai'r wraig gan wagio'r bocs. Tapiodd ei phen. 'Yn fan'ma. Dyma fo.' Daliai ddalen o bapur newydd wedi ei phlygu yn ei llaw. Roedd y papur yn felyn fel ei chroen. Cynigiodd y dudalen i Aleksa.

Roedd hen oglau y papur yn goglais ffroenau Aleksa. Rhoddodd lun Glenda'n ôl i Nora. Gafaelodd yn y dudalen yn ofalus. Dad-lapiodd y pecyn fel tasa fo'n cynnwys bom. Crwydrodd ei llygaid y dudalen. Glynu ar y llun. Teimlodd y blew ar ei gwegil yn pigo.

Llun o ddyn dur. Dyn mewn fest a throwsus. Sgwyddau llydan fel giât. Nerth tarw yn ei freichiau. Brest wedi ei chwyddo gan aer a balchder. Gwallt du fel adain brân. Clawdd o locsyn o'r un lliw. Llygaid main tu ôl i sbectol drwchus. Geiriau o dan y llun yn deud: *'Edward Glyn Davies, Bwthyn Eithin, Llys Hebron, a enillodd y bencampwriaeth reslo yn Ffair Comin, Llys Hebron, brynhawn Sadwrn.'*

Roedd byd Aleksa'n dymchwel. Roedd pob dim roedd hi'n ei gredu'n deilchion. Roedd pawb roedd hi'n eu trystio'n elynion.

Roedd hi'n nabod Edward Glyn. Ond nid fel Edward Glyn roedd hi'n ei nabod o:

53.

ROEDD Aleksa wedi gorfod newid y tâp yn y recordydd. Roedd hi wedi gollwng y tâp. Roedd hi wedi methu rhoi tâp newydd yn y peiriant. Roedd hi'n colli ei phen. Roedd y stafell yn troi rownd a rownd fel tasa hi'n crogi o fachyn yn y to.

'Wedi cael sioc braidd ydach chi, 'mechan i,' meddai Nora.

'Braidd.' Teimlai Aleksa fel na fedrai hi fynd yn ôl. Teimlai fel diflannu oddi ar wyneb y ddaear. Pwy fyddai'n credu hyn? Roedd y mwyafrif o'r bobol oedd yn gyfrifol am hyn yn fyw hyd heddiw. Byddai peryg o achos enllib. Ac mewn llys barn mi fydda gofyn iddi brofi hyn i gyd. Gair y dynion 'ma yn erbyn ei gair hi. A gair Nora os y bydda hi'n dewis rhoi tystiolaeth.

Mi fedrai hi alw ar dystiolaeth Clara Davies, bownd o fod. Y cliwiau croesair oedd wedi ei harwain yma. Mi fedrai hi alw ar Wilma Evans. Dafydd Abbot. Brian Carter. Tyllu a thyllu a thyllu nes i'r gwir godi ei ben.

Y gwir dychrynllyd 'ma.

Y gwir oedd wedi rhoi y gwir guddiodd hi rhag Seth mewn cyd-destun. Beth fyddai Seth yn ei ddeud? Roedd hi isio ffonio Seth. Ond gwyddai fod y dyddiau rheini wedi eu colli. Dwyn amser. A dŵad o hyd i'r gwir. A'r gwir yn fwystfil oedd yn rhydd o'i dennyn.

Drwy hyn i gyd roedd 'na un cwestiwn oedd heb ei ateb. Y cwestiwn mwya.

Ar ôl iddi frwydro efo'r peiriant recordio a'r tâp oedd fel tasa fo ddim isio cronicio'r datguddiadau, gofynnodd Aleksa, 'Ydach chi'n gwybod pwy laddodd Glenda?'

Roedd yr ateb yn waeth na'r un ddychmygodd Aleksa. Roedd o'r ateb roedd hi wedi'i ddisgwyl. Yr ateb roedd hi wedi'i ofni.

Trodd Nora i syllu arni. Roedd ei llygaid yn gul. Dagrau ynddyn nhw o'r diwedd. A dyma hi'n deud, 'Fi, Miss Jones. Fi laddodd Glenda.'

Roedd Aleksa'n ôl yn y gwesty. Roedd hi mewn byd ar wahân. Eisteddai ar ei gwely heb gofio'r daith o stafell Nora Rees.

Yfodd botel fach o chwisgi a photel fach o fodca o'r bar mini. Nofiodd ei phen.

Gwrandawodd ar y recordiad o sgwrs Nora.

Statig a sgandal.

Nora: '. . . laddodd Glenda.'

Aleksa: 'Chi? Na!'

Nora: 'Nid fi lapiodd ddwylo am ei gwddw. Nid fi dagodd y bywyd ohoni hi. Nid fi ddaru adael ei chorff hi dan y goelcerth. Ond fi oedd yn gyfrifol. Fi a'n ffordd o fyw. Y bywyd budur hwnnw.'

Aleksa: 'Peidiwch â beio'ch hun. Nid os ydach chi'n gwbod pwy sy'n gyfrifol.'

Nora: 'Roeddan nhw isio cael madael arna i, Miss Jones. Pobol barchus Llys Hebron, pobol barchus yr ardal.'

Aleksa: 'Ond mi oeddan nhw'n eich defnyddio chi. Y dynion . . . '

Nora: 'Ro'n i'n colli fy siâp. Roeddwn i'n hagr erbyn hynny, wedi'r holl . . . yr holl . . . Roeddan nhw am i Glenda gymryd 'y'n lle i yn eu gwlâu.'

Aleksa: 'Ond ddaru hi ddim.'

Nora: 'Naddo, wir. Ydach chi'n meddwl y baswn i'n caniatáu'r ffasiwn beth? Gadael i'n hogan fach i gael ei maeddu fel ges i'n maeddu?'

Aleksa: 'Edward Glyn? Harry? Oeddan nhw'n ran o hyn?'

Nora: 'Siŵr Dduw eu bod nhw.'

Aleksa: 'Ei thad hi am iddi . . . '

Nora: 'Ffasiwn bethau'n y gwaed, 'mechan i. Ddaru 'nhad i'r un peth i minnau'n do? Roedd 'na rai ohonyn nhw am i mi fynd. Roeddan nhw am anghofio amdana i. Y lleill am i mi aros efo Glenda iddyn nhw gael eu pleser. Ond roedd ganddyn nhw i gyd wragedd a gyrfaoedd erbyn hynny. A'r gwragedd oedd am weld 'y nghefn i. Tra bod y dynion am fod *ar* 'y nghefn i. Hŷ!'

Aleksa: 'Felly pwy laddodd Glenda? Nid Stan Fisher.'

Nora: 'Naci siŵr. Stan druan. Ffŵl. Ei galon o'n y lle iawn. Ond 'i ymennydd o, fel y mwyafrif o ddynion, yn ei goc o. 'Dach chi'm yn meindio i mi siarad yn blaen? Os ydy dyn yn ogleuo cont mae o'n colli'i ben, Miss Jones.'

Aleksa: 'A Glenda?'

Nora: 'Glenda. Dwi'n meddwl amdani fel tasa hi'n fyw. Meddwl am ei bywyd hi heddiw. Wedi priodi, dau o blant, gweithio fel nyrs neu athrawes. Y mab-yng-nghyfraith yn ddyn da. Yn ddyn prin.'

Aleksa: 'Pwy oedd yn gyfrifol?'

Nora: 'Pawb. Pob un wan jac ohonyn nhw. Maen nhw i gyd yn gyfrifol am ei lladd hi. A finna, fel y dudis i. Ond dwn i'm pa 'run wasgodd y gwynt ohoni hi. Dwn i'm.'

Roedd Aleksa isio ffonio Seth. Isio gofyn am faddeuant. Isio gweld os oedd 'na obaith yn yr anobaith. Os oedd 'na hoffter o hyd.

Estynnodd ei ffôn o boced ei chôt. Trodd y ffôn ymlaen. Roedd 'na rywun wedi ffonio. Roedd y rhif yn ddiarth. Deialodd Aleksa'r rhif.

Llais merch. 'Pnawn da, Bryn Morgan a'i gwmni.'

Wedi peth dryswch cafodd Aleksa'i throsglwyddo i Bryn Morgan. Roedd ganddo lais crachlyd. Roedd y llais yn gwneud iddi grensian ei dannedd.

'Miss Jones, dwi'n gweithredu ar ran y diweddar Malcolm Munro.'

Daliodd Aleksa'i gwynt. Be oedd hwn isio? Oedd hi am gael ei chosbi am erlid Munro?

Aeth y cyfreithiwr yn ei flaen. 'Ychydig ddyddiau'n ôl fe ddaeth Malcolm Munro i 'ngweld i. Mi roddodd lythyr wedi ei selio i mi. Llythyr sydd wedi ei gyfeirio atoch chi, Miss Jones. Roedd y llythyr i'w gyflwyno i chi ar y dyddiad yma. Ydy hi'n bosib i chi ddod i'r swyddfa'r prynhawn 'ma i dderbyn y llythyr?'

Esboniodd Aleksa nad oedd hynny'n bosib. Esboniodd y byddai'n bosib iddi fod yno'r diwrnod canlynol.

Gwibiodd ei meddwl. Beth oedd cynnwys llythyr Munro? Pam gadael llythyr iddi hi'n y lle cynta? Cyfaddefiad?

Heb feddwl, ffoniodd Seth.

'Dwi'n brysur,' meddai Seth.

Ymddiheurodd Aleksa. Am ei drafferthu a fynta'n brysur ac am bethau mwy difrifol. Esboniodd yn sydyn yr hyn roedd hi wedi ei ddatguddio. Roedd Seth yn dawel. Dim ond sŵn ei anadlu y medrai Aleksa ei glywed. Dim ond sŵn ei atgasedd. Dywedodd wrtho am y sgwrs a gafodd hi efo Bryn Morgan.

Gofynnodd Aleksa, 'Be wyt ti'n feddwl sy'n y llythyr?'

'Sut mae disgwyl i mi wbod?'

Roedd ei lais fel weiran bigog yn agor briwiau yn ei chalon.

'Iawn,' meddai Aleksa, 'dim ond gofyn.'

'Well i mi fynd. Dwi'n brysur.'

Roedd 'na dawelwch. Roedd Seth ar y lein o hyd. Roedd o'n anadlu. Arhosodd Aleksa.

'Aleksa?'

'Ia?'

Arhosodd Aleksa eto. Roedd 'na eiriau yno'n rhywle ar y lein. Geiriau'n crogi yn y statig. Geiriau cysurus. Geiriau i gadarnhau fod pob dim yn iawn.

'Dim byd. Hwyl.'

54.

GYRRODD am adre. Cododd law ar Angel y Gogledd. Estynnai'r Angel ei adenydd rhydlyd i groesawu'r afradlon. Estynnai'r Angel ei adenydd rhydlyd i gysuro'r digalon. Estynnai'r Angel ei adenydd rhydlyd i'w lapio o amgylch Aleksa a deud: 'Aros yma. Mae hi'n saff yng nghysgod fy nur.'

Pedair awr heb stopio ar hyd yr M1, yr M6, yr M62, yr A55.

Parciodd Aleksa ar sgwâr y dre. Roedd y nos wedi syrthio. Roedd glaw mân yn titrwm tatrwm. Roedd hi'n braf bod adra. Llithrodd planced drwm o bryder oddi ar ei sgwyddau. Gwyrodd ei phen. Pwyso'i thalcen ar yr olwyn. Teimlo mor unig. Teimlo mor amddifad. Dechrau crio.

Doedd ganddi nunlle i fynd. Sut groeso fydda Ffion yn gynnig? Sut groeso fydda Seth yn gynnig?

Sythodd. Sychodd ei bochau. Sniffiodd. Edrychodd ar ei wats. Roedd hi'n naw o'r gloch. Neidiodd o'r car. Lapio'i chôt amdani. Roedd yr oerni'n slei. Crynodd. Crensiodd ei dannedd a wynebu nos Lun ar y stryd.

Anwybyddodd yr hogiau oedd yn deud, 'Helô, del.' Anwybyddodd y gennod oedd yn gneud y pethau roedd hi'n dymuno eu gneud eto. Anwybyddodd y gorffennol oedd wedi ei golli. Anwybyddodd y dyfodol roedd hi wedi gobeithio ei gael.

Roedd drws y Clwb Ceidwadol ar agor. Roedd golau'n boddi'r lle. Roedd sŵn lleisiau'n dew o'r tu mewn. Roedd 'na wacter yn stumog Aleksa. Gwyddai y byddai yno.

Camodd dros y rhiniog i'r cyntedd. Aeth y gwres drosti fel planced. Roedd oglau tybaco'n hidlo o'r bar. Sŵn siarad a chwerthin. Roedd bwrdd a chadair wrth ymyl drws y bar. Roedd 'na bosteri o bob math wedi eu hoelio ar y pared: yr Aelod Cynulliad yn cynnig cymorth – boreau coffi – parti tân gwyllt – ymarfer ar gyfer y pantomeim.

Edrychodd o'i chwmpas. Cripiodd at ddrws y bar. Syllodd i'r clwstwr oedd yn yfed yno. Dyna lle'r oedd o. Yn ganolbwynt i griw. Yn adrodd ei straeon. Yn yfed ei frandi. Yn smocio'i sigâr. Roedd o o fewn cyrraedd.

Sgyrnygodd Aleksa. Rhag ei gwilydd o'n chwerthin. Rhag ei gwilydd o'n cael byw ei fywyd. Edward Glyn â phopeth yn ei le. Nora Rees â'i bywyd yn deilchion.

'Fedra i helpu?'

Trodd Aleksa. Safai dyn pen moel blin yr olwg tu ôl iddi. Roedd ganddo fo fathodyn o wyneb Thatcher ar goler ei siaced.

'Ydach chi'n aelod?'

'Nac 'dw,' meddai Aleksa.

Aeth y dyn at y bwrdd ac eistedd. Agorodd y llyfr croeso. 'Chewch chi ddim dŵad i mewn heb i aelod arwyddo ar eich rhan chi.'

'Fedar o arwyddo ar fy rhan i.' Pwyntiodd Aleksa at y bar.

Astudiodd y dyn moel Aleksa. Roedd 'na olwg sarhaus arno. Sniffiodd fel tasa'i hoglau hi'n annifyr iddo fo. Gwyrodd ei ben rownd y drws a galw ar y dyn yn y bar.

Gwenodd y dyn yn y bar arni hi. Llond ceg o ddannedd gwyn. Ei wyneb hen yn crychu'n hapus. Safodd yn ara deg. Ymlwybrodd tuag ati. Sgyrnygodd Aleksa wên.

'Y wraig fonheddig am i ti arwyddo ar ei rhan hi,' meddai'r moelyn sarhaus.

'Helô, hogan. Isio peint efo fi?' Roedd y dyn yn gwenu'r hen wên o hyd.

Fel carthffosiaeth cant a mil o bobol yn uno a saethu i lawr un bibell hir i'r môr, unodd yr holl wirioneddau dychrynllyd ym mhen Aleksa. Rhuthro i lawr y bibell. Ffrwydro'n ddrewllyd o geg y bibell.

Rhuodd Aleksa. Daeth ei braich yn gryman o rywle. Daeth ei llaw yn bastwn. Waldio'r dyn ar draws ei ên. Ildiodd ei bengliniau. Sgrechiodd Aleksa. Rhegodd Aleksa. Poerodd Aleksa.

Roedd y moelyn wedi cythru ynddi. Daeth eraill o'r bar i leddfu'r dymestl.

Stranciodd Aleksa. Rhegodd Aleksa. Poerodd Aleksa.

Tynnodd fraich yn rhydd. Trywanodd fys i gyfeiriad y dyn oedd ar ei liniau.

Gwichiodd Aleksa. 'Mi dreisiodd o'i chwaer! A gadael i'r lleill neud yr un peth! Y basdad! Mi roddodd o fabi iddi! Ffwcio'i chwaer ac am ffwcio'i ferch! Basdad!'

Cyrcydiodd y dyn yn erbyn y pared. Gwenodd arni. Roedd yr ergyd wedi hyrddio'i ddaint o'i geg. Roedd 'na linyn o waed yn gweu o'i wefus.

Roedd Aleksa wedi ei lapio gan freichiau. Tynnodd y moelyn ei hun yn rhydd ohoni. Aeth at y dyn efo gwaed ar ei ên a gofyn, 'Wyt ti'n iawn, yr hen foi?'

Brwsiodd Ned y gwaed o'i ên a nodio. Cododd ei Banama o'r llawr a'i gosod ar ei ben.

55.

ALEKSA'N y pydew. Aleksa ar ei gwaetha. Aleksa'n meddwl am y dyfodol a dim dyfodol i feddwl amdano.

Roedd pared y gell fel waliau ogof Oes y Cerrig. Y rhai fu yno wedi gadael tystiolaeth o'u presenoldeb. Marciau amrwd. Addewidion gwag. Enwau coll. Roedd y stafell sgwâr yn drewi o ddiheintydd. Ond roedd awgrym o'r piso a biswyd a'r chŵd a chwydwyd yma dros y blynyddoedd yn aros.

Roedd Aleksa wedi rowlio ei hun ar y fatras. Ei thalcen yn pwyso ar ei phengliniau. Ei thywyllwch yn gyfan gwbwl.

Roedd swyddogion y Clwb Ceidwadol wedi ffonio'r heddlu. Roedd yr heddlu wedi llusgo Aleksa i'r stesion. Roeddan nhw wedi ei chloi hi yn y gell a deud wrthi am setlo. Roedd hi wedi setlo ac wedi aros am bron i awr. Bob hyn a hyn roedd wyneb y sarjant yn rhythu arni drwy'r hollt yn y drws. Roedd hi wedi cael paned wan i basio'r amser. Roedd hi'n baned hir.

Clywodd leisiau i lawr y coridor. Cododd ei phen. Clywodd sŵn traed yn y coridor. Safodd Aleksa a disgwyl. Cliciodd y clo. Agorodd y drws. Aeth ton o ryddhad drwyddi. Syrthiodd ar ei heistedd ar y fatras.

'Be 'na i efo chdi, dŵad?' gofynnodd Seth.

'Tydi'r hen foi ddim am ddŵad â chyhuddiadau'n dy erbyn di.'

Yfodd Aleksa goffi go iawn. Roedd hi'n trio peidio teimlo'n ddiolchgar i Ned am beidio ei herlid mewn llys barn.

'Be oedd yn dy ben di, Aleksa?'

Dywedodd Aleksa be oedd yn ei phen hi.

Pwysodd Seth yn ôl yn ei gadair. 'Maen nhw'n ailagor yr ymchwiliad i lofruddiaeth Glenda Rees.'

Bu bron i Aleksa ollwng ei chwpan. Rhoddodd y cwpan ar y ddesg. Edrychodd o'i chwmpas fel tasa hi ofn i rywun glywed. Roedd 'na ddau dditectif wrthi'n ddygn wrth eu desgiau. Ar y ffôn. Yn teipio ar gyfrifiaduron. Yn yfed coffi.

'Pwy sy'n ailagor yr ymchwiliad? Fyddi di'n rhan o'r tîm?'

'Byddaf,' meddai Seth. 'Olynydd Munro fydd yn arwain yr ymchwiliad. Yn sgil yr hyn mae Denslow wedi neud yn Lerpwl ar ôl i chdi fynd draw i weld cyn-wraig Stan Fisher. Maen nhw'n eitha pendant mai Munro laddodd Fisher, ond neb yn siŵr pam.'

Munro, meddyliodd Aleksa, a chofiodd am yr alwad gan y cyfreithiwr. 'Mae o wedi gadael llythyr i mi. Mae o'n nwylo ei gyfreithiwr o.'

'Mi adawodd o lythyr i'w wraig a'i blant hefyd. Roedd Mrs Munro'n ymwybodol o'i dueddiadau fo. Ond wedi anwybyddu'r cwbwl. Mi sgwennodd o fod y pwysau'n ormod. Sôn dim am achos Glenda, na Fisher chwaith.'

'Felly pwy ydy'i olynydd o?'

'Linda White. O HQ, yn wreiddiol o'r dre. Mae hi am gael gair efo chdi, a mi gei di sôn wrthi am yr Edward Glyn 'ma.'

'Ned,' meddai Aleksa. Crwydrodd ei meddyliau ar draws y blynyddoedd. Ned yno yn y swyddfa ddydd ar ôl dydd. Ned a'i driciau. Ned a'i wên ddireidus. Ned fuo fo rioed. Nid Edward Glyn. Teimlai Aleksa fel iddi gael ei bradychu.

'Ydy hyn yn gyhoeddus? Yr ymchwiliad newydd a ballu?'

'Dim eto,' meddai Seth. 'Fory. Mae 'na gynhadledd i'r wasg am un ar ddeg. Mae White isio gair efo chdi peth cynta.'

Ysgydwodd Aleksa'i phen. 'Be dwi 'di neud, Seth?'

Rhoddodd ei law ar ei llaw. 'Wedi gneud daioni, Aleksa.'

Cydiodd llygaid Aleksa'n ei lygaid. Roedd yr edrychiad yn ddigon i Seth dynnu ei law o'r neilltu. Llaciodd ei lygaid o rai Aleksa. Plymiodd ei chalon. Teimlodd y byrdwn ar ei sgwyddau. Gwelodd y bwlch rhyngddynt yn hollti'n fwyfwy.

'Sgyn ti rywle i fynd?' gofynnodd Seth.

'Nunlle.'

Ochneidiodd Seth. 'Gei di aros acw.'

Boddodd Aleksa'i phryderon mewn bàth berwedig.

'Dwi'n teimlo'n saff efo chdi,' meddai wrth Seth yn ddiweddarach.

Ymddangosodd pen Seth drwy ddrws y gegin. Roedd arogl cyrri'n gweu drwy'r tŷ. Roedd sŵn ffrio ffyrnig yn hisian fel neidr gandryll.

'Wyt ti'n saff yma,' meddai Seth a diflannu'n ôl at ei sosbenni.

Pigodd Aleksa'r bwyd. Doedd ganddi fawr o awydd. Gymaint ar ei meddwl. Roedd Seth wedi sbario'r sbeisys.

'Tydi o'm yn rhy boeth i chdi?'

Ysgydwodd Aleksa'i phen a gwenu. 'Mae o'n neis. Diolch am fynd i drafferth.' Llowciodd lond fforc i'w cheg. Cnoi ar y darn cig wedi ei olchi mewn saws. Roedd o'n flasus. Ond doedd ei stumog ddim yn ei werthfawrogi.

Aeth Seth â'r platiau'n ôl i'r gegin. Roedd plât Aleksa'n hanner llawn. Teimlai'n ddrwg iddi beidio gneud ymdrech i fwynhau'r pryd.

'Ddrwg gyn i, Seth. Fy llygaid i'n fwy na'm bol i, mae gyn i ofn.'

Rhoddodd Seth wydraid o win iddi. Eisteddodd wrth ei hymyl efo gwydraid o ddŵr. Roedd 'na dawelwch annifyr. Tân gwyllt o'r tu allan yn torri ar draws y distawrwydd. Roeddan nhw'n rhyw sipian ar eu diodydd er mwyn peidio siarad. Rhyw wrando ar y gerddoriaeth oedd yn gweu o'r hi-fi.

A dyma Seth yn gofyn, 'Be ddigwyddodd i chdi beidio â deud wrtha fi?'

Casglodd y cwilydd fel briw ynddi. Brathodd ei gwefus ac ysgwyd ei phen yn frysiog. Gwyddai bod y cwestiwn wedi crogi yno fel dyn condemniedig ers i Seth glywed y gwir. Gwyddai mai anochel oedd i'r cwestiwn gael ei dorri'n rhydd. Ac yn sgil hynny byddai'n rhaid cyfiawnhau yr hyn a wnaethpwyd.

'Hyn i gyd am i mi beidio â throi fyny yn y tŷ bwyta,' meddai Seth.

'Ar noson fy mhen blwydd i.' Ymdrech dila i amddiffyn ei hun.

'Trio 'meio i, rŵan.'

'Naci . . . na, jyst, dwn i'm . . . oedd pethau'n mynd o chwith. Roeddat ti'n gweithio bob awr. Do'n i'm mor uchelgeisiol â chdi, wn i hynny. Roeddwn i'n genfigennus, yn dy fethu di. Isio mwy ohona chdi.'

'Aleksa, tydi hynny ddim yn wir. Oeddwn, mi oeddwn i'n uchelgeisiol . . . dwi felly o hyd. Ond mi o'n i'n gweithio er ein mwyn ni. I neud pethau'n well. I greu dyfodol i ni'n dau. O . . . dwn i'm . . . mae hynny'n swnio'n *sexist*.' Gwyrodd ei olwg ac ysgwyd ei ben. 'A hyn i gyd. Ar ben bob dim. Ac i glywed ganddo *fo*, o bawb. Y blydi hogyn ysgol . . . '

Daliodd Aleksa law allan i'w atal. 'Ocê! Iawn! Dwi'n cosbi fy hun bob dydd, reit. Does 'na'm isio i chdi helpu yn hynny o beth. Fedra i'm newid pethau. Taswn i'n medru, wel . . . ond fedra i ddim, reit, fedra i ddim.'

Syllodd Seth arni. 'Do'n i mond wedi dechrau dy garu di, Aleksa.'

Gwingodd Aleksa. Fflachiodd rhyw ddyfodol perffaith drwy'i meddwl. Tasa hi ond wedi medru cythru yn y ddelwedd. Llusgo'r llun yn ôl i'r presennol.

Roedd Seth yn syllu i'w wydr. Estynnodd Aleksa amdano. Mwytho'i wallt. Yn drwchus rhwng ei bysedd. Yn plethu rhwng ei bysedd. Yn glymau rhwng ei bysedd.

Ac roedd o'n edrach arni hi. Ac yn gwyro ati hi. A hithau'n ei ddenu. Gerfydd ei wallt. A'i gwefusau ar agor. A'i thafod yn eu gwlychu. A'r gwres yn pwyso ar ei stumog. Ac un goes yn llithro i'r llawr. A fynta'n dynn rhwng ei choesau. Ei wefusau'n glynu i'w gwefusau hi. A'i oglau'n ei ffroenau. A'i frest ar ei brest. A'r ddau'n gneud sŵn. Y sŵn oedd hi'n fethu gymaint rhyngddyn nhw. Ac isio mwy o sŵn.

Sŵn tân gwyllt yn ffrwydro.

Lapiodd ei breichiau amdano fo. Teimlo'i bwysau. Ei gusanau'n trydaneiddio'i chroen. Y cynnwrf yn hymian drwyddi. A Seth yn sibrwd ei henw. A'i ddwylo'n plycio ar felt ei gŵn nos. Rhyddhau ei chorff o'r defnydd. Llacio'i bronnau. Ei ddwylo'n dal ei bronnau. Aleksa'n pwyso'n ôl. Ei chluniau'n grud i Seth. Ei dwylo'n cyrraedd i lawr, i lawr. Rhwbio'r gwres caled yn ei drowsus. Tynnu ar felt ei drowsus.

Seth yn sibrwd ei henw. Yn cusanu ei gwddw. Yn cusanu ei brest. Yn cusanu ei bronnau. A'i meddwl yn sgrechian. Yn sgrechian ei hangen amdano fo. Yr angen yn rhoi pendro iddi. Yr angen yn gwrido ei chnawd. Ei chnawd yn nofio. Ei chluniau'n hyrddio i'w deimlo fo rhyngddyn nhw. Ei bwysau yn ei herbyn. A hithau'n rhwbio. Ac yn ei lacio, ei ryddhau. A fynta'n galed ac yn gynnes ac yn Seth yn ei llaw. A'i riddfan o. A'i griddfan hi. Un angen lle. Y llall angen ei llenwi.

'Na.' Gwthiodd Seth ei hun oddi wrthi. Tynnodd ei drowsus i fyny.

Gorweddodd Aleksa'n hanner noeth. Ei chorff yno ar ei gyfer. Aeth siom a braw a chywilydd drwyddi fel ton. Lapiodd ei chorff. Cuddiad ei hun. Gwthio'i hun ar ei thraed. Mynd am y drws. Troi a dagrau'n rowlio dros ei bochau. Yr erfyn yn strimynnau dros ei hwyneb.

A'i lygaid o'n gofyn yr un hen gwestiwn: pam?

A'i lais o'n ateb ei hofnau: 'Fedra i ddim efo chdi, Aleksa. Sori, Aleksa. Dwi'n dal 'di drysu. Dwi'n dal 'di drysu.'

56.

Dydd Mawrth, Tachwedd 6
ROEDD y bore rhyngddyn nhw'n chwithig. Fel bore dau oedd wedi cyplu am y tro cynta. Heb fwriad o weld ei gilydd byth eto. Y bore dwytha.

Gadawodd Aleksa heb frecwast. Atgoffodd Seth hi o'r cyfarfod efo Linda White. Diolchodd Aleksa iddo fel dieithryn yn diolch i rywun am arddangos mân gwrteisi.

Roedd yr awyr yn llwyd ac yn oer. Sugnodd Aleksa aer i'w sgyfaint fel rhywun oedd wedi bod dan ddŵr am braidd gormod o amser.

Dychwelodd y car a logodd i'r garej. Ochneidiodd pan ddywedodd y mecanic na fydda ei char hi'n barod am dridiau. Aeth oddi yno efo car arall wedi'i logi.

Cysidrodd ffonio'r gwaith. Ond ni fedrai wynebu'r lle. Gweld Ned yno'n disgwyl amdani. Llygaid pawb fel driliau. Pawb wedi clywed, bownd o fod.

Aeth i'r stesion. Roedd Linda White yn ei disgwyl. Gwraig fer efo gwallt melyn o botel a sbectol ffasiynol. Roedd Seth yno hefyd. Dyn cadarn oedd wedi ei sigo gan gamweddau rhywun arall.

'Ydach chi'n bwriadu ailagor yr ymchwiliad, felly?' Brwydrodd Aleksa i anghofio presenoldeb Seth. Brwydrodd i gadw'i llygaid ar White. Brwydrodd i ymddangos yn broffesiynol.

'Dwi'n cael ar ddallt gan y Ditectif Sarjant Elis . . . ' meddai White.

Damia! Roedd y frwydr wedi ei cholli: White wedi ei

hatgoffa o bresenoldeb Seth.

'. . . eich bod chi wedi bod yn ddygn iawn, Miss Jones.'

'Ydach chi'n bwriadu ailagor yr ymchwiliad?'

'Dwi'n meddwl y bydd yn rhaid i ni.'

'Mi 'dach chi'n swnio fel tasa'n well gynnoch chi beidio.'

'Fedra i'ch sicrhau chi nad ydy hynny'n wir. Os y bu i'n rhagflaenwyr ni neud camgymeriadau, mae gofyn i ni setlo pethau, Miss Jones.'

'Dwi'm yn credu iddyn nhw neud camgymeriadau,' meddai Aleksa. 'Dwi'n credu iddyn nhw gyflawni troseddau. Dwi'n credu fod 'na lygredd–'

Cododd White law i'w hatal. 'Dwi'n ymwybodol o fanylion yr achos. Dwi'n ymwybodol fod Heddlu Glannau Merswy wedi ailagor achos Stan Fisher a bod hynny wedi eu harwain at ddrws fy rhagflaenydd i.'

'Pam y bu iddo fo ladd Fisher?' Sylwodd Aleksa ar Seth yn pwyso'n ôl yn ei gadair a phlethu ei freichiau.

Dywedodd White, 'Un posibilrwydd ydy hynny. Posibilrwydd sy'n cael ei ymchwilio ar hyn o bryd. Y mater wrth law i ni, yma, ydy marwolaeth Glenda Rees. Dwi'n dallt i chi siarad efo'i mam hi. Ac mae hithau wedi cadarnhau mai'r gŵr yr ymosodoch chi arno fo neithiwr, Mr Edward Glyn Davies, oedd tad y ferch.'

'A'i hewyrth hi,' meddai Aleksa.

'Yn wir.' Roedd gan White dwmpath o bapurau o'i blaen. Roedd hi wedi gwyro'i phen i'w hastudio. 'Mae tystysgrifau geni'n dangos fod Elisabeth Rees wedi cofrestru tad ei merch, Nora, fel Iwan Eifion Davies. Yr un Iwan Eifion Davies sy'n ymddangos ar dystysgrifau geni Edward Glyn a Harry William Davies.'

Ochneidiodd Aleksa'n ddiamynedd.

Ciledrychodd White arni. 'Miss Jones, dwi'n ymwybodol eich bod chi'n gyfarwydd â'r ffeithiau 'ma, ond mae tystiolaeth yn bwysig, cofiwch hynny.'

'Ewch i holi Nora Rees. Gewch chi lond bol o dystiolaeth.'

'Mi 'dan ni'n bwriadu gneud. O'ch sgwrs chi efo Nora, ydach chi'n teimlo y bydd hi'n fodlon trafod yr hyn fu'n digwydd yn Nhreferyr?'

Crychodd Aleksa'i thalcen. 'Bownd o fod. Pam?'

'Wel, pam nad oedd hi'n barod datgelu hyn chwarter canrif yn ôl? Pam nad oedd hi'n barod datgelu hyn yn ystod y cyfnod lle bu'r digwyddiadau honedig yma?'

'Honedig? Nid honedig. Na, na. A beth bynnag, roedd Elfyn Morgan, y pen bandit ffor 'ma 'radag honno, yn un o'r criw.'

Anadlodd White yn ddyfn drwy'i ffroenau. Gwyrodd ei phen tua'r dogfennau eto.

'Does 'na'm byd i ddangos mai Edward Glyn oedd tad Glenda. Mae'r dystysgrif geni'n dangos 'dienw' yn y man lle dylai'r tad ei arwyddo.'

'Wel, wel, syndod mawr,' meddai Aleksa'n sarhaus. 'Pa wahaniaeth mae hynny'n ei neud, beth bynnag? Sut medar hynny brofi pwy laddodd Glenda?'

'Mae llosgach yn drosedd, Miss Jones.'

'Mae llofruddio hefyd.'

Plethodd White ei breichiau. 'Fy mwriad i ydy ffurfio achos solat. Os oes 'na gyhuddiadau am gael eu dwyn yn erbyn y dynion 'ma, maen nhw'n mynd i wynebu llond trol ohonyn nhw, Miss Jones. Toman dail o gyhuddiadau. Nes bod ei hoglau hi'w chlywed o fan'ma i Fynwy.' Roedd ei llais yn berwi. Yr angerdd yn poethi. 'Llofruddiaeth, llosgach, trais, herwgipio, symud anifeiliaid, taflu sbwriel, gyrru dan ddylanwad y ddiod feddwol, y cwbwl lot.'

Nodiodd Aleksa. Ciledrychodd ar Seth. Gwenodd Seth yn swil arni. Tynnodd Aleksa'i llygaid o'r neilltu. 'A be 'dach chi am i mi neud? Ga i'r stori?'

'Hynny'n ddigon teg. Be 'di'ch sefyllfa chi efo'r *County Star*? Ro'n i'n dallt i chi gael mymryn o drafferth.'

Chwipiodd Aleksa edrychiad i gyfeiriad Seth. Gwyrodd Seth ei ben.

'Mae Ned, Edward Glyn, yn gweithio yno.'

'Gweithio o hyd? Mae o dros ei saith deg.'

'Fo sy'n pacio'r papurau. Ac yn gyfrifol am y faniau a'r dreifars pan fydd y copïau'n dŵad oddi ar y wasg. Job ran amser ydy hi, gan fwya.'

'A'i frawd o, yr Harry 'ma, yn olygydd.'

'Mae o i fod i ymddeol yr wythnos yma. Gafodd o drawiad ar y galon.'

'Ro'n i'n dallt. Y peth gorau i chi neud ydy mynd am adra.'

Cymerodd Aleksa gip ar Seth. Rhoddodd Seth nòd fach.

Aeth White yn ei blaen. 'Mi fydda i am gael sgwrs efo chi eto. Oes gynnoch chi waith papur? Cyfweliadau a ballu?'

'Torath.'

'Gawn ni rheini, os gwelwch yn dda.'

'Ga i nhw'n ôl?'

'Gnewch gopïau, Miss Jones. Mae'ch ymchwiliadau chi, o heddiw mlaen, yn rhan o ymchwiliad yr heddlu.' Oedodd White. 'Ro'n i'n dallt hefyd fod Mr Munro wedi gadael llythyr i chi.'

'Deryn bach 'di bod yn brysur,' meddai Aleksa, ei llygaid yn gwyro i gyfeiriad Seth eto.

'Fedrwch chi sicrhau ein bod ni'n cael y llythyr?'

''Dach chi'n mynd â bob dim.'

'Miss Jones, mae'ch gwaith chi wedi bod o bwys mawr. Chewch chi mo'ch anghofio.'

Teimlai fel iddi gael ei gwagio. Teimlai fel iddi gael ei stripio'n noeth. Teimlai fel Cristion heb grwsâd.

Ond o leia roedd hi'n teimlo fymryn yn saffach.

Roedd yr heddlu'n mynd ati rŵan. Roeddan nhw'n bwriadu erlid y dynion rheini. Roeddan nhw'n bwriadu eu holi a'u croesholi a'u criscroesholi. Sut y byddai'r cnafon yn ymateb? Deud anwiredd. Hel clecs. Ffurfio cynllwyn, bownd o fod.

Lle'r oeddan nhw rŵan, y funud 'ma?

Dychmygai Aleksa wrth gerdded tua swyddfa'r cyfreithiwr fod pob enw roedd hi wedi ei faeddu dros y dyddiau dwytha'n gweu celwydd newydd. Dychmygai nhw i gyd yn Nhreferyr – Sol, Jenkins, Harry, Ned, a John Morgan hefyd, yno i amddiffyn enw da'i dad – yn brasgamu a rhwbio dwylo a chrafu pennau a rhegi a ramdamio a phoeni. Dychmygai ei hun yn y stafell yn astudio wynebau'r pump a gofyn i un ar ôl y llall: pa un ohonach chi'r diawlad laddodd Glenda?

Pawb, meddai Nora, ar ôl ei beio'i hun. Oeddan nhw i gyd wedi erlid y ferch? Wedi ei llofruddio? Un yn crogi, y lleill yn nadu ei strancio? Wedi tywys ei chorff llipa i'r comin? Wedi ei daflu fel cadach o dan y goelcerth?

A be oedd wedi digwydd iddi cyn ei lladd?

Crynodd Aleksa. Crwydrodd ei llygaid y strydoedd llwyd. Paranoia'n pwnio am eiliad. Bownd iddyn nhw dreisio'r gryduras fach. Dynion felly oeddan nhw.

Camodd drwy'r drws oedd ac arno'r plac: Bryn Morgan a'i Gwmni – Cyfreithwyr.

Dringodd y grisiau cul a mynd drwy'r drws gwydr. Roedd merch ifanc yn eistedd tu ôl i ddesg dderw. Roedd hi'n astudio dogfen. Roedd tri drws yn arwain o'r groesfan. Plac ar un yn deud: Bryn Morgan. Plac ar yr ail yn deud: Christopher Smart. Plac ar y trydydd yn deud: Toiled.

'Fedra i'ch helpu chi?' Gwenodd y ferch yn ffals.

Cyflwynodd Aleksa'i hun a deud ei busnes.

Daeth Bryn Morgan o'i swyddfa i'w chroesawu. Roedd hi'n gyfarwydd â'r dyn bach llydan mewn siwt Saville Row o'r oriau y treuliodd hi yn llys ynadon y dre yn adrodd ar gwymp y mân ladron a'r meddwon.

Roedd ei swyddfa'n daclus. Rhesiad o ffeiliau ar un silff lyfrau. Cyfrolau cyfreithiol yn dynn fel tai teras ar silff arall. Eisteddodd Morgan mewn cadair ledr. Ogleuai Aleksa'r defnydd. Penderfynodd iddi ddewis yr yrfa anghywir.

Mewn llith oedd yn llawn jargon cyfreithiol esboniodd Morgan ei gyfrifoldebau. Ac wedi munud oedd yn teimlo fel oes agorodd ddrôr yn ei ddesg. Rhoddodd amlen wedi ei selio ar y ddesg. Sylwodd Aleksa fod ei henw wedi ei deipio ar yr amlen. Syllodd arni fel pe bai hi'n wenwynig.

'Ydach chi am ei hagor hi yn fy mhresenoldeb i, Miss Jones? Neu mae croeso i chi ei hagor hi'n breifat.'

Yn breifat? Be oedd ym meddwl Bryn Morgan? Doedd 'na'm awgrym o ddim yn ei lais. Ond oedd o'n meddwl mai rhyw ddatganiad o gariad oedd yn yr amlen? Oedd o'n credu i Munro chwarae o gwmpas efo Aleksa tu ôl i gefn Mrs Munro? Ynteu a oedd y cyfreithiwr yn ymwybodol o flas y cnawd oedd yn temtio'r ditectif go iawn?

Tagodd Aleksa. Cydiodd yn yr amlen a'i rhwygo ar agor. Dadblygodd y llythyr. Un ddalen wedi ei theipio'n daclus. Darllenodd Aleksa'r llythyr.

Cyfaddefiad Malcom Munro. Datganiad Malcom Munro i'r byd. Pytiau o'i burdan yn sefyll allan wrth i Aleksa ddarllen:

'Fi laddodd Stan Fisher . . . Elfyn Morgan orchmynnodd i mi "gosbi Stan Fisher a rhoi taw ar 'fyrraeth Glenda Rees". . . Elfyn Morgan roddodd gerdyn Dafydd Abbot i mi rhag ofn i bethau fynd o chwith . . . Dafydd fyddai'n cael y bai. Roedd Morgan yn fy mlacmêlio i ar ôl i mi gael fy nal efo dyn arall yn nhoiledau cyhoeddus y dre . . . Doedd gen i ddim dewis . . . Ro'n i'n uchelgeisiol . . . Roedd gen i wraig a phlant . . . '

Ac ar y diwedd, geiriau oedd yn gysur i Aleksa:

'Nid chi sydd wedi fy ngyrru fi i'r fath weithred, Aleksa. Mae hi'n bryd i mi gosbi fy hun, a dyma'r unig gosb sy'n gyfiawn.'

Roedd hi'n rhedeg am y car. Y llythyr yn ei phoced. Cadarnhad cyfreithiol. Dyma chi'ch tystiolaeth. Dyma chi un achos wedi ei setlo. Un yn weddill. Lle'r oedd y dystiolaeth fyddai'n setlo'r cownt hwnnw?

Roedd hi'n gweu drwy bobol. Roedd hi'n pwnio pobol. Roedd hi ar frys fel tasa amser yn brin. Roedd y car tu allan i'r stesion. Oedodd. Cysidrodd. Rhoddodd law yn ei phoced i

gyffwrdd y llythyr.
 Na, gadael iddyn nhw aros.
 Fy sioe i ydy hon. Fi ydy gwaredydd Glenda Rees.

57.

TYRCHODD drwy'r ffeil. Boddodd ei hun yn y dogfennau. Sgrialodd drwy fywyd a marwolaeth Glenda Rees. Dwrdiodd ei hun am beidio â gneud hyn yn gynharach. Roedd hi wedi trio. Ond roedd rhywbeth yn codi ei ben byth a beunydd.

Rŵan amdani. O ddifri.

Roedd hi wedi gyrru'n ôl i dŷ Seth. Wedi rhuthro i'r llofft. Wedi cythru yn ffeil Elfed Hill. Wedi cysidro dreifio i dŷ Elfed Hill. Wedi penderfynu peidio. Mynd ati ar ei phen ei hun. Efo'r unig berson oedd wedi aros yn driw drwy gydol hyn. Hi ei hun.

Astudiodd y cyfweliadau. Roedd trigolion Llys Hebron wedi cael eu holi. Mi fuo Hill yn drylwyr. Roedd Nora Rees wedi cael ei holi. Sylwodd eto ar y llinellau duon drwy rannau o'r cyfweliad. Mi fuo Munro neu Morgan yn drylwyr.

Roedd Hill wedi holi rhai o'r dynion.

Arwyn Jenkins: Digalon – Y gryduras fach – Welis i'r un dim – Yng nghôl Crist heno – Gobeithio mai nid y fam sy'n gyfrifol.

Sol Huws: Mam yr hogan yn slwt – Dwi'n gwadu i mi gael perthynas efo Nora Rees – Roedd yr hogyn acw'n nabod yr hogan.

Harry Davies: Y fam yn un benboeth, cofio'n iawn y digwyddiad yn y capel – Beio pawb am ei beichiogi – Dim syniad pwy oedd y tad.

Edward Glyn Davies: Dwi'n cyfadde i mi gael perthynas efo Nora Rees – Wn i fod pobol wedi fy ngweld i yn ei chwmni – Nid fi ydy tad Glenda – Pe bawn i'n dad iddi mi faswn i wedi edrach ar eu holau nhw.

John Morgan: Dwi'n gyfarwydd efo Nora Rees drwy Harry Davies – Fel cynghorydd lleol dwi'n barod i gynorthwyo – Dwi'n gwybod dim mwy na hynny mae gyn i ofn.

Nodiadau Elfed Hill: Rydan ni'n chwilio am y tad – Pryderon ar gowt Stan Fisher – Rhywbeth o'i le – Proffil Stan ddim yn awgrymu ei fod o'n unigolyn a fyddai'n lladd ei hun – Pwysig i ni ddod o hyd i'r tad – Pobol fel tasa nhw'n gyndyn o helpu – Maen nhw'n benderfynol o faeddu enw Nora Rees a Glenda – Dim awgrym bod Glenda'n byw'r un bywyd â Nora – Ymchwiliad meddygol yn dangos nad oedd hi'n forwyn – Stan Fisher oedd y cynta? – Stan Fisher laddodd Glenda? – Na! – Chwilio am y tad – RHAID DOD O HYD I'R TAD!!

Ned, meddyliodd Aleksa. Ai Ned laddodd Glenda? Roedd Hill yn benderfynol mai'r tad oedd yn ganolbwynt i hyn i gyd. Ond ddaeth Hill ddim o hyd i'r tad. Ella mai dyna pam y credai mai'r tad oedd yr allwedd. Roedd Hill yn rhwystredig. Heb ddatrys y dirgelwch.

Daeth Aleksa ar draws amlen. Roedd yr amlen yn cynnwys lluniau o Glenda. Roedd y lluniau'n troi stumog Aleksa.

Glenda ar y slab. Glenda'n garcas. Glenda'n noeth. Glenda'n llwyd.

Roedd briwiau amrwd am ei chorn gwddw. Cleisiau. Stribedi porffor lle gwasgwyd y gwddw. Darllenodd Aleksa'r nodiadau. Yn ôl y patholegydd roedd Glenda wedi ei thagu. Ôl bysedd ar y corn gwddw.

Llyncodd Aleksa.

Ond dim print bysedd. Roedd llofrudd Glenda wedi gwasgu'r bywyd ohoni. Ond roedd 'na orchudd rhwng dwylo'r llofrudd a gwddw'r sglyfaeth.

Astudiodd Aleksa adroddiad y patholegydd. Dafnau o sidan wedi eu darganfod ar y corff. Sgarff? Doedd y patholegydd ddim yn tybio. Adrodd ffeithiau'n unig oedd y gwyddonydd. Hill a'i ffeithiau. Y patholegydd a'i ffeithiau. Aleksa a'i ffeithiau.

Roedd 'na luniau wedi eu clipio i'r adroddiad. Y dafnau sidan mewn bag plastig. Prin y medrai Aleksa eu gweld. Ond dyna ddywed y nodyn ar y llun: Dafnau sidan/Lliw: Coch/Glenda Rees/Tach 4 1976.

Roedd 'na lun arall. Gewin mewn bag plastig.

Clodd stumog Aleksa.

Gewin pwy?

Sgrialodd drwy'r dogfennau wrth law. Daeth o hyd i lun arall.

Cnawd wedi ei dyrchio o islaw gwinedd Glenda.

Roedd dagrau'n llenwi llygaid Aleksa.

Meddyliodd am Glenda'n brwydro am ei bywyd. Meddyliodd am Glenda'n strancio am ei bywyd. Meddyliodd am Glenda'n sgrechian am ei bywyd.

Ai gewin Glenda oedd yn y bag plastig?

Daeth o hyd i lun arall. Modrwy mewn bag plastig. Nodiadau tebyg yn dyddio'r darganfyddiad. Roedd hi'n anodd deud o'r llun yn union pa fath o fodrwy oedd hi. Craffodd Aleksa. Carreg fechan mewn cylch o fetel. Pa fath o garreg? Modrwy pwy?

Nodiadau Hill. Chwilio am awgrym. Gwefusau Aleksa'n sych. Calon yn dyrnu. Daeth o hyd i daflen yn dwyn yr enw TYSTIOLAETH. Sylwadau Hill ar y darganfyddiadau.

Y croen o dan yr ewinedd: Glenda wedi crafu am ei bywyd.

Y gewin: anodd deud os mai gewin y llofrudd ynteu gewin y sglyfaeth. O'r dystiolaeth sydd wrth law rhaid tybio mai gewin y sglyfaeth ydy o – crafu a strancio a brwydro, colli'r gewin yn sgil ei hymdrechion i atal yr ymosodiad.

Y fodrwy: eiddo i Glenda ac wedi ei rhwygo oddi ar fys y ferch pan oedd hi'n strancio. Rhodd gan Fisher? Mrs Rees ddim yn ymwybodol.

Aeth meddwl Aleksa ar ras. Chwiliodd am rywbeth, RYWBETH. Roedd 'na RYWBETH yno. Ond ym mha gornel dywyll o'i hymennydd oedd y RHYWBETH hwnnw'n cuddio?

Roedd hi wedi gweld RHYWBETH unwaith.

Dyna'r dystiolaeth.

Dim ond i White a Seth gael y ffeil. Dim ond iddyn nhw ddod o hyd i'r dystiolaeth – y gewin, y croen, y dafnau sidan. Byddai profion DNA yn dangos ac yn profi pob dim. Hill druan. Doedd y ffasiwn wyddoniaeth ddim ar gael iddo fo a'i gyfoedion.

Neidiodd Aleksa ar ei thraed. Chwiliodd am ei ffôn. Lle'r oedd y ffôn? Dechreuodd y ffôn ganu. Dilynodd y sŵn. Tyrchodd drwy'r dogfennau. Dod o hyd i'r ffôn.

'Helô?'

'Haia, fi sy 'ma.'

Roedd corn gwddw Aleksa'n glymau.

'Aleksa?'

'Dwi yma. Wyt ti'n iawn?'

'Go lew. Sut wyt ti?'

'Iawn. Ydy pob dim yn iawn?'

'Nac 'di.'

'O. Sori.'

'Gawn ni gyfarfod? Sortio pethau. Dwi'n ddigalon, Aleksa. Dwi'm isio i bethau fod fel hyn. Dwi isio i bethau fod fel roeddan nhw o'r blaen.'

Caeodd Aleksa'i llygaid. Roedd mynd yn ôl yn amhosib. Fedrai neb ddwyn amser.

'Wyt ti yna?'

'Yndw,' meddai Aleksa.

'Gawn ni gyfarfod?'

'Well i ni neud. Sut mae'r Paffiwr?'

'Mewian. Cwyno. Crafu. Byta. Cysgu. Lladd. Mewian. Cwyno . . .'

Dechreuodd Aleksa fân chwerthin.

Dechreuodd Ffion fân chwerthin.

58.

'PAM wyt ti'n cnocio?' gofynnodd Ffion ar ôl agor y drws.

Roedd Ffion yn welw. Y gwallt tywyll, oedd fel arfer yn adlewyrchu'r dydd, yn ddwl. Y llygaid mawr brown, oedd fel arfer yn adlewyrchu pwy bynnag oedd yn syllu i'w dyfnder, yn wag.

Gwelodd Aleksa'r Paffiwr yn eistedd wrth droed y grisiau.

'Dim rheswm,' meddai Aleksa. 'Jyst rhag ofn, dyna i gyd.'

'Rhag ofn be? Tyd i mewn.'

Aeth Aleksa at y Paffiwr. Mewiodd y gath. Rowliodd y gath ar ei gefn. Ystwythodd ei goesau. Crafodd Aleksa stumog y Paffiwr. Canodd y Paffiwr rwndi. Mwythodd Aleksa'r Paffiwr. Cripiodd y Paffiwr law Aleksa.

'Diawl! Dwyt ti heb newid.' Gwyliodd wrth i'r Paffiwr ei heglu hi i'r gegin. Hisiodd y Paffiwr am ryw reswm. Clywodd Aleksa'r llen cath yn taro wrth i'r Paffiwr ruthro am allan.

Aeth Ffion â hi i'r stafell fyw. Eisteddodd Aleksa a disgwyl wrth i Ffion fynd i neud paned. Dychwelodd Ffion. Mân sgwrsio rhwng y ddwy. Ffion yn anghyffyrddus. Ffion yn chwarae efo'i dwylo.

Syllodd Aleksa ar ddwylo Ffion. Meddyliodd am y fodrwy. Am y llun o Glenda. Am lun arall roedd hi wedi ei weld unwaith. Roedd 'na rywbeth ynglŷn â'r fodrwy ...

'Yli, Aleksa, dwi wedi cael sgwrs efo Dad.'

'O, felly.'

'Mae o wedi deud pob dim wrtha i.'

'Pob dim?'

'Mi oedd o'n gynghorydd ar y pryd. Mi oedd o'n nabod y

Glenda Rees 'ma drwy'i mam.'

Meddyliodd Aleksa: be mae John wedi'i ddeud? Be mae John wedi'i neud? Ydy o wedi cyfadde i Ffion ei fod o'n un o ddynion Nora Rees?

'Roedd Nora Rees wedi dŵad ato fo, fynta'n gynghorydd . . . '

'Ond, Ffion, doedd dy dad ddim yn cynrychioli'r ward lle'r oedd hi'n byw.'

Crychodd Ffion ei thrwyn. Rhwbiodd ei dwylo. Hanner trodd ei phen. 'Na . . . dwn i'm . . . ond roedd pobol yn ei drystio fo, 'sti. A mi ddaeth y Nora Rees 'ma i'w weld o, jyst fel un o'r etholaeth, dyna i gyd.'

'Ffion, doedd hi ddim yn ei etholaeth o. Roedd dy dad yn gynghorydd ar ward yn y dre–'

Neidiodd Ffion ar ei thraed. 'Mae Dad wedi deud wrtha fi, Aleksa. Mae o wedi deud y gwir. Mae isio i chdi roi'r gorau i hyn.'

Safodd Aleksa. 'Ffion, sori am hyn, wir yr, ond mae dy dad a dy daid yn rhan o'r cynllwyn 'ma. Dwi'm yn credu iddyn nhw fod yn gyfrifol am ladd Glenda, ond roeddan nhw'n mynd i dŷ'r ffarmwr 'ma yn Llys Hebron–'

Rat-tat-tat y llen cath yn torri ar ei thraws. Hisiad y Paffiwr. Rhuthrodd y Paffiwr i'r stafell fyw. Ei glustiau'n fflat ar ei ben. Ei lygaid wedi chwyddo. Yn syllu dros ei ysgwydd. Ei gorff yn isel.

'Paff?' meddai Aleksa. Sgrialodd y Paffiwr tu ôl i'r soffa. Daeth dau ddyn i'r stafell fyw. Syllodd Aleksa arnyn nhw. Anghofiodd yr enwau oedd yn cyfateb i'r wynebau am eiliad. Daeth pendro drosti. Daeth cwlwm i'w stumog.

'Sori, Aleksa.' Llais poenus Ffion o rywle.

'Yli, Aleksa,' meddai John Morgan, 'rhaid i chdi ddŵad efo ni rŵan. Dim ond isio gair, esbonio pethau.'

Gwaniodd coesau Aleksa.

'Sori, Aleksa.' O bell y daeth llais Ffion y tro yma.

'Tyd laen y bitsh fusneslyd,' meddai Sol Huws. Llamodd

tuag at Aleksa. Ei ddwylo fel rhawiau. Cyn iddi fedru sgrechian roedd un o'r dwylo'n fwgwd am ei cheg.

59.

PARABLODD John Morgan drwy gydol y daith. Stranciodd Aleksa drwy gydol y daith. Rhegodd Sol Huws drwy gydol y daith.

Roedd hi mewn caets yng nghefn fan Sol Huws. Roedd 'na weiran yn ei gwahanu oddi wrth Sol a Morgan yn y tu blaen. Crafodd y weiran. Ciciodd ochrau'r fan. Gwthiodd yn erbyn y drws cefn. Poerodd ar y dynion. Ymbiliodd arnyn nhw i'w rhyddhau hi. Criodd yng ngwyneb ei ffawd.

'Caewch eich cegau'r ddau ohonach chi,' meddai Sol Huws.

Ufuddhaodd Morgan.

Stranciodd Aleksa. Crafodd Aleksa. Ciciodd Aleksa. Poerodd Aleksa. Ymbiliodd Aleksa. Cwynodd Aleksa.

'Fydd pob dim yn iawn, dwi'n gaddo,' meddai Morgan yn dila.

Bu bron i Aleksa chwerthin. Gwleidydd yn gaddo? Roedd hi'n bownd o fod yn saff felly. Ha! Ha! Na! Na! Roedd hi'n bownd o fod mewn peryg felly. Sgrechiodd Aleksa.

Trodd y fan i lidiart Treferyr. Parciodd Sol Huws. Brasgamodd o'r fan. Agorodd y drws cefn. Ciciodd Aleksa. Cythrodd Sol. Gwasgodd Aleksa o dan ei gesail. Fel tasa fo'n cario dafad. Stranciodd Aleksa. Crafodd ei grys a'i groen. Brathodd ei fraich.

Trotiodd Morgan ar eu holau. Ei ben yn gwibio i'r naill ochor a'r llall. Ei ddwylo'n rhwbio, rhwbio, rhwbio yn erbyn ei gilydd. Y chwys yn powlio. Yr ofn yn amlwg yn ei lygaid.

Roedd ffroenau Aleksa'n llawn oglau chwys a thail. Aethant i'r tŷ. Hyrddiwyd hi i'r llawr. Aeth y byd â'i ben ucha'n isa.

Teimlodd boen yn ei sgalp. Gwichiodd wrth i Sol ei llusgo gerfydd ei gwallt. Crafodd ei law. Gwthiodd ei hewinedd i'w gnawd lledraidd.

'Paid â'i brifo hi, Sol, wir Dduw,' meddai Morgan.

'Cau dy geg,' meddai Sol.

Taflwyd Aleksa drwy ddrws. Baglodd dros gefn soffa. Tarodd ei phen ar fwrdd coffi. Clywodd y drws yn cau'n glep. Clywodd sŵn goriad yn troi. Neidiodd ar ei thraed. Llamodd ar draws y stafell. Waldiodd y drws.

Sgrechian, sgrechian, sgrechian.

Waldio, waldio, waldio.

Gwaniodd ei breichiau. Gwaniodd ei llais. Dechreuodd swnian crio. Llithrodd i'r llawr. Rowliodd yn belen. Breichiau wedi eu lapio amdani. Hen friwiau wedi dŵad yn ôl i'w chreithio.

60.

YSGYDWODD Aleksa'r barrau oedd ar draws y ffenest. Estynnodd drwy'r barrau. Gwthiodd y llen ar agor efo pen bys. Gwelodd gae. Ac yn y cae roedd 'na goelcerth.

Roedd hi wedi bod yn y stafell am awr yn ôl ei wats. Roedd hi'n tywyllu. Roedd Aleksa isio goleuni. Doedd 'na fawr yn y stafell ond am soffa a dwy gadair bren a bwrdd coffi a lle tân gwag. Roedd hi wedi chwilio am arfau. Doedd 'na ddim. Dim byd ond rhyw oglau hen. Dim byd ond llwch.

A'r straeon oedd yn llechu yn y drewdod a'r dwst.

Edrychodd o'i chwmpas eto. Roedd y diffyg golau'n dwyn ei golwg. Roedd hi isio taflu rywbeth at y ffenest. Ond doedd 'na ddim byd a fyddai'n plygu drwy'r barrau a chracio'r gwydr. Cydiodd Aleksa'n y bwrdd coffi. Ei nerfau'n tynhau. Ei breichiau'n wan. Gwingodd wrth godi'r bwrdd. Griddfanodd.

Agorodd y clo. Agorodd y drws. Dallwyd hi gan olau. Gollyngodd y bwrdd. Syrthiodd ar ei thin. Ac wrth i'w llygaid ddygymod efo'r golau, ffurfiodd rhyw siapau tywyll yn ffrâm y drws.

'Dyma hi. Y gnawas.' Llais Sol Huws. Roedd o'n dalach na'r lleill.

Daeth llygaid Aleksa'n gyfarwydd efo'r goleuni. Dechreuodd grynu. Dechreuodd sugno aer i'w sgyfaint fel tasa'r aer ar fin mynd am byth.

'Aleksa.' Roedd John Morgan fel tasa fo wedi bod yn nofio yn ei ddillad. Roedd o'n socian. Ei wyneb yn goch. Mopiodd ei dalcen efo'i hances boced goch. 'Wir ddrwg gyn i am hyn.'

'Cau dy geg y sinach bach llwfr.' Gwthiodd Arwyn Jenkins

ei hun i'r tu blaen. Meddai wrth Aleksa, 'Isio i chi feindio'ch busnes, Miss Jones.' Pwyntiodd ati efo bys llawn cryd cymalau. 'Ylwch arnach chi rŵan. Da i ddim.'

'Harry,' meddai Aleksa, 'Harry, plîs.'

'Aleksa,' meddai Harry, y wên a'r gwallt a'r crys a'r tei – popeth yn ei le. 'Wyt ti'n werth y byd, yn dwyt? Yn un benderfynol. Rhy benderfynol o beth coblyn.'

'Ac uffar o nerth yn y bôn breichiau siapus 'na,' meddai Ned. Tynnodd ei Banama a'i chwifio o flaen ei wyneb fel ffan. Chwifiwyd mwg ei sigâr o gwmpas y stafell.

Camodd y dynion i'r stafell. Bagiodd Aleksa am y ffenest. Ei choesau'n gwegian. Ei phledren yn fregus. Ei bywyd yn dila.

'Be 'dach chi am neud? Peidiwch â meddwl y cewch chi'ch traed yn rhydd. Mae'r heddlu'n gwbod pob dim.'

'Be maen nhw'n wbod, hogan?' gofynnodd Harry – y wên a'r gwallt a'r crys a'r tei.

'Gwranda arni hi, Harry.'

Diflannodd y wên. Taflodd Harry edrychiad miniog i gyfeiriad Morgan. 'Cau dy geg, y cwdyn. Tasa gyn ti hanner asgwrn cefn dy dad mi fasa chdi'n hanner iws.' Trodd eto i gyfeiriad Aleksa. Dychwelodd y wên. 'Na, tydi'r heddlu'n gwbod dim. A chawn nhw fawr o lwc heb y ffeil swmpus 'na sgyn ti yn dy fag. A lwcus i'r hen hogyn gwirion 'na gymryd ffansi ata chdi. Difrodi dy gar di felly. Lwcus i mi nabod y car, taro golwg ar y sedd flaen. Ddois i o hyd i'r hen lun 'na. Ych a fi! Hen lun hyll fydda wedi agor nyth cacwn tasa rywun wedi dŵad o hyd iddo fo.'

'Ninnau'n meddwl fod yr hanner annifyr hwnnw wedi ei golli.' Jenkins yn deud ei ddeud. 'Chithau'n dŵad ar ei draws o. Ninnau'n cael–'

'Mae'r heddlu'n gwbod,' meddai Aleksa. 'Roedd y llun yn y ffeil, yn ffeil–'

'Dyna ddigon,' meddai Harry.

Chwipiodd rhyw syniad drwy feddwl pendramwnwgl

Aleksa. Ar ôl iddo fo fynd, dywedodd, 'Mae Ffion yn gwbod fy mod i yma.' Edau yn unig yn ei dal rhag plymio.

'Mi fydd Ffion yn gwrando ar ei thad,' meddai Jenkins. Trodd y cyn-weinidog i syllu ar Morgan. 'Mae Ffion yn hogan dda.'

Llyncodd Morgan fel tasa ganddo fo lond ceg o lafnau.

'Mae gennod da'n cau eu cegau.' Llithrodd tafod Ned dros ei wefusau. 'Taswn i ddeng mlynedd yn fengach, ar f'enaid i . . .'

Daeth beil i wddw Aleksa. Daeth rhyw hisiad o'i cheg. 'Na.'

'O, paid â cyboli, hogan,' meddai Harry. 'Tydan ni'm felly. Wnaethon ni rioed *dreisio* Nora, naddo. Roedd Nora'n fwy na bodlon chwarae'n fudur efo ni. Dim ond iddi gael dimai neu ddwy.'

'I fwydo'r hogan fach.' Gwenodd Ned yn llydan. Roedd o'n glafoerio.

'Roedd hi'n chwaer i chdi, Harry,' meddai Aleksa. Cydiodd yn y barrau tu ôl iddi rhag iddi syrthio. Doedd 'na ddim nerth yn ei choesau.

Cododd Harry ei sgwyddau. 'Roeddan ni'n deulu agos.'

Chwarddodd Ned. Chwarddodd Sol. Gwenodd Jenkins.

'Chithau'n weinidog.' Daeth Aleksa o hyd i hyder yn rhywle a sgyrnygodd ar Jenkins.

Diflannodd y wên. 'Gnawas fach ddigwilydd. Jadan. Jesebel. Dyna ydach chi i gyd, y cwbwl lot ohonach chi. Nid fy Nuw i ydy'ch Duw chi. Duw dial ydy'n Nuw i, gnawas. Duw efo bôn braich. Duw didostur. Nid Duw hwrod, Duw'r diog, Duw'r drygs, Duw'r gwangalon. Slwtan fach!'

'Cau hi, Arwyn,' meddai Harry'n dawel, 'wyt ti'n parablu.'

'Be 'dach chi'n fwriadu'i neud?'

'Be wyt ti'n feddwl?' gofynnodd Harry.

'Harry, dwi'm yn meddwl–'

Cydiodd Sol yn sgrepan Morgan a'i chwipio yn erbyn y pared. Caeodd Morgan ei geg. Rhwbiodd gefn ei ben.

'Wel, be wyt ti'n feddwl?' gofynnodd Harry eto.

Dechreuodd Aleksa grio. Dechreuodd swnian. Harry oedd wedi ei meithrin. Harry oedd wedi ei magu. Harry oedd yn mynd i'w maeddu.

'Harry, fedra i'm credu y gnei di mrifo i. Paid â mrifo i. Plîs. Plîs, Harry.'

Ochneidiodd Harry. 'Aleksa, Aleksa. Rwyt ti'n andros o ohebydd da, 'sti. A mae gyn i feddwl y byd ohona chdi. Ond mae'n enw da i'n bwysicach o beth coblyn.'

'Paid, Harry. Plîs, Harry.'

'Hysh, rŵan. Be sy'n mynd i ddigwydd ydy dy fod ti'n mynd i ddiflannu. Chdi a'r ffeil swmpus 'na. Mi fydd pobol yn meddwl i chdi ei heglu hi o 'ma. Dyna fydd John yn ddeud wrth Ffion, a dyna fydd Ffion yn ddeud wrth bawb sy'n gofyn. "Aleksa? Www, mae Aleksa wedi mynd. Wedi codi pac. Wedi cael llond bol. Wedi mynd i sgwennu llyfr am achos Glenda Rees." A dyna ni.'

'Mae hynny'n hurt, Harry. Pwy gredith hynny?'

Cododd Harry ei sgwyddau. 'Be di'r ots? Fyddi di ddim callach.'

Gwawriodd hynny yn ei meddwl: dim ots pa mor hurt oedd y syniad fyddai hi ddim yno i wadu. Fyddai hi ddim yno i bwyntio bys. Roedd yr hyn oedd i ddigwydd fory'n estron i Aleksa. Roedd y pethau oedd i ddilyn yn ddiarth iddi. Fyddai Aleksa ddim yma fory.

'Mae Clara'n gwbod,' meddai. Un ymdrech olaf i achub ei hun.

'Ydy siŵr.' Chwarddodd Harry'n sarhaus. Chwarddodd y lleill. Ond am John Morgan. Ei geg yn agor a chau fel ceg llyffant.

'Amser mynd,' meddai Harry. 'Amser deud ta ta.'

Suddodd Aleksa i'r llawr. Llamodd Sol a Jenkins amdani hi. Rowliodd Aleksa'n belen. Caeodd ei llygaid. Crynodd. Gwingodd. Brwydrodd i beidio â strancio ac ymbilio am ei bywyd. Teimlodd ddwylo mawr Sol yn cau am ei breichiau.

Roedd hi'n swnian. Roedd hi'n sgytio.

Agorodd ei llygaid. Ei hanadl yn fyr. Sol yn ei dal ar i fyny. Ei choesau wedi hen roi'r ffidil yn y to.

Roedd gan Jenkins raff.

'Peidiwch â stryffaglio, plîs,' meddai Jenkins.

Syllodd Aleksa ar y rhaff.

Trio rheoli ei hanadlu brysiog. Methu'n lân. Syllu ar y rhaff wrth iddo weu fel neidr o'i hamgylch. Meddwl am y derwydd roddodd grefydd iddi.

61.

ROEDD hi wedi chwydu. Roedd hi wedi piso. Roedd y sach yn chwilboeth. Roedd y rhaff yn brathu. Roedd Aleksa'n tagu yn ei drewdod.

Cafodd ei chario ar ysgwydd rhywun. Sol Huws? Ei phen am i lawr. Ei phen yn troi. Cyfog yn codi eto. Dim byd yn ei stumog.

'Mae'r gnawas wedi piso.' Llais Sol.

Sŵn chwerthin.

Taflwyd hi ar lawr. Roedd 'na sŵn moch. Soch sochian ffyrnig. Roedd 'na oglau tail. Roedd 'na wres.

Roedd y clymau'n dynn.

Meddyliodd am y derwydd roddodd grefydd iddi.

Meddyliodd am y derwydd ddysgodd dric iddi.

'Fi ydy Harry Houdini Cymru.'

Roedd y clymau'n andros o dynn.

'Isio i chi dynhau'ch cyhyrau. Eu tynhau nhw, mor dynn ag y medrwch chi. A gneud hynny pan maen nhw'n eich clymu chi. Wedyn, pan 'dach chi wedi'ch clymu, llaciwch eich cyhyrau. Mi fydd 'na fwlch rhyngtha chi a'r rhaff. Dim ond digon i chi droi a throsi. A hei gancar, mi fedrwch chi sgytio'ch hun yn rhydd.'

Llaciodd Aleksa'i chyhyrau. Roedd 'na fwlch. Bwlch lled blewyn. Dechreuodd grynu. Panig yn cydio eto. Llyfodd ei gwefusau. Blas chŵd arnyn nhw.

Dechreuodd droi a throsi.

'Dwi'm am fod yn rhan o hyn, bellach.' Llais John Morgan.

'Hegla hi ta'r cachgi.' Sol Huws yn dwrdio.

Sŵn traed yn rhedeg.

'Be sgyn ti mewn golwg, Harry?' Jenkins yn holi.

Aleksa'n troi a throsi. Aleksa'n brathu ei gwefus. Aleksa ofn am ei bywyd.

Bwlch lled blewyn.

Y lleisiau'n bellach.

Y soch sochian yn boddi'r lleisiau braidd.

Bwlch lled llinyn.

Troi a throsi.

Gwingo, gwingo, gwingo.

Bwlch lled llinyn.

Crensiodd nerfau Aleksa.

Gwingo, gwingo, gwingo.

Troi a throsi.

Gweddïo nad oedd y dynion yn gweld y sach yn symud.

'Pryd i'r moch.' Llais Harry.

Bu bron i Aleksa sgrechian.

Gwingo'n fwyfwy.

Swnian fwyfwy.

Bwyta'n fyw.

'Mi fytan nhw bob darn,' meddai Harry. Harry oedd wedi ei meithrin. Harry oedd wedi ei magu. Harry oedd am ei bwydo i foch.

'Ro'n ni glec i'r gnawas i ddechrau.' Sol sy'n caru merched.

'A be wedyn?' Ned yn holi.

Gwingo, gwingo, gwingo.

Calon Aleksa bron â ffrwydro.

Ei chyhyrau ar dân.

Ei dychryn yn drewi yn y sach.

Mesur ei hofn yn ddifesur.

'Eith hi ddim i mewn yn un darn. A' i i nôl y lli drydan.' Sol yn sortio.

'Dwi'm yn aros.' Harry'n wan galon. 'Dwi fod dan y doctor. Beryg y ca i dro ciami.' Sŵn traed. Llais Harry'n bellach. 'Rho ganiad pan fydd pethau wedi eu sortio. Fydd Clara'n disgwyl.'

Clara'n disgwyl? Meddwl Aleksa ar ras. Gwingo o hyd.
Bwlch lled pensel.
Troi a throsi.
Clara'n disgwyl?
Disgwyl Harry'n ôl.
Cinio ar y bwrdd.
Bywyd perffaith.
Troi a throsi.
'Be nei di, Ned? Aros i weld y sioe?'
'Well i mi neud. Isio piso.'
'A' i i nôl y lli.' Dos, Sol, dos i nôl y blydi lli.
Sŵn traed.
Soch sochian.
Gwingo, gwingo, gwingo yn y sach.
Griddfan rŵan.
Isio rhyddid. Isio dengid. Ta waeth os ydyn nhw'n gweld. Ta waeth os ydyn nhw'n clywed.
Bwlch lled llaw.
Oglau dychryn yn ei ffroenau.
Braich yn rhydd.
Ochenaid o ymdrech.
Cic efo'i throed.
Troed yn rhydd.
Sŵn lli drydan yn chwyrnu.
Panig yn cythru.
Breichiau'n rhydd.
Soch sochian.
Crafu'n wallgo.
Ewinedd yn cracio.
Edau'r sach yn dafnio.
Bys drwy'r twll.
Griddfan.
Y nerth wedi mynd o'i chorff.
Soch sochian

Chwyrnu'r lli yn y pellter.
'Tyd laen, Sol, mae'r ast yn strancio.'
Y sach yn rhwygo. Sugno awyr y cwt i'w sgyfaint.
'Blydi hel, Sol.' Ned yn stond.
Chwyrnu'r lli.
Soch sochian.
Moch yn aros pryd.
Llygaid Aleksa'n gwibio.
Dod o hyd i'r drws.
Gwaedd yn ei chodi ar ei thraed.
Ned yn stond.
Dyn yn ei oed a'i amser.
Chwyrnu'r lli.
Yn agosáu.
Aleksa'n rhedeg.
Nerth o rywle.
Ned yn giât.
Sgrech a naid.
Aleksa'n ewinedd i gyd.
Aleksa'n anifail ffyrnig.
Llond llaw o locsyn.
Ewinedd i lygaid Ned.
Popian anghynnes.
Ned yn gwichian.
Ned yn baglu.
Y Panama'n y baw.
Ned yn foel.
Ned yn cythru.
Ned yn methu.
Ned yn gwichian.
'Bitsh 'di 'nallu i! Bitsh 'di 'nallu i!'
Aleksa drwy'r drws.
Awyr iach yn ei meddwi.
'Bitsh 'di 'nallu i! Bitsh 'di 'nallu i!'

Coesau'n gwegian.
Chwyrnu'r lli.
Yn boddi'r byd.
'O, ffycin hel.' Sol yn hefru.
Aleksa'n rhedeg.
Edrach yn ôl.
Sol yn drwm.
Y lli yn arf.
Syrthio ar ei liniau.
Y lli yn rhuo.
Sol yn ymestyn o bell.
'NAAAA!'
Aleksa'n fflio.
A fflio a fflio a fflio'n ddall drwy'r nos.

62.

DAETH y doctor eto. Profi ei phwysau gwaed. Profi ei thymheredd. Profi ei phwyll. Roedd hi wedi gwrthod mynd i'r ysbyty. Wedi mynnu aros yn y stesion. Gorweddai ar soffa glyd mewn stafell swît. Blodau mewn fâs ar y bwrdd. Lluniau o olygfeydd gwledig ar y pared. Lliwiau tawel. Dodrefn cyfeillgar.

Fan'ma roeddan nhw'n holi merched oedd wedi eu treisio a phlant oedd wedi eu cam-drin.

Gofynnodd y doctor a oedd hi'n iawn.

Nodiodd Aleksa.

Gofynnodd y blismones oedd yn eistedd mewn cadair freichiau a oedd hi'n iawn.

Nodiodd Aleksa.

Daeth Seth i mewn.

Cododd Aleksa ar ei heistedd. 'Wel?'

'Wyt ti'n iawn?' Eisteddodd wrth ei hymyl.

'Dwi'n iawn.' Braidd yn ddifynadd.

Roedd Aleksa wedi rhedeg am ei bywyd. Drwy'r düwch. Ar hyd lonydd cul. Heb stopio. Ei chalon yn pwmpio, pwmpio gwaed. Ei sgyfaint yn sugno, sugno aer. Nes iddi gyrraedd ciosg. Lle y ffoniodd hi 999. A threulio chwarter awr yn esbonio a pherswadio a thantro. Cyn ffonio Seth. Ac esbonio a pherswadio a thantro.

'Be maen nhw'n ddeud, Seth? Ydach chi wedi dŵad o hyd iddyn nhw?'

'Mae Sol wedi diflannu. Mae 'na swyddogion fforensig yn Nhreferyr ar hyn o bryd. Maen nhw wedi dŵad o hyd i'r sach.'

Crychodd ei dalcen. Meddwl am Aleksa yn y sach, debyg. 'Wyt ti'n siŵr dy fod ti'n iawn?'

'Dwi'n iawn, Seth. Lle mae'r lleill?'

'Mae Ned yn yr ysbyty. Dwyt ti heb ei ddallu o.'

Bechod, meddyliodd Aleksa.

Aeth Seth yn ei flaen. 'Harry, John Morgan ac Arwyn Jenkins yma'n cael eu holi. Tydi Harry a Jenkins yn deud dim, ond mae White yn chwysu Morgan. Fo ydy'r un tila.'

'Be am Ffion?'

'Mae Ffion fwy neu lai 'di cyfadde fod ei thad a Sol Huws wedi dŵad draw i gael gair efo chdi. Mi gafodd hi fraw braidd pan ddudis i be oedd wedi digwydd. Doedd hi'm yn credu. Mae hi wedi cyfadde i Sol dy hambygio di yn y tŷ, er iddi honni iddi drio'i stopio fo.'

'Do, mi ddaru hi. A Morgan, i raddau. Pan ffoniodd Harry fi am y busnes Daniel 'na, disgwl i Ffion ateb oedd o. Mynd i ddeud be oedd be. Deud wrthi am gau ei cheg, deud . . . dwn i'm, deud wrthi am ufuddhau er mwyn ei thad.'

'Mae White fel ci wedi ogleuo asgwrn.'

'Gaethoch chi hyd i'r ffeil? Roeddan nhw'n mynd i ddinistrio'r ffeil.'

'Do, do, paid â chynhyrfu, reit.'

'Mae o i gyd yn y ffeil, Seth. Dim ond edrach oedd raid. Mi ddudodd Hill fod yr atebion yno, dim ond i rywun gael amser i chwilio amdanyn nhw. Wyt ti'n gwbod lle mae'r dystiolaeth?'

'Y dystiolaeth?'

'Ia, y pethau ddarganfuwyd ar y comin, efo corff Glenda – roedd 'na gnawd o dan ei gwinedd hi. Roedd 'na ewin, a modrwy. Mae 'na luniau ohonyn nhw, mewn bagiau plastig bach, yn y ffeil.'

Daliodd Seth law i fyny i ddeud wrthi am arafu. 'Maen nhw mewn bocs yn rhywle'n HQ, siŵr o fod. Pethau felly'n cael eu harchifo. Ddown ni o hyd iddyn nhw. Mi dduda i wrth White.'

'Fedrwch chi gael DNA, medrwch? O'r gewin, a'r dafnau o

dan winedd Glenda.'

'Aleksa, dal dy ddŵr. Wyt ti dan straen.'

'Na, tydw i ddim. Dwi'n berffaith iawn.'

'Yli, mae White yn siŵr o'i phethau. Mae hi'n benderfynol fatha chditha. Mae Morgan yn gwegian ac mae o'n bownd o agor ei geg fawr i achub ei hun. Mae un ohonyn nhw'n bownd o glebran, a dwi'n betio ar Morgan. Mi 'dan ni'n nes i'r lan, dwi'n gaddo. Cyn gwawr fydd o wedi cyfadde be naeth y diawlad 'na i Glenda.'

Doedd o ddim yn dallt. Doedd 'na neb yn dallt. Ysgydwodd Aleksa'i phen. 'Na, Seth, na, tydach chi *ddim* nes i'r lan. Dwi'n gwbod pwy laddodd Glenda.'

A dywedodd pwy laddodd Glenda.

63.

Dydd Gwener, Tachwedd 9
'MAE'N ddrwg gyn i am hyn.'

'Nid eich bai chi. Eu bai nhw, y cwbwl lot, y ffyliaid gwirion,' meddai Clara Davies.

'Mae'n ddrwg gyn i. A diolch i chi am helpu. Y cliwiau bach 'na.'

Ceisiodd Clara chwerthin. Sniffiodd. Chwythodd ei thrwyn. Roedd ei bochau'n welw a'i llygaid yn amrwd. Gwraig wedi colli ei gŵr. Gwraig wedi gweld oes o drŷst yn chwalu'n deilchion. Gwraig oedd heb orffennol.

'Roeddach chi'n gwbod, yn doeddach? Dyna pam y gwnaethoch chi helpu,' meddai Aleksa.

Roeddan nhw'n eistedd yn stafell fyw Clara Davies. Roedd popeth yn ei le. Ond o dan yr wyneb roedd anhrefn a dinistr. Roedd tri diwrnod wedi mynd heibio ers i Aleksa ddianc o grafangau'r dynion yn Nhreferyr. Tri diwrnod ers iddi ddeud wrth Seth pwy laddodd Glenda Rees. Tri diwrnod ers iddi esbonio gant a mil o weithiau i White pwy laddodd Glenda Rees. Ac Aleksa styfnig am chwarae'i rhan.

'Mi oedd gyn i syniad. Fedrwch chi'm methu gweld y ffasiwn bethau a chitha wedi bod yn briod am gymaint o amser. Gofynnwch i'r gwragedd eraill. Doeddwn i ddim isio gweld, Aleksa. Roedd yn well gyn i gogio fod pob dim yn iawn. Dyna pam y bu i mi roi'r cliwiau gwirion 'na i chi, debyg. Awgrymu pethau, yntê, yn hytrach na'u deud nhw'n blwmp ac yn blaen.'

'Ond pam? Pam helpu?'

Sychodd Clara'i thrwyn eto. Sipiodd ei choffi. Brathodd

gornel ei bisged yn sidêt. Y bysedd siapus rheini'n dyner ac yn daclus. 'Y gwir yn brifo, Aleksa. Wedi storio'r boen am flynyddoedd. Gwbod i'ch gŵr gam-drin gwraig arall. Ei chamdrin hi'n ddychrynllyd, hefyd. Efo dynion eraill. Trin y gryduras fel cadach.' Daeth straen i wyneb Clara. Ymbil yn ei llygaid. 'Ydyn nhw'n siŵr i Harry chwarae rhan yn llofruddiaeth Glenda? Wyddwn i'i fod o'n ddireidus, yn un am y merched, ond hyn . . . na . . . anodd gyn i gredu. A gneud y ffasiwn beth i chitha. Peth ofnadwy.'

'Maen nhw'n dal i holi, Clara. Tydyn nhw heb ddod o hyd i Sol Huws, gyn belled. Does gan Gwynfor druan ddim syniad lle'r aeth ei dad o. Colli mam a thad, ofnadwy o beth.'

'Mae 'mhlant innau'n mynd i golli tad, Aleksa. Ydyn nhw'n haeddu hynny?'

'Nac ydyn, siŵr. Does 'na neb yn haeddu'r ffasiwn beth. Ond dwi'n gwbod, yn eich calon, eich bod chi, fel mam, yn teimlo'r un fath am Nora. Mi gollodd hi Glenda a 'dach chi'n gwbod bod gofyn i rywun gael ei gosbi.'

Nodiodd Clara. Crwydrodd ei llygaid tua'r dresel. Lluniau'n bla yno. Hanes y teulu mewn fframiau. Llun priodas Harry a Clara. Lluniau'r plant o'r crud hyd heddiw. Y teulu'n mwynhau. Y teulu'n dathlu. Y teulu'n byw.

Ac ymhlith y lluniau gwelodd Aleksa'r ffotograff a welodd hi yn ffrâm Harry yn y gwaith. Harry a Clara'n dathlu'r Dolig yn 1975. Cwpwl golygus. Y blynyddoedd yn cripian drostyn nhw. Dwylo Clara'n cysgodi dwylo'i gŵr. Wrth ei ymyl roedd 'na lun o'r ddau'n dathlu'r ŵyl yn 1976. Llun tebyg. Wyneb Clara'n llai bodlon. Rhyw bryder tu ôl i'r llygaid. Rhyw straen yn y wên. Y dwylo'n debyg.

Safodd Aleksa a chroesi at y dresel. Plyciodd y ddau lun o blith y fframiau. Syllodd arnyn nhw.

'Roeddach chi'n hapus, a chithau mewn gymaint o boen.' Croesodd Aleksa'n ôl at y soffa. Eisteddodd a gosod y lluniau ar y bwrdd coffi.

'Masg, Aleksa. Meddwl am y plant. Am y teulu.'

Craffodd Aleksa ar y lluniau. 'Rhaid bod hynny'n anodd. Bownd eich bod chi'n ysu gweld cefn Nora Rees.'

Tynnodd Clara wyneb dryslyd.

'O, ddrwg gyn i,' meddai Aleksa'n sylwi ar yr ystum. 'Ann Jackson, Annie Huws gynt, hi ddudodd i'r gwragedd drio hel Nora o'r pentre. Roeddach chi isio cael madael arni, yn doeddach? Gweld dim bai arnach chi.'

'Wel, mi fasa'n well gen i a'r lleill pe tasa Nora wedi hel ei phac a gadael llonydd i ni. Doedd y dynion gwirion 'ma ddim yn debyg o stopio, nac oeddan? Yr unig ffordd i gael y gwŷr yn ôl oedd i Nora adael.'

'Ddaru hi ddim.'

Crychodd Clara'i thrwyn. 'Naddo, Aleksa, ddaru hi ddim.' Cododdar ei thraed. 'Ylwch, diolch am alw. Mae'n ddrwg gyn i am be ddigwyddodd, ond mae gyn i bethau i'w trefnu.'

Ddaru Aleksa ddim symud. Pwyntiodd Aleksa at y llun o Ddolig '76. Crwydrodd ei bys i'r llun o Ddolig '75. Ac yn ôl eto. 'Bechod i chi golli honna, Clara.'

'Colli be?'

Aeth Aleksa i'w phoced. 'Hon.'

Llyncodd Clara. Gwelodd Aleksa'i gwddw'n symud i fyny ac i lawr. Llyfodd Clara'i gwefusau. Chwyddodd ei llygaid. 'Be ydy honna, deudwch?'

Pwyntiodd Aleksa at y lluniau eto. O un i'r llall. 'Mae hi ar goll yn y llun yma, y llun dynnwyd yn '76. Bechod.' Syllodd ar Clara. Roedd y fodrwy yn crogi ar ewin bys bach Aleksa.

'Nid fi bia honna, siŵr. Na, mi gollis i'r fodrwy ar noson allan. Noson wirion. Gormod i yfed.'

'Carreg eni arni hi. Sardonycs. Carreg eni Awst. Rhyfedd, a'ch pen blwydd chi ar Awst y 10fed. Cyd-ddigwyddiad, bownd o fod.'

'Be 'dach chi'n awgrymu?' Roedd 'na fin yn llais Clara.

'Awgrymu? Awgrymu dim byd o gwbwl,' meddai Aleksa'n

ddiniwed i gyd. Edrychodd ar y lluniau eto. "Dach chi wedi brifo'ch bys yn y llun yma.' Craffodd Aleksa i syllu ar y llun dynnwyd yn 1976. Roedd plaster ar ben bys canol Clara. 'Colli gewin, ia?'

'Gwaith tŷ, bownd o fod. Gwraig tŷ'n wraig brysur, Aleksa.'

'Fuo chi rioed yn wraig tŷ, Clara. Pwy sy'n glanhau i chi'r dyddiau yma?' Crwydrodd Aleksa'i llygaid o gwmpas y stafell fyw. 'Mae hi'n gneud joban dda.'

'Rhag eich cwilydd chi. Finna wedi trio bod o help.'

'Dwi'm yn dallt pam. Amddiffyn eich hun, bownd o fod. Neu 'mhrofi fi. Neu 'nghondemnio i.'

Brasgamodd Clara at y ffôn. 'Dwi'n ffonio'r heddlu.'

'Maen nhw tu allan, Clara.'

Safodd y wraig yn stond. Trodd yn ara deg i wynebu Aleksa. Rhwbiodd ei dwylo.

'Modrwy ar bob bys ond un,' meddai Aleksa'n gwylio'r dwylo'n mynd rownd a rownd. 'Ddaru chi'm trafferthu cael modrwy yn ei lle hi. Rhywbeth i'ch atgoffa chi, ia?'

'Be 'dach chi'n gyboli, Aleksa? 'Dach chi'n siarad yn wirion. Nid fy modrwy i ydy honna.'

'Ia, ond eich gewin chi ydy hwn.' Tynnodd Aleksa'r llun o ffeil Elfed Hill o'i phoced. Llun y gewin mewn bag plastig.

Gwegiodd Clara. Syrthiodd ar ei heistedd. Roedd tannau ei gwddw'n sefyll allan fel llinynnau ffidil.

'DNA a ballu'r dyddiau yma. Profi pob dim. Ac maen nhw'n bwriadu codi gweddillion Glenda hefyd.'

Dechreuodd Clara grio. 'Be 'dach chi'n wbod? Be 'dach chi sydd heb ddim i'w golli'n wbod? Rhag eich cwilydd chi, yn fy marnu i. Sut y basa chi'n teimlo tasa chi'n gwybod fod eich gŵr yn gneud y ffasiwn bethau? Y dyn dwi 'di garu ers y tro cynta i mi ei weld o.'

'A throi cefn ar Dafydd Abbot.'

'Dafydd Abbot. Doedd o'n ddim o'i gymharu â Harry. Ac roedd hynny cyn i ni briodi, beth bynnag.'

'Ond mi helpoch chi Dafydd, yn do? Pan oedd o'n chwilio i mewn i farwolaeth Glenda. Ei helpu o drwy Harry. Pam? I gael madael ohono fo? Harry awgrymodd i Munro iwsio cerdyn busnes Dafydd, yntê? Rhyw hanner gobeithio y bydda Dafydd yn cael ei gyhuddo tasa rhywun yn ffeindio'r cerdyn. Rhag ofn y bydda Lerpwl yn mynd i'r drafferth i chwilio am lofrudd Stan. Lwcus i chi, a lwcus i Dafydd, roeddan nhw'n falch o weld cefn Stan Fisher. Oeddach chi mor hy â meddwl na fasa neb yn pwyntio bys? Oeddach chi mor siŵr o'ch pethau? Dynes barchus. Dyn parchus. Teulu parchus. Pileri'r gymuned. Neb yn hidio dim am Glenda na Nora.'

'Does gan neb barch, bellach. Pobol fatha chi. Roedd y dynion, dynion fatha Harry, roeddan nhw'n wan, yn cael eu temtio. Ond nhw oedd y dynion gorau. Y dynion fydda'n dŵad â threfn i'r byd 'ma. Nora'r ast fudur, y slwt, a slwtiaid tebyg iddi yn eu temtio nhw.'

'Pam ddim lladd Nora? Pam Glenda?'

'O, tasa Nora wedi marw mi fydda 'na rywun bysneslyd fatha chi wedi dŵad o rywle. Wedi dŵad o hyd i'r ffaith ei bod hi'n . . . hi a'r dynion . . . wedi gweu anwiredd mai ryw gêm fudur, rywiol, hyll aeth o chwith, wedi beio Harry a'r lleill . . . rywun digwilydd fatha chi, heb weledigaeth.'

'Ac felly mi laddoch chi Glenda druan. A chogio helpu Nora. Cogio'i hamddiffyn hi rhag ofn i'r un peth ddigwydd iddi hi. Ei danfon hi i Newcastle, lle'r oedd un o'ch ffrindiau chi'n byw. Doedd gan Ann ddim syniad, nac oedd? Ann na'r un o'r gwragedd eraill. Dim ond y dynion oedd yn gwbod. Braidd yn annifyr iddyn nhw, bownd o fod. Wedi colli Nora. Ond yn methu taeru na chwyno. Doedd Harry ddim am golli'i wraig, nac oedd? Fasa fo byth wedi caniatáu i'w annwyl wraig fynd i'r carchar am oes. A Harry oedd yn rhedeg y sioe. Y fo a'i frawd.'

'O, mi 'dach chi mor glyfar, yn tydach?' meddai Clara'n sbeitlyd. 'Mae'r heddlu tu allan, meddach chi? Wel, mi 'na'i wadu pob dim.'

'Berffaith hawl gynnoch chi. Ond mae'r gewin a'r fodrwy 'ma . . . ' – crogodd Aleksa'r fodrwy yng ngwyneb Clara – ' . . . yn ddigon, dybiwn i.'

Aeth Aleksa at y ffenest a chnocio ar y gwydr.

Neidiodd Clara ar ei thraed. Ei llygaid yn gwibio. Agorodd y drws ffrynt. Daeth Seth a White a dau blismon i'r tŷ.

'Mrs Clara Davies,' meddai White.

'Na,' meddai Clara'n bagio'n ôl. Rhythodd ar Aleksa. 'Bitsh ddigwilydd! Slwt!'

'Mrs Clara Davies,' meddai White eto, 'dwi'n eich arestio chi . . . '

64.

Dydd Sul, Tachwedd 18
'RHWNG bob dim, ges i wythnos ddigon ryff. Ges i'n herwgipio – *ddwywaith*. Ges i fy nghlymu, fy rhoi mewn sach, fy sgytio sawl gwaith, fy mygwth droeon. Pwy fasa'n credu? Fi fach yn mynd i gymaint o 'fyrraeth.'

'Wyt ti'n siŵr dy fod ti'n iawn?'

'Dyna chdi wrthi, eto.'

'Meddwl amdana chdi, dyna i gyd.'

Syllodd Aleksa ar Seth. Roeddan nhw yn ei gar. Y tu allan i'r capel yn Llys Hebron. Roedd Tachwedd yn trio tywynnu. Ond roedd gaea wedi gafael. Oer a llwyd y tu allan i'r car. Haul gwyn yn llachar yn y nefoedd. Trodd Aleksa oddi wrth Seth a thaflu golwg dros y fynwent. Roedd gwraig yn plygu dros fedd yn y gornel bella.

'Well i mi fynd,' meddai Aleksa. 'Cyn i mi ei cholli hi.'

'Aleksa.'

Disgwyliodd Aleksa.

'Wyddost ti'r noson o'r blaen?'

Teimlodd Aleksa'i hun yn gwrido. Gwyrodd ei llygaid o wyneb Seth. 'Sori,' meddai'n dila.

'Na, gwranda, fy mai i oedd hynny, ddrwg gyn i, ti'n gwbod, rhoi . . . wel . . . camargraff a ballu. Dim isio i chdi feddwl nad ydw i'n . . .'

'Nad wyt ti'n be?'

'Nad ydw i'n dy lecio di bellach. Dwi'n meddwl y byd ohona chdi, Aleksa. Ond, jyst, wel, pethau wedi eu troi ben ucha'n isa braidd. Dwi'n dal i feddwl amdana chdi, dal i feddwl amdana ni efo'n gilydd, mae o'n torri 'nghalon i, ond, wel . . . '

'Fedri di'm dygymod â'r ffaith i mi ladd dy blentyn di.'

'Ein plentyn ni, Aleksa, a na, do'n i'm yn ei olygu o felly. Blydi hel, wyt ti'n neud iddo fo swnio'n, dwn i'm, yn glinigol.'

'Mae o, Seth, fedra i dy sicrhau di.'

'Paid, ocê, paid.' Sugnodd aer yn ddyfn. 'Y gwir amdani ydy, dwi'n ddryslyd. Fedra i'm, dwn i'm, fedra i'm . . . o, blydi hel.'

'Fy nhrystio i bellach.' Estynnodd Aleksa am handlen y drws. 'Well i mi fynd.'

'Aleksa, paid â gadael pethau fel hyn. Dyna pam y digwyddodd y llanast 'ma'n y lle cynta. Dyna pam 'dan ni'n fan'ma, fel hyn.'

'Ocê, ocê. Gwranda, jyst deud wrtha fi be ydy be efo pawb, a mi dduda i ta ta, a gaddo ffonio, reit. Y gwir amdani, Seth, ro'n i wedi gobeithio am bethau nad oedd gen i hawl gobeithio amdanyn nhw. Tan y noson o'r blaen, ac aeth pethau o chwith, a sori, reit. Felly tyd laen, be ydy be?'

Edrychodd Seth arni'n hir. Crychodd ei dalcen. Nodiodd. 'Mae Harry'n gwella ar ôl yr ail drawiad. Sioc gweld Clara'n cael ei harestio'n ormod iddo fo. Clara? Wel, mae'r profion DNA wedi dŵad yn ôl. Ei gewin hi ddarganfuwyd ar y comin. Mi aeth hi draw i weld Glenda'r noson honno. Roedd Clara'n gwbod fod Nora yn Nhreferyr efo'r dynion am fod Harry wedi gadael ar ôl dŵad o'i waith. Roedd Glenda'n nabod Clara felly doedd 'na'm rheswm iddi fod ofn. Mi aeth y ddwy am dro, i gael sgwrs am Nora, dyna oedd yr esgus, a dyma Clara'n ymosod arni. Yn ei thagu. Ei stripio hi, i drio rhoi'r argraff mai ymosodiad rhywiol oedd o, a gosod ei chorff o dan y goelcerth.'

'A hynny i gyd er mwyn cogio byw bywyd parchus. I gael madael ar Nora.'

'Sut wyt ti'n meddwl oedd y gwragedd yn teimlo? Gweld eu gwŷr yn ymddwyn fatha cŵn?'

273

'Be am Sol?'

'Dim hanes ohono fo. Mae Gwynfor wedi colli'i ben. Iolo sy'n rhedeg y ffarm, a'r naill na'r llall heb syniad o lle mae'u tad nhw.'

'Gweld yn y papur fod John Morgan wedi ymddiswyddo.'

'Fawr o ddewis ganddo fo. Taeru ei fod o am frwydro'r cyhuddiadau. Mae o wedi cau ei geg ar ôl iddo fo barablu'r cwbwl lot ar y cychwyn. Trio achub ei groen. Mae Jenkins yn dal yn bengaled, hwnnw'n mynd i bledio'n ddieuog ar gownt dy herwgipio di a dy fygwth di. Ned wedi cyfadde, rhoi'r bai ar ei frawd.'

'Mae gwaed yn dewach na dŵr, felly.'

Gwenodd Seth ar ei sarhad. 'Os oedd Edward Glyn Davies yn barod i feichiogi ei chwaer, mae o'n fwy na pharod i fradychu ei frawd.'

'Be am y fodrwy? Fydd honno'n help?'

'Anodd profi mai Clara oedd y perchennog. Mae'r lluniau'n mynd i fod o gymorth – un â hithau'n gwisgo'r fodrwy, un arall flwyddyn wedyn â hithau hebddi hi. Ond mae ganddon ni gyfaddefiad, ac mae hynny'n ddigon da. Pryd y dechreuis di ama Clara?'

'Pan soniodd Harry am y llun gafodd ei ddwyn o'r car. Roddodd Jenkins ei droed ynddi, i raddau. Awgrymu fod rhywun, ella, wedi deud wrthyn nhw. Wel, dim ond Clara oedd yn gwbod. A chdithau. Roedd ffeils Hill yn awgrymu, ella, mai Glenda oedd bia'r fodrwy, ac mai o fys Glenda y daeth y gewin. Os edrychi di ar y llun o Glenda yn y ffeil, dynnwyd hwnnw chydig wythnosau cyn iddi gael ei lladd, mi weli di nad oedd hi'n gwisgo modrwya. A mi roedd hi'n cnoi ei gwinedd at y croen.'

'Wyt ti yn y job rong. Ddylia chdi fod yn dditectif.'
'Dim diolch.'

Gwenodd Seth. 'Wel, dyna ni. Fwy neu lai wedi'i sortio.'

Chwythodd Aleksa wynt o'i bochau. 'Diolch byth.' Trodd i

syllu ar Seth. 'Diolch am bob dim 'nes di.'

Gwenodd Seth a nodio.

Gwyrodd Aleksa tuag ato. Cusanodd y ddau. Gwefusau fel plu.

'Well i mi fynd,' meddai Aleksa. Agorodd ddrws y car. Tynnodd ei bag o'r cefn.

'Ffonia fi. Ro i wybod i chdi pryd mae achos llys y dynion. Mae Daniel o flaen ei well yr wythnos nesa.'

Aeth Aleksa i gau drws y car.

'Aleksa.'

Oedodd. Daliodd lygaid Seth.

Dywedodd Seth, 'Tyd yn ôl.'

65.

GWYLIODD y car yn gweu o Lys Hebron. Taflodd y bag ar ei hysgwydd a cherdded i'r fynwent. Roedd y wraig wrth y bedd o hyd. Yn llechu dan gysgod yr ywen.

Roedd y bag yn drwm ar ysgwydd Aleksa. Roedd o'n llawn o ddillad. Yr allor fach yno'n saff. Pasport, trwydded yrru, arian. Roedd hi'n falch nad oedd Ffion yn y tŷ pan aeth hi yno i bacio. Ffion yn cysuro'i mam.

Brwydrodd Aleksa'r awydd i grio wrth i'r bywyd rannodd hi efo merch John Morgan ruthro drwy'i meddwl. Y chwarae'n wironeddol wedi troi'n chwerw, bellach. Byth eto, meddyliodd ac ochneidio'r atgofion o'i chorff. Ac wedyn mi ddaru hi grio wrth gofleidio'r Paffiwr. A chwerthin pan gripiodd y Paffiwr hi.

Safodd Aleksa a gwylio'r wraig yn tendio'r bedd. Roedd 'na flodau ffres yn carpedu'r cerrig mân. Roedd y garreg yn sgleinio yng ngolau'r gaea.

'Sut ydach chi heddiw?' gofynnodd Aleksa.

Trodd Nora Rees. A gwenu. Gwên ddigon o sioe. Gwên oedd yn cyfiawnhau gweithredoedd Aleksa.

'Aleksa. Dowch i'w gweld hi,' meddai Nora'n ystumio tuag at y bedd.

Camodd Aleksa at Nora. Gweuodd Nora'i braich drwy fraich Aleksa. Syllodd y ddwy ar y garreg.

'Geith hi orffwys rŵan,' meddai Nora.

'Ceith. Sut mae pethau'n y tŷ?'

'O, digon o sioe. Wilma ac Elsa, wel . . . ' Dechreuodd Nora fân chwerthin. Roedd 'na swildod yn yr ystum. Rhywbeth nad oedd Aleksa wedi'i ddisgwyl gan wraig oedd wedi bod mor rhydd â'i ffafrau. 'Mae'r ddwy . . . efo'i gilydd, yn rhannu gwely. Tydyn nhw'n gneud fawr ddim, yn eu hoed a'u hamser fel maen nhw. Ond, wel . . . ta waeth. Pwy dwi i ddeud?'

'Cyn belled ag eich bod chi'n hapus.'

Trodd Nora i wynebu Aleksa. Gafaelodd Nora yn ei breichiau. 'Dwi'n hapus, Aleksa. Dwi'n hapus bod adra. Dwi'n hapus fod pawb wedi bod mor groesawgar. A dwi'n hapus . . . ' Boddwyd y geiriau am funud. Llifodd y dagrau. Rhwbiodd Nora'i llygaid. 'Dwi'n hapus i chi ddŵad o rywle. Dwi'm yn credu mewn Duw, fawr o reswm gneud, ond os ydy o yno'n rywle, mi 'dach chi'n un o'i angylion o.'

Gwenodd Aleksa. Brathodd ei gwefus. Roedd ei llygaid yn damp.

Heb rybudd, cofleidiodd Nora hi. Gwasgodd Aleksa'r wraig. Brwsio'i gwallt. Crio i'w gwallt. A datglymu ei hun cyn gofyn, 'Ga i ofyn ffafr?'

'Gewch chi ofyn y byd, Aleksa Jones.'

Plygodd Aleksa wrth y bedd. Plyciodd un garreg wen o blith y blodau. Safodd a'i dal rhwng bys a bawd. 'Rhywbeth i gofio,' meddai. Rhywbeth ar gyfer yr allor, meddyliodd. Enw arall yn ei gweddi. Dau enw.

Nora a Glenda.

'Well i mi fynd,' meddai, gan roi'r garreg yn ei phoced.

'Lle'r ewch chi?'

'Wel, dwi'n ddi-waith ar hyn o bryd, wedi rhoi fy notis i'r *County Star*. Peth gorau i mi neud ydy ffeindio joban.'

''Dach chi'n bownd o gael un.' Safodd Nora ar flaen ei thraed a chusanu Aleksa ar ei boch. 'Diolch.'

Nodiodd Aleksa. Trodd. Brysiodd o'r fynwent. Sychodd ei dagrau. Rheini'n powlio. Cydiodd yn ei bag. Edrychodd ar ei wats. Roedd amser yn brin.

Ffoniodd dacsi.

Roedd 'na drên i Lundain. Roedd 'na balmentydd aur. Roedd 'na strydoedd llwch.

DIWEDD